मन्नू भंडारी एवं मैत्रेयी पुष्पा

की कहानियों का वस्तुगत एवं परिवेशगत अध्ययन

डॉ. सुनील कुमार यादव 'माधव'

BlueRose ONE.com
Stories Matter
NewDelhi • London

BLUEROSE PUBLISHERS
India | U.K.

Copyright © Dr. Sunil Kumar Yadav 'Madhav' 2025

All rights reserved by author. No part of this publication may be reproduced, stored in a retrieval system or transmitted in any form or by any means, electronic, mechanical, photocopying, recording or otherwise, without the prior permission of the author. Although every precaution has been taken to verify the accuracy of the information contained herein, the publisher assume no responsibility for any errors or omissions. No liability is assumed for damages that may result from the use of information contained within.

BlueRose Publishers takes no responsibility for any damages, losses, or liabilities that may arise from the use or misuse of the information, products, or services provided in this publication.

For permissions requests or inquiries regarding this publication, please contact:

BLUEROSE PUBLISHERS
www.BlueRoseONE.com
info@bluerosepublishers.com
+91 8882 898 898
+4407342408967

ISBN: 978-93-6783-098-7

Cover design: Daksh
Typesetting: Tanya Raj Upadhyay

First Edition: March 2025

प्रस्तावना

प्रस्तुत शोध प्रबंध का विषय "मन्नू भण्डारी एवं मैत्रेयी पुष्पा की कहानियों का वस्तुगत एवं परिवेशगत अध्ययन" है। यह विषय आधुनिक समाज के वास्तविक परिदृश्य को प्रस्तुत करता है। इसमें दो महान विदुषी लेखिकाओं को लिया गया है, मन्नू भण्डारी एवं मैत्रेयी पुष्पा। मन्नू भण्डारी एवं मैत्रेयी पुष्पा बीसवीं सदी की महान लेखिकाओं में से हैं। बीसवीं सदी का युग महिला उत्थान का युग माना जाता है। मन्नू भण्डारी ने अपनी कहानियों एवं उपन्यासों में आधुनिक परिदृश्य का वास्तविक रूप प्रस्तुत किया है यही कार्य मैत्रेयी पुष्पा की रचनाओं में भी देखा जा सकता है। इन दोनों लेखिकाओं ने मानव जीवन से जुड़ी घटनाओं को अपनी कहानियों का विषय बनाया, कहने का आशय है कि मानवीय घटनाएं मानव के जीवन में यथासमय घटती रहती है। सम्भवत: प्रारम्भिक मानव पशुओं की तरह चिन्तन और बोधपूर्वक प्रयत्न के बिना जीवन बिताता था। परन्तु यह निश्चित है कि प्रागैतिहासिक काल में हजारों वर्ष पहले ही तथ्य का खोजी, सत्य अन्वेशी बन गया और यही उसकी उन्नति का कारण है। मन्नू भण्डारी एवं मैत्रेयी पुष्पा दोनों ही हिन्दी कथा साहित्य से जुड़ी अप्रतिम कथाकार हैं। इनके कथा साहित्य में बहुत सही समान बातें देखने को मिलती है, समानता की दृष्टि से देखा जाए तो दोनों ही कथाकारों ने नारी चेतना, नारी विमर्श, सामाजिक, आर्थिक, राजनीतिक परिदृश्य में नारी की भूमिका आदि को अपना विषय बनाया है। दोनों ही साहित्यकारों ने नारी को विशेष स्थान देते हुए समाज में अपने आपको प्रतिष्ठित करती हुई दिखाई देती है। उनके कथा साहित्य में नारियों की संख्या ज्यादा है। वर्तमान समाज में कामकाजी नारियाँ अधिकांश रूप से समाज के सामने आ रही है। यह भौतिकवाद की पहचान है। मन्नू भण्डारी एवं मैत्रेयी पुष्पा दोनों को ही अनुभव की गहरी पहचान है। इन्होंने अपनी

कहानियों में पारिवारिक और सांस्कृतिक हानियों का स्पष्ट चित्रण किया है। जाति भेद तथा वर्ग भेद की समस्या का बेबाक वाणी में उद्घाटन किया। इन्होंने किसी जाति या वर्ग की हिमायत नहीं की, अपितु मानव और मानवता की समानता की हिमायत की है। मन्नू भण्डारी एवं मैत्रेयी पुष्पा दोनों ने भारतीय परिवेश में बदलते पारिवारिक संबंधों की नस-नस को पहचानते हुए, उभरती हुई समस्याओं का मनोवैज्ञानिक और यथार्थ स्तर पर अंकन किया है। लेखिकाओं ने अधिकांश रूप से मध्यवर्गीय परिवारों में अर्थ की समस्या को पहचानते हुए, आन्तरिक संबंधों की कड़वाहट को समाज के सामने दिखाया है। मन्नू भण्डारी एवं मैत्रेयी पुष्पा की असमानतायें कुछ ज्यादा नहीं है, सिर्फ कुछ काल परिस्थितियों का अन्तर है। मन्नू भण्डारी का लेखन काल सन् साठ के दशक से आरम्भ होता है। उस समय का परिवेश और वातावरण कुछ सामान्य नहीं था परन्तु स्त्री वेदना धीरे-धीरे मनोवैज्ञानिक रूप से साहित्यकारों में दिखाई देने लगी थी। मैत्रेयी पुष्पा का लेखन नब्बे के दशक से प्रारम्भ होता है, इन दोनों लेखिकाओं में पहली असमानता समय, काल के परिवेश में देखने को मिलती है। मन्नू भण्डारी ने अपना ज्यादातर ध्यान कहानियों पर ही केन्द्रित किया, परन्तु मैत्रेयी पुष्पा ने कहानियों की अपेक्षा उपन्यासों पर विशेष ध्यान दिया। यह इसकी असमानता देखने को मिलती है। मैत्रेयी पुष्पा ने घटनाओं को एकाकार रूप देते हुए मनोवैज्ञानिक एवं यथार्थपरक उपन्यासों के जरिए समाज में नई-नई बातों को महत्वपूर्ण स्थान दिया। मन्नू भण्डारी की कहानियों में नगर एवं महानगरों की समस्याएं अधिक दिखाई देती है, परन्तु मैत्रेयी पुष्पा की कहानियों में ग्रामीण का वृतान्त हुआ करता है तो उसमें भी निम्न मध्यवर्गीय पात्रों को समुचित स्थान मिलता है। मैत्रेयी पुष्पा का कथा साहित्य समकालीन लेखिकाओं से वैचारिक दृष्टि से हटकर है। नारी विमर्श को ध्यान में रखकर बहुत-सी लेखिकाओं ने जैसे कि मन्नू भण्डारी, चित्रा मुद्गल, नासिरा शर्मा, ममता कालिया, रेखा कस्तवार आदि ने अपने साहित्य में विचार व्यक्त किये किन्तु इन सभी लेखिकाओं में मैत्रेयी पुष्पा ने अपनी अलग पहचान खड़ी की है।

प्रस्तुत शोध-विषय को शोधकार्य एवं प्रबंध लेखन की सुविधा की दृष्टि से पाँच अध्यायों में विभाजित किया गया है।

प्रस्तुत शोध प्रबंध का प्रथम अध्याय है- 'मन्नू भण्डारी एवं मैत्रेयी पुष्पा की कहानियों का वस्तुगत एवं परिवेशगत सामाजिक अध्ययन' इस अध्याय के प्रथम उपशीर्षक समाज के विविध मानवीय अन्त:संबंधों पर प्रकाश डालता है। जिसमें परिवार की महत्वपूर्ण भूमिका प्रदर्शित की गई है। यह प्रकाशित किया गया है कि आज समाज में परिवार का विघटन होता चला जा रहा है। परिवारगत भावनाएं सेवा, श्रद्धा आदि तत्व तिरोहित होते जा रहे है और स्त्री इसी परिवार का अभिन्न अंग है परन्तु स्त्रीत्व के दमन से आज के युग में समाज में पारिवारिक ढाँचा चरमरा सा गया है। इस अध्याय का द्वितीय उपशीर्षक है - 'साहित्य एवं समाज' इसमें यह दिखाया गया है कि साहित्य की समाज को अत्यधिक आवश्यकता है। साहित्यकार जिन सामाजिक संदर्भों को आधार बनाकर जिन विशेष सामाजिक परिस्थितियों में साहित्यिक कृति की रचना करता है वही उसका सामाजिक परिवेश होता है। प्रस्तुत अध्याय के तृतीय उपशीर्षक के अन्तर्गत मन्नू भण्डारी एवं मैत्रेयी पुष्पा की कहानियों का समाजशास्त्रीय दृष्टिकोण से अध्ययन किया गया है।

प्रस्तुत शोध प्रबंध के विषय का द्वितीय अध्याय है- 'मन्नू भण्डारी एवं मैत्रेयी पुष्पा की कहानियों का वस्तुगत एवं परिवेशगत मनोवैज्ञानिक अध्ययन' है। इस अध्याय के अन्तर्गत साहित्य एवं मनोविज्ञान के संबंध को स्पष्ट करते हुए मन्नू भण्डारी एवं मैत्रेयी पुष्पा की कहानियों में मिलने वाले मनोवैज्ञानिक तत्वों की विवेचना की गई है।

प्रस्तुतशोध प्रबंध के विषय का तृतीय अध्याय है - 'मन्नू भण्डारी एवं मैत्रेयी पुष्पा की कहानियों का वस्तुगत एवं परिवेशगत पारिवारिक अध्ययन' इस अध्याय के अन्तर्गत सर्वप्रथम मन्नू भण्डारी एवं मैत्रेयी पुष्पा की कहानियों की विषय-वस्तु का वर्णन करते हुए उनका वर्गीकरण किया गया है। तत्पश्चात इन कहानियों की वस्तुगत एवं परिवेशगत विशेषताओं को लक्षित करते हुए

पारिवारिक संबंधों में संवेदनहीनता से उत्पन्न परिणामों की गवेषणा की गई है तथा पारिवारिक संबंधों में विद्यमान परिवेशगत अन्तर को भी लक्षित किया गया है।

प्रस्तुत शोध प्रबंध के विषय का चतुर्थ अध्याय है - 'मन्नू भण्डारी एवं मैत्रेयी पुष्पा की राष्ट्रीय एवं देश प्रेम से संबंधित कहानियों में वस्तुगत एवं परिवेशगत अध्ययन' इस अध्याय के अन्तर्गत सर्वप्रथम राष्ट्रीय एवं देशप्रेम की दृष्टि से मन्नू भण्डारी एवं मैत्रेयी पुष्पा की कहानियों का अध्ययन किया गया है। तत्पश्चात साहित्य और राष्ट्रीय चेतना के संबंध को स्पष्ट करते हुए मन्नू भण्डारी एवं मैत्रेयी पुष्पा की कहानियों में विद्यमान समकालीन राजनीतिक परिवेश एवं राजनीतिक विकृतियों का विवेचन, विश्लेषण किया गया है।

प्रस्तुत शोध प्रबंध के विषय का पंचम अध्याय है - 'स्वातंत्र्योत्तर हिन्दी कहानी जगत में मन्नू भण्डारी एवं मैत्रेयी पुष्पा की देन : एक दृष्टि'। इस अध्याय के अन्तर्गत मन्नू भण्डारी एवं मैत्रेयी पुष्पा की कहानियों में नारी चेतना, स्त्री विमर्श, और नारी वेदना के स्वर को स्पष्ट करते हुए स्त्री विमर्श की भूमिका में उनके महत्वपूर्ण योगदान को रेखांकित किया गया है।

अन्तत: निष्कर्ष के रूप में मन्नू भण्डारी एवं मैत्रेयी पुष्पा की कहानियों के वस्तुगत एवं परिवेशगत अध्ययन के पश्चात प्राप्त निम्न निष्कर्षों को प्रतिपादित किया गया है पहला यह कि मन्नू भण्डारी एवं मैत्रेयी पुष्पा दोनों ने अपनी कहानियों में सबसे अधिक प्राथमिकता नारी की स्थिति को ही दी है ताकि समाज में नारी के महत्व एवं गौरव को पुर्नस्थापित किया जा सके और दूसरा यह कि भारतीय ग्रामीण लोगों को उनकी कमजोरियों से अवगत कराते हुए एवं नारियों के प्रति हुए शोषण एवं अन्याय के विविध पक्षों को उद्घाटित करते हुए नारियों की दशा को सुधारने की दिशा में सार्थक प्रयास करने की प्रेरणा सुनिश्चित की गयी है।

प्रथम अध्याय

मन्नू भण्डारी एवं मैत्रेयी पुष्पा की कहानियों का वस्तुगत एवं परिवेशगत सामाजिक अध्ययन

1.1 समाज के विविध मानवीय अन्तः सम्बन्ध-

परिवार मानवीय संबंधों की एक महत्वपूर्ण इकाई है। इसमें भी पारस्परिक कई मान्यताएँ आज खोखली सिद्ध हो गयी है। आज हमें परिवार का रूप विघटित हुआ तो दृष्टिगत हो ही रहा हैं किन्तु परिवारगत भावना, सेवा, श्रध्दा आदि तत्व वहाँ दृष्टिगत नही होते। आज एक पिता को पुत्र चाहिए इसलिए कि वह वृध्दावस्था में उसकी सेवा कर सके। इसलिए नहीं कि वह अपना परलोक सुधार सकें।

आज नारी स्वतंत्र है। उस पर किसी प्रकार का पतिव्रत धर्म आदि जैसा नैतिक बंधन नहीं है। वह पुरुष पर आश्रित न रहकर उसकी दया पर जीकर स्वावलंबी होकर जीना चाहती है। वह पुरूष को दोष देने के पक्ष में नही है। स्त्री ने अपना व्यक्तित्व प्राप्त किया है और वह इस जीवन अवधि में सम्मानजनक शर्तों पर रहना चाहती है।

स्त्री और परिवार का परस्पर अभिन्न अंग है। विवाह संस्था पर आधारित इकाई परिवार यदि देह है स्त्री परिवार की प्राण है। मानव सभ्यता के संरक्षण हेतु संतुलित समाज व्यवस्था के लिए अविष्कृत स्वजन की इकाई, पारिवारिक आत्मीयता, मानवीयता एवं सहृदयता की निर्मल धारा की ऐसी संगस्थली है जिसमें स्नान कर मन-प्राण भारविहीन हो जाता है। सुभाष सेतिया के अनुसार- "मनुष्य के सामाजिक जीवन को संतुलन व स्थायित्व देने में जिस संस्था या प्रथा की सबसे महत्वपूर्ण भूमिका रही है, वह है विवाह। विवाह मानव जाति को स्वस्थ और संतुलित ढंग से आगे बढ़ाने की

व्यवस्था है और साथ-साथ वह यौन सम्बन्धी अराजकता एवं अव्यवस्था पर अंकुश लगाता है। वास्तव में परिवार की अवधारणा का पूरा ढाचा विवाह की नीव पर खड़ा है।"[1]

परंपरागत भारतीय परिवार संयुक्त परिवार की शैली पर आधारित था। न तो इसकी अतीत की आवश्यकता को ही नकारा जा सकता है और न ही उस युग की इसकी भव्यता और सरसता को। संयुक्त परिवार को सबसे बड़ा लाभ यह हुआ कि यह ढ़ाचा परिवार के प्रत्येक सदस्य कों अनुशासित रहने का बाध्य कर सकने में सक्षम था। आशारानी व्होरा अपनी पुस्तक 'भारतीय नारी : अस्मिता और अधिकार' में लिखती है कि- "संयुक्त परिवार आज टूट गये है। सफल परिवारों में भी अधिकतर इस समस्या के कारण ही दरार पड़ रही है। पाश्चात्य सभ्यता संस्कृति का प्रभाव तो है ही संयुक्त परिवार का अंकुश उठ जाने से भी पुरुष अधिक निरंकुश और स्त्रियाँ अधिक स्वच्छन्द हो गयी है।"[2] आज जिस तरह भारतीय परिवार पश्चिम की स्वतंत्र संस्कृति के लोभ में विघटित हो रहे है इसके अन्य महत्वपूर्ण कारण भी है। आज की पढ़ी लिखी चेतना संपन्न स्त्री, पति एवं सास-ससुर के अनाधिकार, अन्यायपूर्ण प्रताड़ना, अत्यधिक बंधन और विभिन्न परहेजों की स्थिति को नारी जीवन की नियति मानकर जीने से इंकार करती हुई दिख रही है। आत्म-निर्भरता और समानाधिकार की जमीन पर खड़ी होकर वह पुरुष के बराबर अधिकारों और आजादी के साथ जीने की चाह रखती है।

वस्तुतः स्त्रीत्व के दमन से आज के युग में न तो पारिवारिक ढांचा मजबूत है और न ही परिवार की मर्यादा की कीमत पर नारी को अति स्वतंत्रता दी जा सकती है। अतः भारतीय परिप्रेक्ष्य में स्त्री पुरूष के बीच सहज समान आधार की आवश्यकता अनिवार्य हो उठती है। डा. जगदीश्वर चतुर्वेदी लिखते हैं- "आधुनिक स्त्री से तात्पर्य स्त्री की स्वतंत्र एवं स्वायत्त अस्मिता को हम माने। उसे पुरुष संदर्भ में परिभाषित न करें। वह औरत है, व्यक्ति है साथ ही पुरुष से भिन्न है। इस 'भिन्नता' को स्वीकार करे। उसे अपनी दासी, जागीर, पत्नी,

बहू, बेटी, माँ न समझकर मानवी के रूप में देखे।"[3] समकालीन परिदृश्य में परिवार के आधार को बचाए रखने के लिए इस बात को सुनिश्चित करना होगा कि परिवार में नारी को दायित्व के साथ-साथ उचित सम्मान और अधिकार भी प्राप्त हो।

भारतीय परंपरा में 'माँ' को स्वर्ग से भी पवित्र और श्रेष्ठ माना गया है और मातृत्त्व को नारी जीवन का परम उद्देश्य कहा गया है। सन्तानहीन नारी को भारतीय समाज में शुभ दृष्टि से नही देखा जाता। इस आधुनिक युग में भी संतानविहीन नारी बांझ, डायन, चुडैल जैसे विशेषणों से धिक्कारी जाती है और कई बार यह स्थिति उसके पारिवारिक जीवन की अशांति के साथ तलाक तक का कारण बनता है। भारतीय संस्कृत मे जहाँ मातृत्व, नारी की उत्कृष्ट उपलब्धि तथा उसकी पहचान का प्रमुख बिंदु है तो वहीं पश्चिमी उग्र नारीवाद में नारियों की पराधीनता और दुर्दशा का कारण उसके मातृत्व को ही माना गया है। सीमोन द बोउवार अपनी पुस्तक 'द सेकेण्ड सेक्स' में लिखती है- "शायद अब समाज में मातृत्व की स्वतंत्रता स्वीकृत होने लगेगी। नर्सरीज और किंडरगार्टन की सुविधाओं के बावजूद यहाँ यह कहना उचित होगा कि स्त्री की कर्मठता एवं सक्रियता को पूरी तरह पंगु करने के लिए एक बच्चा काफी है।"[4] पश्चिम की इस विचारधारा से प्रभावित हमारे यहाँ भी नारीवादियों का एक ऐसा वर्ग है जो नारी के मातृत्व को, नारी सबलीकरण की प्रक्रिया का बाधक सिद्ध करने में जुटा हुआ है।

भारतीय नारी इस व्याख्या को कदाचित ही स्वतः स्फूर्त भाव से स्वीकार कर पायेगी परंतु पश्चिम का उन्मुक्त स्वतंत्रता की लालसा में लिप्त अपने यहाँ की उच्च मध्यमवर्गीय महिलाएँ माँ बनने के नाम से ही कतराने लगी है। वह मातृत्व को देह सौन्दर्य का विनाशक तत्व समझती है। उनमें मातृत्व की ममतामयी भावना के लिए न कोई जगह हैं औ न ही मातृत्व के मृदुमय आघात से तथाकथित दैहिक नक्काशी में थोड़े बहुत परिवर्तन को सहर्ष स्वीकार करने का मिजाज है।

उपभोक्तावाद के प्रति बढ़ती भारतीय महिलाओं की रूझान उन्हें भोगवाद की आग में झोक रही है। यह संस्कृति उन्हें देह वस्तु बनाये हुये उनकी स्त्री-मुक्ति के संकल्प का धोखा से अपहरण कर, उसकी अस्मिता को मिटाने का प्रयास कर रही है। प्रजनन और परिपालन की सभी पीड़ा नारी को भोगनी पड़ती है, फिर भी संतान की पहचान माता के नहीं पिता के ही नाम से होती है। एक तरफ तो मातृत्व सबसे बड़ा सम्मानित पद है, तो दूसरी तरफ भावी माता बनने वाली कन्या के जन्म पर परिवार का चेहरा उतर जाता है। यही नहीं, कन्या भ्रूण की हत्या तक बेहिचक कर दी जाती है। इस विषय में सुभाष सेतिया कहते हैं कि- "पुत्र की कामना से प्रेरित समाज के भ्रूण की पहचान करने से आगे बढ़कर कन्या भ्रूण की हत्या करने का जघन्य रास्ता अपना लिया। जाँच का परिणाम यदि वह बताता है कि भ्रूण पुलिंग है तो संभावित माँ-बाप प्रसन्न हो जाते है और यदि भ्रूण स्त्रीलिंग पाया जाता है तो उन्हें उदासी घेर लेती है। इसी उदासी से निजात पाने के लिए लोग गर्भपात करा लेते है।"[5] यह विडंबना ही है कि आज के आधुनिक कहे जाने वाले सभ्य शिक्षित चेतनायुक्त समाज में भी पहले जैसी परंपराओं, रूढ़ियों और अंधविश्वास की आच्छन्नता विद्यमान है जो न तो न्यायसंगत है और नही समयानुकूल। संतान जैसी कृति के उपहार स्वरूप माताओं को उचित सामाजिक सम्मान और अधिकार दिया जाना आवश्यक है। नारी को सजग रहना है कि भोगवादी, उपभोक्तावादी षड्यंत्र जाल में वह सिर्फ देह वस्तु बनकर न रह जाए, बल्कि नारी जीवन की चरम उत्कृष्टता मातृत्व बोध के भाव से भरी पूरी रहे जो आज के परिदृश्य में अपेक्षित है।

स्वतंत्रता प्राप्ति के बाद हमें भारतीय परिवारों में विघटन की स्थिति दृष्टिगत होती है। परिवार व्यक्तियों का समूह होता है जो विचार और रक्त के बंधनों से जुड़ा रहता है। पहले संयुक्त परिवार के प्रति लोगों के मन में आस्था रहती थी परन्तु भौतिक उन्नति के कारण परिवार में प्रति व्यक्ति की आस्था टूटने लगी। परिवार से पृथक व्यक्ति का स्वतंत्र अस्तित्व स्वीकृत होने लगा। व्यक्तित्व क विकास में संयुक्त परिवार को बाधक माना जाने लगा। संयुक्त परिवार में बड़े

लोगों के नियंत्रण में रहना पड़ता था। सभी सदस्यों के कार्यों में हाथ बंटाना पड़ता था। इससे आज के व्यक्ति को उस परिवार में असुविधा अनुभव होती थी। बदली परिस्थितियों के कारण परिवार विघटन हुआ। उसके प्रमुख कारण इस प्रकार हैं-

वर्तमान अर्थव्यवस्था-

विज्ञान का बढ़ता हुआ प्रभाव, औद्योगीकरण, महँगाई, आधुनिकीकरण, यांत्रिकता आदि कारणों से मनुष्य में अलगाव की प्रवृत्ति बढ़ने लगी। आज बढ़ी हुई भौतिक इच्छाओं की पूर्ति के लिए भी मनुष्य संयुक्त परिवार में नही रहना चाहता। पाश्चात्य विचारधाराओं के फलस्वरूप मनुष्य में अहं की भावना बढ़ी है। आज परिवारों की स्थिति देखकर डा. हेमंत कुमार पानेरी ने कहा- "ज्यों-ज्यों व्यक्ति का सामाजिक क्षेत्र विस्तृत होता गया त्यों-त्यों उसका पारिवारिक क्षेत्र संकुचित होता गया। विश्व समाज का स्वप्न देखने वाला मानव लघु परिवारों के सृजन में संलग्न है। बृहत में लघु की प्रतिष्ठा आज धर्मयुग है। इसलिए विज्ञान ने अणु को छोड़कर परमाणु की स्वतंत्र सत्ता को उद्घाटित किया है।"[6]

आवास की कठिनाई-

आज महानगरों में आवास की समस्या ने भयावह स्वरूप धारण कर लिया है। मनुष्य की अलगाव की प्रवृत्ति स्वार्थ के कारण ही दिखाई देती है। आज मनुष्य के मन में न जन्मभूमि के प्रति लगाव है न जन्मदात्रि के प्रति। यंत्र युग में मनुष्य चेतना जड़ बन गई है। परिवार के सदस्यों के प्रति मनुष्य के मन में आत्मीयता, सौहार्दता, सेवा, त्याग की भावना नही रही है। मूल्यों के विघटन और पारिवारिक विघटन के कारण मानव सिर्फ अपना स्वार्थ देखता है। वह उत्तरदायित्व नहीं देखता। डा. मिथिलेश रोहतगी ने कहा है कि- "अति वैयक्तिकता की जड़ों की अधिक गहराई के कारण नई पीढ़ी ने अपने उत्तरदायित्व को भूला दिया है।"[7]

शिक्षा-

शिक्षा की मार सर्वप्रथम 'स्व' पर होती है। जिससे व्यक्ति परिवेश के विषय में अपने अर्थपूर्ण अस्तित्व के बारे में सोचने लगता है। इसी व्यक्तिवाद भावना ने व्यक्ति को संकुचित बना दिया है। वह आर्थिक मूल्य को सर्वोपरि मानने लगा। इसीलिए जीवन की आवश्यकताओं की पूर्ति के लिए नारी को भी चहारदीवारी से बाहर निकलना पड़ता है।

वाणिज्य तथा नौकरी-

आज वर्तमान समय में अर्थाजन अब मात्र पुरूषों का ही क्षेत्र नहीं रहा। अब इसमें स्त्री भी आ गई है। मूल्यहीनता और मोहभंग की स्थिति भी पारिवारिक विघटन के लिए कुछ मात्रा में उत्तरदायी है। इस संदर्भ में चंद्रकांता बंसल कहती हैं - "मूल्यहीनता और मोहभंग की स्थिति के कारण प्रत्येक परिवार एक शीतयुद्ध से गुजर रही है। अर्थ की केन्द्रीय धुरी ने सभी संबन्धों के स्वरूप बदल दिये है। नारी द्वारा आर्थिक तथा सामाजिक स्वावलंबिता के बोध ने परिवार के पारस्परिक संबन्धों को नितांत परिवर्तित कर दिया है। जो नारी घर के भीतर रहकर परिवार के प्रत्येक सदस्य की सेवा-सुश्रुषा करती थी, वह आज कर्तव्य और उत्तरदायित्व के क्षेत्र में बहुत आगे बढ़ गई है। नौकरी-पेशा नारी ने घर के नैतिक और आदर्श परम्परागत स्वरूप को विघटित कर दिया है। फलतः सम्पूर्ण पारिवारिक संम्बन्धों में जो कि पति-पत्नी के सम्बन्धों पर निर्भर होते है।"[8] बड़ी ईमानदारी के साथ मोहन राकेश ने स्वीकार किया है कि "हमारी पीढ़ी ने यथार्थ की अपेक्षाकृत ठहरे हुए अर्थात वैयक्तिक और पारिवारिक रूप को अपनी रचनाओं में स्थान दिया है।"[9]

स्वच्छंद जीवन और व्यक्तित्व का स्वतंत्र विकास—

परिवार विभाजन का कारण पति-पत्नी के सम्बन्धों में तीसरे व्यक्ति का आना भी है। इस विषय में चंद्रकांता बंसल कहती हैं - "पति-पत्नी के सम्बन्धों में श्रेणी विभाजन दोनों के बीच तीसरे व्यक्ति के आगमन से होता है।

कभी पत्नी के प्रेमी के आ जाने से तो कभी पति की प्रेमिका के आ जाने से। साथ ही पत्नी में अपनी सत्ता के प्रति जागरूकता उत्पन्न हो गई है। उसकी सीमाएँ घर के बन्धनों में ही नहीं रही है। पति से पृथक उसकी स्वतंत्र रूचियाँ, महत्वाकांक्षाएँ और आवश्यकताएँ है। अतः धर्म की धारणा एक सीमा तक विघटित हो गई है।"[10]

स्वार्थभावना-

पारिवारिक विघटन का एक प्रमुख कारण बढ़ती हुई स्वार्थ भावना भी है। पहले संयुक्त परिवार में बच्चो की देखभाल बूढ़े करते थे। आज शिशुपालन संगठन उपलब्ध होने से बच्चों को संभालने की समस्या का हल आसानी से ही हो जाता है। आज कही भी संयुक्त परिवार नहीं दिखाई देता क्योंकि नौकरी करने वाले नारी-पुरूष कभी-कभी होटलों में ही खाना खा लेते हैं। एक तरह से चूल्हों का स्थान होटलों ने ले लिया है। मनुष्य का जीवन यंत्र के समान बन गया है। समयाभाव के कारण वह एक दूसरे से संपर्क में बहुत कम आते है। स्वार्थी मनोवृत्ति के कारण भी वह परिवार से दूर ही भागता रहता है।

कामतृष्णा-

पारिवारिक विघटन का एक अन्यतम कारण है मनुष्य की काम भूख। संयुक्त परिवार में बड़े लोगों के कारण या स्थानभाव के कारण कामतृष्णि में अड़चन आती है। आधुनिक युवा पीढ़ी को तो पेट की भूख से अधिक सेक्स की भूख सताती है। आधुनिक मनोविज्ञान ने भी यह सिद्ध किया है कि मानव की मूलभूत आवश्यकताओं में काम वरीयता क्रम में है। एक निश्चित आयु में व्यक्ति की काम आवश्यकता पूरी होनी चाहिए। समाज मान्य ढंग से व्यक्ति की कामपूर्ति होती है। तब उसकी जीवन सुचारू रूप से चलता है। वास्तव में पारिवारिक विघटन क्या है इस पर ध्यान देने पर हमें मालूम होता है कि जीवन का यह चित्र आधुनिक साहित्य में भी आया है।

समाज शास्त्रीय दृष्टिकोण से परिवारों में किसी भी प्रकार की अव्यवस्था ही पारिवारिक विघटन है। चूँकि विघटन से तात्पर्य है पूर्व रूप के परिवर्तन विस्तृत अर्थों में पारिवारिक विघटन सदस्यों को एक में बाँधने वाली स्थितियाँ भी क्रियाओं का कमजोर हो जाना, टूट जाना या उसमें असमंजस की स्थिति है। इस प्रकार पारिवारिक विघटन में सिर्फ पति-पत्नी के तनाव की गणना होती है।

स्वातंत्र्योत्तर भारत का एक नवीन परिवर्तन हमारे समक्ष आता है जहाँ एक ओर परंपरा से चले आ रहे संयुक्त परिवारों का विघटन हो रहा है। दूसरी ओर सामाजिक पारिवारिक सम्बन्धों के परम्परागत रूप में बदलाव आ रहा था। परंपरा से विच्छिन्न होकर व्यक्ति अधिकाधिक आत्मकेन्द्रित होता जा रहा है। जहाँ तक कि पिता-पुत्र, माँ-बेटी, पति-पत्नी, भाई-बहन जैसे निकटतम सम्बन्धों में भी जैसे एक अजनबीयत समाती जा रही है जो एक-दूसरे के पास रहते हुए भी बहुत दूर कर देता हैं। स्वातंत्र्योत्तर भारतीय समाज का यह महत्वपूर्ण परिवर्तन था। इसने समसामयिक उपन्यासों को बहुत अधिक आकर्षित किया।

मन्नू भंडारी के 'आपका बंटी' तथा मोहन राकेश के 'अंधेरे बंद कमरे' में पारिवारिक विघटन स्पष्ट हुआ है।

स्वातंत्र्योत्तर भारतीय समाज जीवन में हमें दो पीढ़ियों (नई व पुरानी) में संघर्ष दिखाई देता है। पुरानी पीढ़ी के लोग जो पुरानी मान्यताओं और विचारों के समर्थक हैं उनका नवपीढ़ी की तरफ देखने का दृष्टिकोण स्पष्ट है। "पुत्र अब परलोक के लिए नहीं इहलोक के लिए जरूरी हो गया हैं क्योंकि वृध्दावस्था की कोई सुरक्षा आज के वृद्ध के पास नहीं है। इससे सम्बन्धों में अनवरत तनाव और जीवन की व्यर्थता का बोध ही आज की पीढ़ी का बोध है। आज का पुत्र कुछ, संवेदना और दया से भरकर ही परिवार के वृद्ध को स्वीकारता है।"[11] अर्थात नई पीढ़ी के लोग इन पुरानी मान्यताओं को तोड़ना चाहते है, बदलना चाहते हैं।

अतः इन दोनों पीढ़ियों में सघर्ष की स्थिति होना स्वाभाविक है। आजादी के बाद नवयुवक वर्ग की मानसिकता में भी एक व्यापक बदलाव दिखायी दिया। आज का नवयुवक स्वतंत्रता पूर्व के नवयुवक की भाँति अमहत्वाकांक्षी या सामाजिक स्थितियों के प्रति तटस्थ नहीं है वरना उसमें स्वतंत्र देश के नागरिक की सम्पूर्ण महत्वकांक्षाएँ तथा हर स्थिति से जुड़ने की आकांक्षाएँ विद्यमान है।

भारतीय नारी के जीवन में स्वतंत्रता के बाद पर्याप्त परिवर्तन आया है। एक ओर जहाँ परिवार का स्वरूप टूटने लगा वहीं दूसरी ओर स्वतंत्रता के कारण नवयुवक स्त्रियों के स्वरूप में परिवर्तन आया। जो स्त्रियाँ आजीविका के साधन स्वयं जुटाती थीं उनके मानसिकता में धीरे-धीरे बदलाव आया। अब वह परम्परागत हिन्दू परिवार की गुलाम और पति की सेवा करने वाली तथा सास के इशारे पर नाचने वाली स्त्री नहीं आर्थिक स्तर पर समृद्ध हो जाने के कारण उसने एक स्वतंत्र व्यक्ति के अधिकारों की माँग की और इस गृहस्थी को उसने अपने कल्पना के अनुसार ढालने का प्रयास किया।

नारी अपने चिंतन के स्तर पर पुरूषों के समकक्ष अपनी यात्रा शुरू की। स्वतंत्रता के बाद नारी परंपरा और प्रगति के अँधेरे-उजाले में न्याय तलाशती रही है। समाज, धर्म और परम्पराओं से परे वह शुद्ध मानवीय स्तर पर एक व्यक्तित्व बनने के लिए व्याकुल रही है। उसमें क्रांति और विद्रोह की आग भी है और सृजनशील नारी की ममता और करूणा भी है।

आज नारी स्वतंत्र जीवन जीना चाहती है। वह वर्जनामुक्त होकर अपना रास्ता स्वयं चुनना चाहती है। नारी तथा पुरूष अपने-अपने स्थान पूर्णत्व की तलाश में प्रयासरत है। किन्तु तलाश की हर दिशा उनके व्यक्तित्व को भंग कर रही है। इस तलाश में आधुनिक नारी के कई चित्र उभर रहे हैं। परम्परागत वर्जनाओं से आधुनिक नारी जैसे- मृत हो रही है। वह नवीन समस्याओं का डटकर सामना करने लगी है। अर्थार्जन उसके लिए अनिवार्य बन गया है। साथ ही चुनौतियों का भी सामना करना पड़ रहा है।

नौकरी पेशा को घर से बाहर निकलकर अपने कार्यक्षेत्र में भी अनेक चुनौतियों का सामना करना पड़ता है। आज भी हमारा समाज नारी को समर्थ व प्रतिभाशाली मानने को तैयार नहीं। वह उसे व्यक्ति नहीं, मात्र स्त्री ही मानना चाहता है। अधिकारी स्त्री को तो पुरूष कर्मचारी वर्ग मानसिक रूप से स्वीकार नहीं कर पाता। व्यावसायिक प्रतिस्पर्धा में उचित अनुचित का भेद मिटाकर स्त्री-पुरूष दोनों द्वारा लाभ लिया जाता है। किन्तु सामान्यतः स्त्री को कार्यक्षेत्र में भी अपनी क्षमता या सामर्थ्य का परिचय देने के लिए अनेक चुनौतियों का सामना करना पड़ता है। महानगरीय सभ्यता में नैतिक-अनैतिक दृष्टिकोण में भिन्नता है। नारी भी अधिक दुस्साहसी एवं बोल्ड है किन्तु छोटे शहरों एवं कस्बों में स्त्रियों को घर से बाहर निकालने पर अनेक प्रकार की रूढ़ और हल्की मानसिकता करनी पड़ती है।

समाज परिवर्तन के साथ-साथ नारी बड़ी शिद्दत से जीवन के हर क्षेत्र में पैर रखने लगी हैं। समाज के संदर्भों के अनुकूल बदलाव होते रहते हैं। नारी ने जहाँ पश्चिमी नारी की स्वच्छंदता को ललक कर देखा, वहीं पुरूष भी आधुनिकता की अंधी दौड़ में पत्नी को पश्चिमी शैली की प्रेयसी के रूप में देखने को ललायित हो उठा। सामाजिक, सांस्कृतिक, आर्थिक एवं राजनीतिक पुनर्जागरण के इस काल में नारियाँ कही भी कोने में पड़ रहने वाली मैले कपड़ों की गठहरी नहीं सिद्ध हुई और प्रत्येक क्षेत्र में उनका स्पष्ट योगदान समक्ष आया। इससे मानव मूल्यों को नई अर्थवत्ता प्राप्त हुई और दोनों वर्गों के बीच समानता की भावना सर्वत्र नये परिवेश में उपस्थित हुई। उनके सारे प्रयास सिर्फ आर्थिक स्वावलंबन तक ही सीमित रहे। आधुनिक पढ़ी-लिखी नारी खुद को गलत ठहराना स्वीकार नहीं कर सकती तब दाम्पत्य जीवन एक नाटक बनकर रह जाता है लेकिन जीत हार की इस स्पर्धा में भी नारी ही टूटती है।

पुरूष के पारम्परिक अहं को नारी की महत्वाकांक्षा ने ठेस पहुँचाई है। वह सिर्फ पत्नी का दासी रूप ही स्वीकार कर सकता है, प्रतिभा रूप नहीं। किन्तु

बदलते परिवेश में स्त्री पुरूष सम्बन्ध भी बदलते हैं। स्त्री-पुरूष दोस्त भी हो सकते है, सहयोगी भी हो सकते है। किन्तु पति-पत्नी में विनम्रता होना जरूरी है। पति अपनी असफलता को भी अनदेखा करके जब पत्नी पर अधिकाररूपी शासन करना चाहता है तब परस्पर निर्वाह कठिन हो जाता है। “मुझे लगता है, जैसे हम पति-पत्नी न होकर एक-दूसरे के दुश्मन हों। शायद उसके संदेह के कारण यही स्थिति पैदा होती है।”[12] हिंदी में आधुनिक नारी की व्यथा को बहुत सी लेखिकाओं ने व्यक्त किया हैं।

स्वातंत्रयोत्तर भारतीय समाज में हम स्त्री-पुरूष सम्बन्धों में एक खास बदलाव देखते है। जिसे स्वातंत्र्योत्तर सभी हिन्दी कथाकारों ने अपने कथाओं में रूपायित करने का प्रयास किया है। स्त्री-पुरूषों के बदलते हुए स्वरूप को लेकर जितने उपन्यास इस युग में लिखे गये उतने शायद ही किसी विषय पर लिखे गये हों। एक रचनाकार के शब्दों में तमाम दुनिया की भाषा कुल मिलाकर दो स्त्री-पुरूषों की बातचीत है जो उनके सम्बन्ध के मुताबिक बदलती रहती है।

राजेन्द्र यादव, निर्मल वर्मा, मन्नू भंडारी, कृष्णा सोबती, कमलेश्वर आदि अनेक समकालीन कथाकारों ने स्त्री-पुरूष के सम्बन्धों में होने वाले इसी बदलाव का चित्रण किया है। चाहे वह सम्बन्ध पति-पत्नी का हो या प्रेमी-प्रेमिका उनका वर्तमान स्वरूप वह पूर्ववर्ती कहानियों में चित्रित स्त्री-पुरूषों के सम्बन्धों में नितांत भिन्न है।

आज स्त्री तथा पुरूष दोनों स्वतंत्र अस्तित्व चाहते है। यही कारण है कि आज विवाह जैसे परम्परागत बंधन ढ़ीले पड़ गये हैं। एक समय था जब किसी पिता की पुत्री किसी पिता के पुत्र के साथ एक झटके से जुड़ जाती थी। विवाह एक आकस्मिक घटना थी। वह एक्सीडेंट मात्र था। अच्छा हो या बुरा, जुल्मी हो या दयालु, शराबी हो या जुआरी, पत्नी के साथ प्रामाणिक हो या न हो। स्त्री जीवन की चर्चा में वैसे कोई परिवर्तन नहीं पड़ता। भाग्य और भगवान पर विश्वास रखकर पति की सेवा में संपूर्ण जीवन बिता देने के

अभिशाप को झेलना उसकी मजबूरी थी। वह विवाह के पहले पिता की पुत्री, विवाह के बाद पुत्रों की माँ, इन रूपों में जिन्दगी भर गुलाम बनकर रहती है। स्वातंत्र्योत्तर हिन्दी उपन्यासों में बदलते स्त्री-पुरूष सम्बन्धों का भरूपर वर्णन है।

स्त्री-पुरूष सम्बन्धों के साथ ही प्रेम सम्बन्धों में भी बदलाव आया है। आज प्रेम सम्बन्ध मात्र सौंदर्य और भावुकता के परिणाम स्वरूप स्थापित नहीं होते। अब प्रेम का रूढ़ नैतिक मूल्यों से कोई सम्बन्ध नहीं रह गया है। अब प्रेम नितांत व्यक्तिगत अनुभव है।

पिछले पच्चीस वर्षों में प्रेम सम्बन्धी भावना के अनेक रंग बदले है। इस काल के पूर्व प्रेमचंद के उपन्यासों में जो भावुकता लक्षित है। वह इस काल में दिखाई नहीं पड़ती। अब प्रेम सम्बन्धों में भी स्वार्थ, वासना, उद्देश्य तथा अपने-अपने व्यक्तियों के परस्पर उन्मीलन की सफलता या असफलता दिखाई देती है। पहले के उपन्यासों में भावुकतापूर्ण प्रेम दिखाई देता था। प्रेम में स्वार्थ के अभिप्राय उस समाजिक बदलाव से है, जिसमें नारी इतनी आधुनिक और प्रगतिशील बन गई हैं कि उसे अफसरों, मंत्रियों एवं दूसरे अधिकार प्राप्त लोगों के प्रेम करने, नारीत्व बेचने और स्वार्थपूर्ति का साधन बनाया गया।

वासनात्मक प्रेम तो खैर लोकप्रिय बात है जो स्वाभाविक भी है। वह मानव जीवन के साथ घनिष्ठ से सम्बन्धित है। उद्देश्य से अभिप्राय उस नई चेतना से है, जिसमें नारी तथा पुरूष दोनों प्रेम करने के पूर्व या एक-दूसरे की ओर आकृष्ट होने के पूर्व के महती उद्देश्य के विषय में एक-दूसरे की सोचने लगे हैं।

मनुष्य का चिंतन, व्यवहार, मूल वृत्तियों से प्रभावित एवं परिचालित होता है। मनोवैज्ञानिक की अगाधता को नापने वाले साहित्यकारों ने पात्रों को 'फ्रायड' द्वारा कही गई वासनाओं, शक्तियों से संयुक्त किया है। इन वृत्तियों में कामवृत्ति सर्वाधिक प्रमुख बन गई है। पात्र कामपीड़ित होकर नितांत अन्तर्मुखी बन जाते है। समाज के व्यापक धरातल की समस्याओं से कटकर

अपनी इर्द-गिर्द नयी समस्याएँ बुन लेते है। नागर ने काम को जीवन का एक अनिवार्य अंग मानते हुए भी निष्क्रिय जीवन को प्रश्रय नही दिया। सामाजिक परिप्रेक्ष्य में ही नियमित काम जीवन की उपादेता है। 'मानस का हंस' में तुलसीदास के मुख से यह कहलवाकर "स्त्री ही राम तक पहुँचने का साधन है" काम को एक शकड के रूप में प्रतिष्ठित किया है। स्वातंत्र्योत्तर कहानियों में जहाँ पुरूष लेखकों ने खुलकर काम प्रसंगों का वर्णन किया है वही स्त्री उपन्यासकारों ने भी इसमें कोताही नहीं बरती है।

1.2 साहित्य एवं समाज-

साहित्य हित कामना से रचा जाता है और समाज भी आत्मरक्षा की कामना से निर्मित होता है परन्तु आत्मरक्षा की भावना सतत बनी रहे इसलिए साहित्य हित के लिए अनादिकाल से संघर्ष करता आया है। मानव ने आत्महित से समाज का निर्माण तो किया किन्तु उसकी मानसिक दुर्दान्त विकृतियाँ कब विनाश के लिए उठ खड़ी हो, यह कोई नहीं कह सकता, इसलिए विश्व में शासन और प्रशासन बने कानून बने किन्तु यदि साहित्य निर्मित न हो तो उस देश के शासन और प्रशासन को कौन दिशा देगा ? अतः साहित्य की समाज को बड़ी भारी आवश्यकता है। कानून, धर्म और साहित्य के ग्रंथों को हाथ पर रखकर साक्षी इसलिए दिलाता है कि उसका महत्व सर्वोपरि है। गीता, कुरान, रामायण, बाइबल हमारे लिए समाज संगठन ग्रंथ है। अतः उन्हें पूजा का स्थान दिया जाता है। गुरू ग्रंथ साहिब इसका सर्वोच्च साक्ष्य है। इससे पोषित जो भी साहित्य है वह भी पूज्य है। गोस्वामी जी की वाणी को धर्मनिष्ठ और साहित्यिक दोनों तरफ के समाज में मान्यता मिलती है। अतः साहित्य और समाज का भारत तथा विदेश में सभी जगह महत्व है।

सभी शास्त्रों का वैज्ञानिक अध्ययन किया जाता है। समाजशास्त्र वास्तव में वह शास्त्र हैं जो सामाजिक जीवन से प्रतिबद्ध हर पक्ष का समग्र अध्ययन प्रस्तुत करता है। वहीं साहित्य का सत्य, शिव एवं सुन्दर भी कलाकार का अपना नहीं है, और न वह अन्तिम है। यह भी मानवीय अन्तः क्रियाओं का

प्रतिफल ही है। अतः क्रियाएँ ही उसके स्वरूप को गढ़ती है, सामाजिक बनाती है तथा इनके अस्तित्व को आधार प्रदान करती है। समाजशास्त्र के कोश में कला या साहित्य के समाजशास्त्र का अर्थ मोटे तौर पर इस प्रकार किया गया है– "वह विद्या जो कलाकृतियों तथा कलाकारों के पारस्परिक प्रभाव के संदर्भ में कला का स्वरूप निरूपण, वर्गीकरण तथा व्याख्यान विवेचन करती है।"[13]

साहित्यकार जिन सामाजिक सन्दर्भों को आधार बनाकर और जिन विशेष सामाजिक परिस्थितियों में साहित्य कृति की रचना प्रक्रिया पूर्ण होती है, वह कृति का सामाजिक परिवेश होता है। साहित्य को समाजशास्त्रीय दृष्टि से देखने के सन्दर्भ में पश्चिम के विचारकों ने गम्भीरता से काम लिया है। साहित्य के समाजशास्त्रीय उपागम की दिशा में उत्पत्ति-मूलक संरचनावाद लुसिए गोल्डमान का एक महत्वपूर्ण योगदान है कि मानव विज्ञानों में होने वाला समस्त प्रतिविम्बन समाज के बाहर से नहीं बल्कि अन्दर से होता है। और इस प्रकार समाज के बौद्धिक जीवन तथा उसके माध्यम से संपूर्ण सामाजिक जीवन का भाग होता है।

एलनस्विंग वुड के अनुसार- "लुसिएँ गोल्डमान का साहित्य, समाजशास्त्र एक व्यवसायिक समूह लेखक, उसकी जीवन शैली, आदर्श सामाजिक पृष्ठभूमि एवं व्यवहार प्रतिमानों का समाजशास्त्र नहीं है, बल्कि किसी लेखक की कृति को अर्थपूर्ण ढंग से विशिष्ट ऐतिहासिक परिस्थितियों से सम्बन्धित करने का प्रयास है।"[14]

जोसेफ एस रूसेक ने अपने निबंध "द सोशियोलाजी आफ लिटरेचर" में समाज और संस्कृति को साहित्य की सर्जनात्मक शक्तियाँ माना है।[15]

राधाकमल मुखर्जी ने अपने ग्रंथ "द सोशल फंक्शन आफ आर्ट" में "द सोशियोलाजिकल एप्रोच टु आर्ट" निबन्ध में कला के समाजशास्त्रीय उपागम का निरूपण करते हुए इस तथ्य को प्रतिपादित किया है कि

कलात्मक क्रियाएँ आदर्शों एवं मूल्यों की अनूभूति पर आधारित होती है जिनका उद्गम स्थल समाज है।[16]

साहित्य सामाजिक प्रक्रियाओं से प्रभावित होता है तथा सामाजिक प्रक्रियाओं को प्रभावित करता है। सामान्यतः साहित्य और समाजशास्त्र परस्पर आबद्ध है। शाब्दिक अर्थ की दृष्टि से वह शास्त्र जो साहित्य के माध्यम से समाज का अध्ययन करता है 'साहित्य का समाजशास्त्र' कहलाता है। इसी क्रम में एलिजाबेथ टामबर्न्स सम्पादित ग्रंथ "सोशियोलाजी आफ लिट्रेचर एण्ड ड्रामा" की भूमिका में साहित्य समाज का आशय स्पष्ट करते हुए कहते है जो साहित्य समाजशास्त्र को हम एक ऐसे सामान्य क्षेत्र के रूप में ग्रहण करते है जो साहित्य, सामाजिक संस्थाओं, सामाजिक रूप से परिभाषित परन्तु विश्व दृष्टि और अत्यधिक व्यक्तिगत एवं स्पष्ट रूप में व्यक्ति के सामाजिक क्रिया के अध्ययन के प्रति सामान्य है।[17]

साहित्य और समाजशास्त्र दोनों ही समाज को ही विश्लेषित करते हैं। साहित्य समाजशास्त्री एलन स्विंगवुड के अनुसार– "समाजशास्त्र भी साहित्य की तरह मानव समाज से सम्बन्धित है, वह समाज के साथ उसके अनुकूल और उसके परिवर्तन की आकांक्षा से सम्बन्धित है। साहित्य सदैव ही सामाजिक प्रक्रियाओं से प्रभावित होता है, सामाजिक प्रक्रियाओं का चित्रण करता है। ऐसी स्थिति में साहित्य स्वयं को समाजशास्त्र से पृथक नहीं कर सकता। समाजशास्त्र मानव जीवन के बदलते हुए मूल्यों को पहचानना सीखता है। साहित्य की विकासमान परिवर्तनशील विषयवस्तु रचनाकार का मनमाना व्यापार न होकर समाज का आधार पाकर सार्थक दिखायी देती है।"

किसी भी युग का साहित्य उस समय के संसार और समा के प्रति कोई न कोई दृष्टिकोण अपनाये बिना तो रचना ही नही कर सकता। समाजशास्त्र के विकास ने उसे वैज्ञानिक दृष्टिकोण अपनाने के लिए बाध्य कर दिया है। साहित्य में सामाजिक प्रतिमानों और प्रवृत्तियों का प्रतिविम्ब रहता है, इसमें सन्देह नहीं किन्तु उसमें लेखक के अभिमत मूल्यों का प्रतिफलन भी उतना

ही अनिवार्य है और यह कहना गलत न होगा कि मूल्यों के स्तर पर ही साहित्य समाजशास्त्रीय अध्ययन को शक्ति व अर्थवत्ता प्रदान करता है।[18]

समाज और साहित्य सम्पूर्ण भारतवर्ष के निवासिय़ों के लिए महत्वपूर्ण है, क्योंकि एक विद्वान ने कहा हैं– "समाज सामाजिक सम्बन्धों का जाल हैं तथा दूसरी तरफ यह भी कहा गया है कि 'साहित्य समाज का दर्पण होता है' क्योंकि साहित्य के द्वारा ही समाज में व्याप्त शुभ-अशुभ का चित्रण भी करता है। जिसके द्वारा हम सभी आपस में मतभेद भूलाकर एक मंच पर खड़े हो जाते है। इसी प्रकार मनुष्यों को एक सम्बन्ध में जोड़ने का कार्य समाज करता है अर्थात दोनों ही एक दूसरे के पूरक है।

समाज द्वारा डाले गये प्रभावों का अध्ययन करता है अथवा साहित्य की अभिव्यक्ति क्षमता और उसमें व्याप्त सामाजिक मूल्यों के आधार पर वह निर्णय करता है कि यह साहित्य और समाज पर कैसा प्रभाव डालेगा। इस विवेचन में मुख्य आधार कलाकृति और कलाकार द्वारा परस्पर प्रभावित होने की स्थिति में कला के स्वरूप निरूपण वर्गीकरण तथा विवेचन को माना गया है। यह माना जा सकता है कि कला के स्वरूप पर अपरोक्ष रूप से समाज का प्रभाव व्याप्त होता है। इसी कारण इस सन्दर्भ में 'साहित्य समाज का दर्पण है" जैसी सूक्तियाँ प्रचलित है। साहित्य के सृजन के आस्वाद तक के क्रम का परीक्षण करने पर मुख्यतः तीन केन्द्र दृष्टिगत होते है –1. साहित्य 2. साहित्यकार 3. सामाजिक। साहित्य में सहृदय व्यक्ति को सामाजिक कहा जाता है।[19]

इन तीनों ही स्तंभों में से साहित्यकार और सामाजिक दोनों ही समाज, के अविभाज्य अंग है। इसी प्रकार कुछ विशेष परिस्थितियों से प्रभावित होकर साहित्यकार साहित्य का सृजन करता है। वहाँ वही उस कृति का परिवेश है। इस सन्दर्भ में स्पष्ट है कृति, साहित्यकार और साहित्य के परिवेश में घनिष्ठ सम्बन्ध होता है। पर यह आवश्यक नहीं है कि रचना और रचयिता के सामाजिक परिवेश में कोई समानता दिखाई ही पड़े। कुछ प्रतिभाशाली

साहित्य सृष्टिओं की महान कृतियाँ ऐसा सामाजिक परिवेश धारण करती है जो अपनी समग्रता में इतना व्यापक होता है कि अतीत वर्तमान और भविष्य के विराट परिवेश को समाहित कर कालजयी बन जाती है। ऐसी रचना प्रायः प्रत्येक वर्तमान के परिवेश में अल्पाधिक रूप से प्रासंगिक है। महाभारत, रामचरितमानस, उर्वशी, अन्धायुग आदि कृतियाँ इसी श्रेणी में गिनी जा सकती है।[20]

साहित्य का एक छोर सामाजिक परिवेश के साथ अनिवार्य रूप से जुड़ा हुआ है। इस तर्क से साहित्य के परिपूर्ण अध्ययन के लिए और मूल्यवत्ता को प्रभावित करते हैं, आकलन आवश्यक है।[21]

प्राचीन सन्दर्भों में जहाँ कृति, कृतिकार और सामाजिक ही साहित्य के कारण या घटक हुआ करते थे, वहाँ वर्तमान सन्दर्भों में लेखक, संरक्षक, आलोचक, प्रकाशक और पाठक ही साहित्य के घटक हैं। साहित्य के समाजशास्त्रीय अध्ययन के क्रम में यह माना जाता है कि साहित्य में लेखक के व्यक्तित्व को उद्भाषित करने वाले तत्वों का सदैव विश्लेषण किया जाना चाहिए। आचार्य शुक्ल हिन्दी साहित्य के इतिहास में स्वीकारते हैं कि, साहित्य किसी देश की जनता की चित्रवृत्तियों का संचित प्रतिविम्ब होता है।"[22]

साहित्य का समाजदर्शन मूलतः समाजशास्त्र ही है। यह वह समाजशास्त्र है जो साहित्य और उसके सर्जक से जुड़े सन्दर्भों के पारस्परिक सम्बन्ध के आधार पर साहित्य के लिए मूल्यवान निष्कर्ष निकालता है क्योंकि साहित्य की सामाजिक चेतना, समाज और साहित्य में सम्बन्ध व्यक्ति का युगीन तथा भौगोलिक परिवेश उसके व्यक्तित्व को प्रभावित करता है। साहित्यकार आम आदमी से अधिक संवेदनशील होने के कारण यह प्रभाव एक प्रेरणा के रूप में ग्रहण करता है। साहित्यकार समाज का सदस्य होता है। स्वयं से सम्बन्धित देश काल गत भीतरी एवं बाहरी परिस्थितियों का वह भोक्ता एवं दृष्टा होता है। सामान्य व्यक्ति की तरह अपने अपने अस्तित्व को बनाये रखने के लिए उसे समकालीन परिस्थितियों तथा प्राकृतिक तत्वों से भी जूझना पड़ता है।

जीवन यापन करते हुए कुछ आनन्दमय, संघर्षमय जो अनुभव प्राप्त होते है। उनके बोध को सामाजिक दायित्व के माध्यम से वह सर्जित करता है। डा. रामजी तिवारी के अनुसार- "समाज के प्रत्येक सदस्य की छोटी से छोटी चेतन क्रिया किसी न किसी रूप में सामाजिक हुआ करती है।"[23]

व्यक्ति समाज की लघुत्तम इकाई है, समाज की महत्तम इकाई परिवार है। व्यक्ति की उन्नति परिवार का विकास है, तो परिवार का विकास समाज का विकास है। अतः परिवार के सदस्यों में परस्पर सामंजस्य, स्नेह, आत्मीयता रहे तो समाज सम्पन्न बनता है। समाज राज्य का अभिन्न अंग है, किसी भी राष्ट्र का स्वरूप प्रगति आदि उस राष्ट्र के समाज पर ही निर्भर होता है, सच तो यह हैं कि सामाजिक जीवन की उन्नति राष्ट्रीय जीवन के उत्थान का प्रथम चरण है।

समाज स्वयं में एक विशाल परिवार है। यह सिर्फ व्यक्तियों का संकलन मात्र नहीं है तो उन व्यक्तियों के समुदाय में परस्पर सहयोग, व्यवहार, भाषा, संस्कृति आदि सम्पन्न होते है। जिस प्रकार शरीर के अन्यान्य अवयवों में भिन्नता के बावजूद सम्बन्ध रहता है ये स्वतंत्र होते हुए भी परस्पराश्रित है और उनके इस स्वस्थ सम्बन्ध पर ही समाज का विकास निर्भर है।

1.3 मन्नू भण्डारी एवं मैत्रेयी पुष्पा की कहानियाँ- समाजशास्त्रीय दृष्टिकोण से-

समाजशास्त्रीय दृष्टिकोण-

साहित्य की विभिन्न विधाओं में कहानी ही एक ऐसी विधा है जिसका उदय मानवीय अभिव्यंजना के क्षेत्र में सर्वप्रथम हुआ है। कहानी का सम्बन्ध भावभिव्यंजना से होता है। ऐसी भावभिव्यंजना जो भावनाओं को प्रायः उसी रूप में उसी तीव्रता के साथ उसी प्रभाव के साथ व्यक्ति तक प्रेषित कर सके, जिस रूप में उसका उदय रचनाकार के अन्तर्मन में हुआ अतः कहा जा सकता है कि कहानी समस्त साहित्यिक विधाओं की जननी है। "कहानी ही

वह मूल है जिसका वृक्ष रूप साहित्य है और साहित्य की अन्य विधाएं उसकी शाखा है, किन्तु जिस प्रकार वृक्ष जड़ का अंग नही माना जाता, बल्कि जड़ ही वृक्ष का अवयव मानी जाती है........ कहानी की स्थिति, सचमुच ही, उस माँ की तरह प्रतीत होती है जो एक से एक सुन्दर और अपनी छाती के दूध से पोषण करके परिवार की रचना करती है, पर बाद में अपेक्षाकृत उसी परिवार का एक कम महत्वपूर्ण सदस्य मानी जाती है।[24]

डा. जगन्नाथ प्रसाद शर्मा ने लिखा है कि "कहानी गद्य रचना का कथा संपृक्त वह स्वरूप है जिसमें समान्यतः लघु विस्तार के साथ किसी एक ही विषय अथवा तथ्य का उत्कट संवेदन इस प्रकार किया गया हो कि वह अपने में संपूर्ण हो और उसके विभिन्न तत्व एकोन्मुख होकर प्रभावान्विति में पूर्ण योगदान देते हों।"[25]

हिन्दी कथा साहित्य में व्यक्ति पात्रों का उदय पश्चिमी आन्दोलनों तथा मान्यताओं के प्रभाव द्वारा सामने आया। प्रेमचन्दोत्तर कथा लेखकों में जैनेन्द्र, अज्ञेय, इलाचन्द जोशी के अलावा यशपाल, भगवतीचरण वर्मा, उपेन्द्रनाथ अश्क, अमृतलाल नागर, चन्द्रगुप्त विद्यालंकार, विष्णु प्रभाकर इत्यादि का नाम उल्लेखनीय है। प्रेमचन्दोत्तर कथाकार अपनी बौद्धिक जागरूकता के कारण विश्व की नवीनतम उपलब्धियों तथा आवश्यकताओं के साथ जुड़ चुके थे। इस प्रकार इस युग में भारतीय जनता के बौद्धिक चेतना का सूत्रपात हो चुका था। हिन्दी का स्वातंत्र्योत्तर कथा साहित्य इसी युगीन आवश्यकता की उपज है।

हिन्दी कहानी विधा की दृष्टि से अत्यन्त आधुनिक है। कहानी अपने पुराने रूप में उपन्यास की अग्रज है और नये रूप में उसकी अनुजावृत्त या कथा साहित्य की वंशजा होने के कारण कहानी और उपन्यास दोनों में ही कई बातों की समानता है... कहानी की एक तथ्यता ही उसकी जीवन रस है और उसे उपन्यास से पृथक करता है।"[26]

"कहानी का आधार अब घटना नहीं, अनुभूति है। आज लेखक केवल कोई रोचक दृश्य देखकर कहानी लिखने नही बैठ जाता। उसका उद्देश्य स्थूल सौन्दर्य नही है। वह तो कोई ऐसी प्रेरणा चाहता है जिसमें सौन्दर्य की झलक हो और इसके द्वारा वह पाठक की सुन्दर भावनाओं को स्पर्श कर सके।"[27]

प्रयोग की दृष्टि से जितनी संभावना कहानी विधा में है उतनी साहित्य की अन्य विधाओं में नही मिलती। कहानी अभिव्यंजना की वह विधा है जिसके स्वरूप में अगणित विविधतायें समय-समय पर जुड़ती रही है और मिटती रही है। यही कारण है कि कहानी की कोई ऐसी परिभाषा जिसके माध्यम से कहानी के संपूर्ण स्वरूप को समझा-परखा जा सके, निर्मित नही हो सकी।"[28]

आज के प्रायः सभी कहानीकार, एक ही सामाजिक प्रतिक्रिया के परिणाम और एक ही साहित्यिक संस्कारों में पले और बढ़े है अतः उनके प्रेरणास्रोत भी इतने समाज है कि प्रायः उनकी शब्दावली और सोचने का ढंग कही-कही एक सा दिखाई देता है। अतः आज की कहानी अधिक यथार्थदृष्टि प्रमाणिकता और अधिक ईमानदारी से अपने आस-पास के परिचित परिवेश में ही किसी ऐसे सत्य को पाने का प्रयत्न करती है जो टूटा हुआ, कटा-छँटा या आरोपित नहीं बल्कि व्यापक सामाजिक सत्य का एक अंग है।"[29]

समाज की विविधता, विसंगतियाँ तथा महत्वाकांक्षाएँ संवेदना को विविध आयाम प्रदान करती हैं। वैसे तो समग्र साहित्य का आधार समाज है परन्तु कहानी में जिस तरह से समाज को उद्घाटित किया जाता है, वह अकल्पनीय है। "मानवीय व्यवहार की जटिलता एवं विविधता के उद्भव एवं विकास की यात्रा कथा का ही दूसरा नाम समाजशास्त्र है।"[30] समाजशास्त्री की इस परिभाषा से कहानी का उद्देश्य स्पष्ट हो जाता है। मानवीय व्यवहार की अन्तर्निहित मानसिकता का उद्घाटन रेखांकन एवं चित्रांकन ही कहानी है। समाजशास्त्र मावन जीवन के विविध पक्षों- आर्थिक, धार्मिक, सामाजिक, राजनीतिक आदि का विवेचन और अध्ययन करता है। समाज एक व्यवस्था है और व्यवस्था के अन्तर्गत विभिन्न प्रकार के रीति-रिवाज सहयोग,

असहयोग आदि पाये जाते है, जो किसी न किसी रूप में सामाजिक सम्बन्धों पर ही आधारित है। समाजशास्त्र इन्ही सामाजिक सम्बन्धों को विश्लेषित करता है। सोरोकिन ने लिखा है- "समाजशास्त्र सामाजिक, सांस्कृतिक घटनाओं के सामान्य रूपों, प्रारूपों और अनेक प्रकार के अन्तः सम्बन्धों का सामान्य विज्ञान है।"[31]

अनुभूतियों की समग्रता यदि उपन्यास में आकार पाती है तो उसकी क्षणविशेष की पकड़ कहानियों में। मेरी दृष्टि में कहानी अनुभूति की तीव्रता का नाम है और उपन्यास उस तीव्रता की श्रृंखलाओं का व्यापक रूप। दोनों का अपना-अपना दायरा है अपना सन्दर्भ है किन्तु प्रभाव की सघनता कहानी में जितनी सम्भव है उतनी ही उपन्यास में नही। कहानी जीवन का एक रंग है– गहरा रंग और उपन्यास कई रंगों के मेल से बना एक रंगीन संसार है जिसमें यथार्थ का ताप भी है और आदर्शों की उपमा भी। वस्तुतः कहानी में जीवन के एक अंग अथवा अनुभूति को शब्दबद्ध किया जाता। मनुष्य जीवन को छोटे-छोटे टुकड़ों एवं अंशों में जीता है, भोगता है। विविध घटनाएँ उसके जीवन में घटित होती है। जिनका प्रभाव उनके मन पर गहरा पड़ता है संवेदनशील कलाकार जीवन की विविध घटनाओं को चुनकर कहानी के रूप में अभिव्यक्त देता है।

जीवन की विविध छोटी-छोटी अनुभूतियों में विराट संवेदनाओं की ओर साहित्य की हर दिशा बढ़ रही है। कहानी में भी संवेदनाएँ अभिव्यक्त होती है। इन विधाओं में अनुभूतियों और संवेदनाओं का क्षेत्र अत्यन्त गहरा हैं। कहानी एक विशिष्ट घटना, प्रसंग या किसी स्थिति विशेष की रचना है और लेखक की किसी विशिष्ट युगवृत्ति और मानवीय संवेदना की मार्मिक अभिव्यक्ति है। कहानी अपने दृष्टिकोण के लिए स्वयं एक माध्यम है। कहानी का समाजशास्त्र कम विकसित हुआ है किन्तु नयी कहानी, समकालीन कहानियों में, समाजशास्त्रीय विश्लेषण की संभावनायें देखी जा सकती है। आलोचकों ने जितना ध्यान उपन्यास विधा की ओर दिया उतना कहानी की

ओर न दे सके। आज का पाठक प्रबुद्ध है। आधुनिक नयें शिल्प की बारीकी, जिसमें आज का वास्तविक जीवन तथा समाज अपने सही रूप में संवेदित है, उसे पाठक समझकर उसकी व्याख्या भी करने लगा है। आज की कहानी सामाजिक व्यवस्था, संरचना, को भी यथार्थवादी ढंग से परिभाषित करती है। इसलिए कथा साहित्य को समाजशास्त्रीय दृष्टि से विवेचित करने हेतु कहानी एवं उपन्यास दोनों ही विधाओं को आधार बनाया गया है।

(क) मन्नू भण्डारी की कहानियाँ- समाजशास्त्रीय दृष्टिकोण से-

महिला कहानी लेखिकाओं में मन्नू भण्डारी का नाम सर्वाधिक महत्व का है। नयी कहानी की चर्चा के सन्दर्भ में प्रामाणिक अनुभव की बात उठायी गयी है और यह स्पष्ट किया गया है कि लेखकों ने अपने-अपने परिवेशों के जीवन सत्यों को अनुभव में प्राप्त किया है और उन्हें एक नवीन मानवीय दृष्टिकोण से सर्जित किया है महिला लेखिकाओं का भी माहौल वही है जो पुरूष लेखकों का है और उन्होंने समस्याएं भी वही उठायी है जो पुरूष लेखकों ने उठाई है। किंतु अब तक हम पुरूषों के माध्यम से ही नारी मन को देखते थे, अब नारी के माध्यम से नारी मन तक पहुँच रहे है। पहले भी कुछ नारी लेखिकाएं तथा कवियित्रियाँ आयी है किन्तु उन्होंने नारी के गौरव या दर्द को ही ज्यादा उभारा, उसकी नारी सुलभ सारी भूख-प्यास और संयम, लघुता और महत्ता, स्वार्थ और त्याग आदि के द्वन्द को उसके संक्रान्त रूप को प्रस्तुत नही किया। आज की कई नारी लेखिकाओं ने पारिवारिक परिवेश में नारी मन के इस संक्रान्त रूप से बड़ी सच्चाई से उद्घाटित किया। इन लेखिकाओं में भी दो नाम मन्नू भण्डारी और उषा प्रियंवदा विशेष तौर पर उभरकर सामने आये। किन्तु उषा प्रियंवदा की चर्चा उनकी दो कहानियों (वापसी और जिन्दगी और गुलाब के फूल) के इर्द-गिर्द ही हुई और कही ठहरी रह गई। सच बात तो यह है कि ये कहानियाँ ही उषा की शक्ति मालूम पड़ती है क्योंकि इनमें पारिवारिक सम्बन्धों की बड़ी जीवन्त टकराहट है। शेष कहानियों में नयी-नयी भंगिमाओं के साथ स्त्री पुरूष के रूमानी सम्बन्धों की ही अभिव्यक्तियाँ

है। इनका भी उपलब्धि स्तर बहुत ही विषम है। मन्नू में दो चीजे दर्शनीय है- एक तो इन्होंने पारिवारिक जीवन की विविध समस्याओं और नर-नारी सम्बन्धों के विविध आयामों को लिया है और कही-कही तो सामाजिक जीवन के गहरे प्रश्नों को भी प्रमाणिकता के साथ रूपायित किया है। और दूसरे प्रायः इनकी कहानियों का स्तर एक सा ऊँचा है। मन्नू की एक बात और ध्यान आकृष्ट करती है- वह है अनुभवों की सच्चाई और संवेदनशीलता। नये कहानीकारों में बहुत से लोग आधुनिकता की अवधारणाओं से प्रभावित होकर देर-सवेर आवधारणाओं से ही जीवन निर्माण करने की ओर प्रवृत्त हुए किंतु कुछ लोग ऐसे भी है जो कभी भी इस व्यामोह में ही नही पड़े और अपने परिवेश-जीवन के बदलाव की पहचान में तथा एक नयी सामाजिक दृष्टि में ही आधुनिकता को समाहित रखा। अर्थात् उसे परिवेश जीवन के सन्दर्भ में जीवन से ही संकेतिक किया इसलिए इनकी कहानियाँ एक ठेस बौद्धिकता से बोझिल होने की जगह संवेदनशील होती है। इस संवेदनशीलता को नकली बौद्धिक लोग रूमानियत या भावुकता मानकर उसका उपहास करते है। वह अपने अतिरेक में अनावश्यक स्फीति और उफान भर देती है और मन्नू में भी इसका प्रभाव दिखाई देता है।

मन्नू भण्डारी की कुछ विशिष्ट कहानियों की चर्चा के माध्यम से उनकी उपर्युक्त विशेषताओं की पहचान की जा सकती है। अकेलापन नयी कहानी और आज की कहानी का विशेष स्वर है। अनेक बार ऐसा लगता है कि लेखक अकेलेपन को एक आधुनिक अवधारणा के रूप में ग्रहण कर समकालीन जीवन पर लाद रहा है वह अकेलापन वास्तविक जिन्दगी के वास्तविक सन्दर्भों से उपजा हुआ न होने के कारण विश्वसनीय नहीं होता। मन्नू की 'अकेली' कहानी इस अविश्वसनीय अवधारणा के विपरीत हमारे परिवार की एक ऐसी स्त्री के अकेलेपन की विश्वसनीय कथा कहती है जिसका पति सन्यासी हो गया है। सोमा बुआ का पति सन्यासी हो गया और वह साल में एक मास के लिए घर आता है। अकेली बुआ लोगों के यहा गा-बजाकर काम करके गुजारा करती है। पति जब आता है तब वह बुआ के इस

क्रिया-कलाप से नाराज होता है। वह पत्नी को अकेलापन देकर उसे अपने ढंग से यह अकेलापन काटने का अधिकार भी नही देता। देवर जी के ससुरालवालों के किसी लड़की की शादी बुआ के गाँव भागीरथ के यहाँ होती है। शादी यही से हो रही है। बुआ सोचती है- बुलावा आयेगा। अंगूठी बेचवाकर वह दुल्हन के लिए उपहार खरीदती है और प्रतीक्षा करती रह जाती है लेकिन बुलावा नही आता।

पीढ़ियों का अन्तर भी आधुनिक जीवन का एक यथार्थ है जिसे नयी कहानी में बार-बार रूपायित किया है। मन्नू की 'मजबूरी' कहानी भी इस सत्य से साक्षात्कार करती है किंतु इस कहानी पर भी कोई अवधारणा नहीं है, अवधारणा इस कहानी द्वारा व्यंजित हो सकती है। बूढ़ी अम्मा का बेटा रामेश्वर तीन बरस बाद शहर से घर आता है और बूढ़ी अम्मा प्रसन्न होकर लोरी गाती है। वह जाते समय अपना बेटा छोड़ जाता है। अम्मा बहुत खुश होती है। अम्मा अपने पोते (बेटू) को अपने बेटे रामेश्वर के ढंग से ही पालती है। वह बिगड़ जाता है। फिर बहू बेटे को अपने साथ ले जाती है। बेटू जिद करके दादी के पास लौट आता है। वह फिर बिगड़ जाता है। फिर बेटू की माँ उसे अपने साथ बम्बई ले जाती है। इस बार उसका मन बम्बई में लग जाता है और अम्मा हँसती है रोती है। 'यही सच है' दो प्रेमियों को लेकर उपजे हुए नारी-मन के द्वन्द की अभिव्यक्ति है। एक साथ दो प्रेमियों को लेकर चलने वाले द्वन्द की कथा तो प्रायः बढ़ी हुई है। इस कहानी में द्वन्द का स्वरूप थोड़ा अलग है। इन्दु अपने वर्तमान प्रेमी संजय के साथ कानपुर में है और निशीथ उसका पहला प्रेमी है जो कलकत्ता में है। इन्दु निशीथ की बेवफाई से नाराज है और संजय के प्रति पूरी तन्मयता से समर्पित है। एक इन्टरव्यू के सिलसिले में वह फिर कलकत्ता जाती है और निशीथ से भेट होती है। निशीथ फिर इन्दु के मन पर छाने लगता है। वह निशीथ और संजय के बीच बट जाती है। और एक गहरे द्वन्द में फँस जाती है। सोचती है निशीथ ही सच है और कानपुर लौटती है तो सोचती है कि संजय ही सच है। तीनों पात्रों को उनकी पूरी इयत्ता के साथ रूपायित कर इन्दु के मन के संघर्ष को चित्रित किया है।

'एखाने आकाश नाई' में गाँव के मध्यमवर्गीय परिवार की जिन्दगी चित्रित की गई है। एक रूमानी धारण मन में होती है कि गाँव में एक खुलापन है और शहर में घुटन। कारण यह है कि गाँव का जीवन प्राकृतिक परिवेश में खुलता है और शहरी जीवन पत्थर की दीवारों से अवरूद्ध है किंतु अजब विडम्बना यह है कि प्रकृति के बीच खुले हुए गाँव का जीवन अधिक घुटनमय हो गया है, पारिवारिक रिश्तों और रिवाजों के बीच जीवन कुंठित होता रहता है। लीला खुले आकाश के लिए जब गाँव जाती है तो वहाँ जाकर अपने को अजनबी महसूस करती है। मध्यमवर्गीय परिवार की सारी संकीर्णताएँ, झगड़े, अभाव, रिश्ते उसे उबाने लगती है। पीछे सड़ता हुआ पोखर, उड़ती हुई बदबू, सड़ते हुए पारिवारिक जीवन की दुर्गन्ध को प्रतीकात्मक ढंग से व्यक्त करती है। वह सोचती है कि वह दिनेश को लिखेगी कि जितनी जल्दी हो सके आकर उसे ले जाये। इस कहानी में एक और कहानी है जो शुरू में ही है। वह क्यों है? इसका तर्क मेरी समझ में नहीं आया। उसका होना कहानी को फालतू विस्तार देता है और कहानी को कमजोर बनाता है।

'नयी नौकरी' में मन्नू भण्डारी ने पुरूष की भौतिकवादी दृष्टि और उसमें होती हुई स्त्री की इयत्ता का चित्रण किया है। कुंदन की नयी नौकरी है। वह बड़ी तेजी से भौतिक समृद्धि प्राप्त करना चाहता है। अपने बास को प्रसन्न कर तरक्की करना चाहता है। इसके लिए वह बलि चढ़ाता है अपने पत्नी के व्यक्तित्व की। उसकी लेक्चरशिप की नौकरी छुड़वाकर उसे घर को सजाने के काम में लगवा देता है। 'शायद' दो यांत्रिक परिवेशों के बीच फँसे और अस्तित्वहीन होते हुए एक व्यक्ति की कहानी है। जहाज पर काम करने वाला राखाल तीन साल बाद घर लौटता है। वह रोमांटिक मूड में है और पत्नी कामकाजू हो गई है। वह उसके रोमांस का बोझ नहीं उठाना चाहती। तीन सालों के बीच की पारिवारिक व्यथा और बच्चों की समस्या ने पत्नी को यांत्रिक बना दिया है। मैकेनिक शंकर की सहायता तथा अन्य पड़ोसियों की सहृदयता की कथा सुनकर राखाल अपना अस्तित्व लुप्त होता हुआ अनुभव करता है। अपने अस्तित्व को सिद्ध करने के लिए राखाल बच्चों को बुलाता

है और हर निर्णय स्वंय लेता है और छुट्टी समाप्त होने पर एक दूसरे यांत्रिक परिवेश (जहाज के यांत्रिक परिवेश) की ओर लौटता है जहाँ उसे सुनाई पड़ता है-

"यार तुम जैसे लोगों को बहुत घुलना-मिलना नही चाहिए बीबी-बच्चों में इतनी शिक्षा देता है यह गुरू, तुम लोग फिर भी कुछ सीखते नहीं हो। बेटा अपनी जिन्दगी तो इन मशीनों के साथ बँधी है समझे ? इनको तेल पिलाओं और चलाओं।

मन्नू की अनेक कहानियाँ ऐसी है जो वृहत्तर सामाजिक अनुभवों और सकंट की है। उदाहरण के लिए 'खोटे सिक्के' और 'सजा' के लिया जा सकता है। 'खोटे सिक्के' मिन्ट में होने वाले अमानवीय अत्याचार की कहानी है। इस अत्याचार के विरोध में खन्ना साहब की रसिकता की स्थिति को रखकर उसके तनाव से अत्याचार की विभीषिका और कुरूपता को और भी गहारा दिया गया है। मिन्ट की उच्चाधिकारी खन्ना साहब एक ओर लड़कियों को पूरी रसिकता के साथ मिन्ट दिखा रहे है और अपनी सहृदयता और मस्ती का आभास उभर रहे है, दूसरी ओर अंगहीन हो गये मजदूरों को खोटे सिक्के के समान निकाल कर फेंक देते है- और इतने बड़े अत्याचार को वे अपने चुटकुलों से ढक देना चाहते है और लड़कियाँ सचमुच उन चुटकूलों में डूब जाती हा। 'सजा' में मानवीय यातना के सन्दर्भ में शासन व्यवस्था और न्याय व्यवस्था की असंगतियों का पर्दाफाश किया गया है तथा मनुष्य को तोड़ देने वाले उनके प्रभावों की व्यंजना की गई है। निरपराध पप्पा को गबन के सिलसिले में सजा हो गई है। माँ- भईया के यहाँ है और दो छोटे-छोटे बच्चे (लड़की और मन्नू) चच्चा के यहाँ सजा भोग रहे है। मामा के प्रयास से किसी प्रकार चार साल में फैसला होता है। इस बीच सारा परिवार उजड़ चुका है, सजा भोग चुका होता है। इसलिए निरपराध साबित होने पर भी पापा खुश नही होते।

मन्नू की कहानियाँ अपने परिवेश के विविध अनुभवों, मानवीय पीड़ा, मानवीय दृष्टि, अपने खुलेपन और अकृतिम भाषा के कारण सार्थक और प्रभावशाली कहानियाँ बन पड़ी है।

(ख) मैत्रेयी पुष्पा की कहानियाँ- समाजशास्त्रीय दृष्टिकोण से-

नारी समाज का अविभाज्य घटक है। नर-नारी मिलकर समाज बनता है। "व्यक्ति और समाज का परस्पर आकर्षण शाश्वत है। व्यक्ति और समाज एक-दूसरे के पूरक है।"[32] स्वतंत्रता के बाद समाज की स्थिति में कोई सुखद परिवर्तन नहीं हुआ। अशिक्षा, गरीबी, बेकारी, अनुशासनहीनता आदि समस्याएँ सामाजिक चेतना को निरन्तर प्रभावित किये थी। देश विभाजन साम्प्रदायिक भेदभाव, जातीय दंगे, नारी शोषण भ्रष्टाचार आदि से मानवीय मूल्यों का ह्रास होने लगा तथा सामाजिक मूल्यों का महत्व घट गया।

नारी को सामाजिक न्याय मिले इसलिए विभिन्न प्रकार की योजनाएँ क्रियान्वित की जा रही है। नारी की स्थिति को सुधारने के लिए विशेष विवाह कानून 1954, हिन्दू विवाह और विवाह विच्छेदन कानून 1955, हिन्दू उत्तराधिकार अधिनियम 1950, दहेज प्रतिषेध अधिनियम 1961 पास किये गये। नारी को आधुनिक दृष्टि देने के अर्थ में सामाजिक दृष्टि से प्रयत्न किये जा रहे है। नारी का आधुनिक होने से तात्पर्य आन्तरिक मजबूती के साथ अपनी बात कहने के लिए तैयार हो जाये। "पुराने मूल्यों का विघटन प्रारम्भ हुआ और व्यक्ति चेतना का अधिकाधिक विकास होता गया।"[33] मैत्रेयी पुष्पा ने अपने साहित्य में सामाजिक प्रश्न में नारी को मजबूती दी है। उदाहरण प्रस्तुत है- प्रण, प्रतिज्ञा, संकल्प जैसे शब्दों का अर्थ और नतीजा जानते है हम। पुरूष के प्रभुत्व पर जब-जब सवालिया निशान लगाये है, सजा पायी है। मगर हम क्या करे, हम भी मनुष्य है। यह बात सारी दुनियाँ भूल जाये हम नही भूल पाते। बस हो ही जाती है गलती। नरक-मरक का डर नही लगता फिर। शायद पुरूष शोषित समाज का दिया इतना भोगा-भुगता है कि भुगतने को ही अपनी ताकत मान बैठे है।"[34] मैत्रेयी का मानना था कि स्त्री को मानवता की

धरातल पर देखा जाये, सोचा जाएँ। यथार्थ के भावभूमि पर व्यक्ति के रूप में प्रतिष्ठा मिले इतनी ही बात है।

गोमा हँसती है कहानी का उदाहरण प्रस्तुत है- "किढ़ूडा के लिए चाची भगत के लिए भगवान की तरह है। बापू के घूँटे से उबार लिया। मरते हुए बापू का हाथ पकड़ लिया। बोली- बड़े लुगाई तो तब ही जितेगा, जब लुगाई ले आवे। और आ जावेगी तो बुआ खुशी से धर लेगा अपनी 'नार' पे।"[35] किढ़ूडा की माँ नही है। चाची उसका सहारा है। चाची उसके विवाह की बात छेड़ती है। सामाजिक रूप में एक दूसरे से बँधे रहना समाज की दृष्टि से महत्वपूर्ण होता है। स्नेह, प्रेम के भाव बने रहते हैं। वह व्यक्ति की भावनिक जरूरत होती है। दूसरा उदाहरण कहानी 'आक्षेप' का प्रस्तुत है- "है गये नही, सब भेड़ है, चारी-चारी लटका है, पर का करे, सब के सब अपनी अपनी दुलहिन लैके नौकरी पे निगरी गये। इन हूँ को बहुत बुलायित है पर जे देहरी की मोहमिता को नाहिं छोड़ि पावत। हमसे जितनी चाकरी बन जात है, कर देत है। कोउ कहे हमें नाहि फरक पड़त बाबू जी। यह एक पल में जी हल्का करके सब भूल गयी थी।[36] इस कहानी में रमिया सब लोगों की मदद करती रहती है । वह इस बात की परवाह नही करती कि लोग क्या कहेंगे ? वह यह सोचती है कि मानवता उसका धर्म है और व्यक्ति का कर्तव्य है मानवता निभाना। इससे बढ़कर सामाजिक आधुनिक बोध और क्या हो सकता है। 'सफर के बीच' का उदाहरण है- "वह चुपचाप बैठा रहा, क्या बोलता है ? दद्दा की कल्पना देखता रहा। जर्जर आर्थिक स्थिति में दद्दा की बेबसी का विश्लेषण करता रहा... अपनी और रघू भैय्या की गृहस्थी का मिला-जुला असहनीय बोझ.... क्या करे दद्दा.....?"[37] परिवार से समाज बनता है। परिवार में जो आर्थिक विवेचना थी उससे युवक परिचित है।

बेटी का व्याह होने के बाद उपहार रूप में जैसे गायें, सुवर्ण मुद्राएं, धन-धान्य या वस्तु के रूप में कुछ दिया जाता है। बेटी जिस घर में ब्याह कर जा रही है, उन लोगों के मान सम्मान में ये चीजे दी जाती है। बेटी का एक बार ब्याह

होने के बाद जो कुछ दिया जाता है वह दहेज ही होता है। उसके बाद पैतृक सम्पति पर उसका अधिकार नही माना जाता है। बेटी 'पराया धन' मानी जाती है। मैत्रेयी का मानना है कि आप माने या ना माने सत्य यही है कि इस परम्परा का सबसे क्रूर और खतरनाक वाहक है- पिता जिसने सरेआम बेटी के हक से धरती, वायु, आकाश और जल छीना। अपने जन्मदाता के हाथों वंचित हुई बेटी किसी दूसरे घर क्या और कितना पा सकेगी ? प्राचीन और पूज्य परम्परा के चलते लड़कों के अमोल - नाल काटकर फेंक देना, उसके सब हकों का खात्मा कर देने का प्रतीक है।"[38] बेटी का अपना घर नही होता। जब वह जन्म लेती है तो पिता का घर और ब्याह कर घर जाने के बाद पति का घर। जब पति और पिता घर मे प्रवेश कर देने से मना कर देता है तो उसके उसके हक की जगह ही नहीं है। मैत्रेयी ने एक और बात स्पष्ट रूप से कही है- 'मगर' मुझे दुःख तब होता है जब हमारे समाज की विदूषियाँ सरकारी-गैरसरकारी पदों की जिम्मेदार स्त्रियाँ अपने वक्तव्यों में उन रिवाजों-चलनों और परम्पराओं की वकालत करती है, जो स्त्री के जीवन में कुछ जोड़ती नही तोड़ती है। शिक्षित और ज्ञान के संसार में दखल रखने वाली स्त्री यदि आँख, नाक, कान और वाणी को निष्क्रिय रख, ढोंग या कर्मकाण्डों के पक्ष में बोले तो आप उसे क्या कहेंगे ?

आधुनिकता वर्तमान से सम्बन्धित है। स्त्री जीवन का वास्तव आज भी बदला हुआ नही है। दहेज के कारण, स्त्री पर एकाधिकार समझने के कारण किसी प्रकार से स्त्री पर अत्याचार हो ही रहे हैं। मैत्रेयी सुशिक्षित स्त्री में चेतना निर्माण करना चाहती है ताकि वह गलत रूढ़ियों का खण्डन कर अपने लिए राह बनाये और बाकी स्त्री को भी इस अत्याचार से छुटकारा दे।

गोमा हंसती है कथा संग्रह में प्रेम भाई एंड पार्टी का उदाहरण प्रस्तुत है- 'जानती हो तो फिर यह भी सुन लो कि इस सम्बन्ध को करते समय हमारे आगे कोई उपाय न बचा था। लड़के का बाप इक्यावन हजार का वाह्य-वाज्य मुख से निकालकर उसी से चिपक गया। बारात की खातिरदारी के निर्देश

अलग। तमाम दलीले की, लड़का तो आपके घर हमेशा आयेगा। बाराती कब-कब जायेंगे आपके द्वारे। याद रखने लायक स्वागत सत्कार होना चाहिए।"[39] लड़की वालों ने इक्यावन हजार की राशि वर पक्ष को देना इसलिए मंजूर किया है कि वह बेटी से शादी करेगा और एक हक की नौकरीशुदा व्यक्ति के रूप में उसे अपने घर रखेगा। वधू पक्ष के पास पैसा नही है। सौदान सिंह मंत्री बन जाता है। पिता को ऐसा लगता है कि अपना मंत्री बना है मदद करेगा। दहेज के कारण दूसरों के सामने हाथ फैलाने की नौबत आ जाती है। दूसरा उदाहरण साँप-सीढ़ी कहानी से प्रस्तुत है- "रज्जो के ब्याह में भी लुट गये थे दाउ। यह भी उनकी ही गलती थी ? या कि बेटी के पिता के लिए यह कड़ी सजा जरूरी है कि कोई बेटी पैदा न करना न चाहे फिर..।"[40] फिर दहेज के कारण स्त्री को पीटा भी जाता है। उसे पिता के घर से पैसा लाने के लिए मजबूर किया जाता है। "साली, हरामजादी। इतनी देर से बक-बक .... जूतों के मारे तेरी खोपड़ी खोल दूंगा। यह, ...यह काम तो तुझे तभी कर डालना था, जब सीता... पर उसका ही लिहाज करके....।"[41] स्त्री के जीवन को लेकर व्यवहार की बात होती है। लेने वाला पुरूष, देने वाला पुरूष और जिंदगी स्त्री की। यह सब बातें व्यवहार से सम्बन्धित है।

मैत्रेयी ने स्त्री की कोई जाति नही मानी पितृसत्तात्मक भारतीय संस्कृति में स्त्री के जन्म पर पिता की और बाद में पति की जाति जुड़ जाती है। औरत, औरत होती है जिसके साथ उसका शरीर जुड़ा हुआ होता है। औरत के मामले में कहना पड़ेगा- शूद्र स्त्री।"[42] स्त्री का स्वतंत्र अस्तित्व स्वीकार नही किया गया है इसलिए उसकी स्वतंत्र कोई चीज नही है। "कहने का मतलब है कि स्त्री का अपना स्वतंत्र वर्ण नही होता, वह बनाया जाता है। यदि पंडितजन चाहे तो चमार कन्या को मंत्र-श्लोक पढ़कर गंगाजल से नहलाकर शुद्ध कर ले। अनाथालयों, विधवाश्रमों और वनिताग्रहों से लाई गई या भोगी गई स्त्रियों की जाति ब्राह्मण, क्षत्रिय वैश्य और शूद्र में से क्या है ? यह कौन जानता है। बिरादरी-भोज ऐसा पारस है, जो औरत को पति की जाति बख्शता है।"[43]

मैत्रेयी का मानना है कि विवाहित स्त्री से वेश्या अधिक स्वतंत्र होती है। वह अपने निर्णय ले सकती है। उससे किसी की जाति जुड़ी हुई नही होती है।

समाज में आज सुशिक्षित लोग खुद में परिवर्तन नही कर पा रहे है। जाति संरचना में विश्वास रखकर सुशिक्षित व्यक्ति शूद्र समझे जाने वाले व्यक्ति से तुच्छता का व्यवहार करता है। अगर यह कहा जाएँ कि तुच्छ वह होता है जो दूसरो को तुच्छ समझता है। जिसे समझा जाता है तो वह अपने कार्य में मग्न होता है। यह ज्येष्ठ कनिष्ठता का भाव जब तक समाप्त नही होता तब तक समानता का वातावरण निर्माण नही होगा। जाति निर्मिती के पीछे एक बहुत बड़ी साजिश यह है कि एक वर्ग दूसरे वर्ग पर अधिराज्य करना चाहता है। पर जब हम स्वतंत्र भारत के भावी नागरिक के रूप में अपने आप को देखते है तो वह असमानता की बात बाधा निर्माण कर सकती है। विकास, उन्नति के लिए व्यापक परिप्रेक्ष्य की आवश्यकता होती है और यह सामाजिक चेतना निर्माण होने के लिए समानता के विचारों का रोपण होना ही आवश्यक है।

मैत्रेयी पुष्पा की कथाओं में जातीयता के प्रश्न की ओर निर्देश किया गया है। उदाहरण प्रस्तुत है- "सुराज बेटा, सोच। अपनी जाँति-पाँति अलग है। लाला का नमक खाया है हमने, उसके चाकर है हम। चंदना नादान ठहरी, तू ही सोच समझकर चल सुराज। तू बड़ा है।" बापू के बोल बोलते थे कानो में- बड़ी जाति की है सुराज वह। हम हरिजन चमार ठहरे बेटा। अपनी औकात में ही रहे तब ठीक।"[44] सुराज ने अपने पिता की बात मान ली और मन ही मन दबे घूँट संस्कार को कोसता रहा। उसे ऐसे लगता है कि चंदना नारी होकर अपनी बात कह सकी मै क्यों नही अपनी बात कह सका। मैत्रेयी इस कथा में इस पात्र की निर्मिती कर यह निर्देशित करना चाहती है कि संस्कारों का जीवन में निर्णय लेने में महत्वपूर्ण स्थान होता है। सुराज के संस्कार दबे-कुचले ठहरे जबकि चंदना के संस्कार निर्भीक और साहसी ठहरे। आगे कहानी में चंदना का ब्याह एक नपुंसक से कर दिया जाता है जिसके पास धन संपदा है। चंदना उस घर में लोगों द्वारा सतायी जाती है। यहाँ पिता का निर्णय

देखिए कि जातीयता मानने वाले लोग नपुंसक से बेटी की शादी कर देते है पर काबिल नौजवान से ब्याह नहीं करा देते है क्योंकि वह उनके जाति-बिरादरी का नहीं है। मानवता का निर्घृण रूप यहा दिखाई देता है। जातीयता की जड़े मनुष्य के मन के अंदर इतनी गहरा गई है कि वह अपने जीवन को तबाह कर देता है पर गैरजाति से अपने सम्बन्ध नहीं जोड़ेगा। और एक उदाहरण प्रस्तुत है- "ददुआ, तुम मति खाऔ परि जि बच्चा ! जि का जाने जाति- पाति ? ऊँच-नीच ? जाकी आवाज सुनिकै ही, ददुआ मैं रोटी ले आयी हूँ। उसने आँचल के नीचे से रोटी निकालकर वेदू के सामने रख दी।"[45] बच्चों पर जैसे संस्कार बचपन से होते है वैसा ही वो सोचते है। मैत्रेयी की एक कहानी है 'छुटकारा' जो मेहतर समाज के आत्मसम्मान को लेकर लिखी गयी है- होने को छन्नो भी इंसान की मूरत है। भगवान की बनाई हुई औरत पर यह मेहतरानी यहाँ बस जाती है मानो और इसके नाते-रिश्तेदार यहाँ आते-जाते है। मानो तो गली के लौण्डों का क्या होगा ? मेहतरानियों की नस्ल बड़ी शैतान होती है, क्योंकि मिली-जुली होती है, बला का हुस्न क्या ऐसे ही उतरता है ?"[46] मेहतर समाज ने अपने हक में लड़ाई लड़ी और वे इस काम से मुक्त हुए।

मैत्रेयी ने नारी को समाज में एक व्यक्ति के रूप में देखना चाहा है। गाँव की नारी में सामाजिक स्तर नहीं मिलता है। वह केवल उपयोग में लाई जाने वाली वस्तु की तरह इस्तेमाल की जाती है। मैत्रेयी का मानना है कि जिस देश की गरिमामय संस्कृति है वहाँ स्त्री को इतनी प्रताड़ना क्यों सहनी पड़ती है?

आधुनिकता बोध के अनुसार नर-नारी समानता की बात चलती है। आज ऐसा कोई क्षेत्र नही रहा है जहाँ स्त्री ने अपनी भागीदारी ना दी हो। स्त्री को समाज एक विशिष्ट पद्धति से देखता है जहाँ से बुद्धि नाम की कोई चीज है ही नही ऐसा माना जाता है। स्त्री को अपने काबिलियत के अनुसार माना जाना चाहिए। उसके भावनाओं का आदर करना होगा तब ही जाकर नर-नारी में समानता आ सकेगी।

मैत्रेयी ने विवाह को दो जीव के मिलन के रूप में देखा है। दूसरी बात यह है कि मैत्रेयी ने विवाह को ही स्त्री के उद्धार का अन्तिम कारण नही माना। मैत्रेयी के मानने से तो यह पता चलता है कि अविवाहित स्त्री विवाहित स्त्री के मुकाबले अधिक कार्यक्षम होती है। विवाह के पश्चात पति सहयोगी के रूप में चाहिए, वह शासनकर्ता नहीं होना चाहिए।

दहेज प्रथा के सम्बन्ध में मैत्रेयी का यह मानना है कि दहेज देकर पिता यह घोषित कर देता है कि जा बेटी तेरा अब इस घर में कोई संपत्ति का हिस्सा नहा है वह केवल तीज त्यौहारों पर मेहमानों की तरह बुलाई जाती है। पैतृक सम्पत्ति में अधिकार होते हुए भी वह अपना हक नही जमाती।

भारतीय संविधान के अनुसार अब यह तय हो चुका है कि पैतृक सम्पत्ति में स्त्री की भागीदारी पुरूषों के भागीदारी के समान होगी। यदि यह कानूनन तय हो चुका है पर कोई बेटी अपनी पैतृक सम्पत्ति में अपनी हिस्सेदारी दर्ज नहीं कराती। समाज को यह देखने की आदत नहीं। भाइयों में हिस्से होते देखे है पर भाई-बहन में हिस्सेदारी नहीं देखी। मैत्रेयी का मानना है कि अपना हक माँगती स्त्री दुष्ट क्यों कहलायी जाती है ? जो हक नहीं माँगती है वह आदर्श समझी जाती है, यह कैसा समाजशास्त्र है ?

आज देश में तो तबाही मच रही है उसका मूल कारण जातीयता है। हम रोज प्रतिज्ञा पढ़ते है कि भारत मेरा देश है, सारे भारतीय मेरे भाई है। इस कथन का क्या कोई अर्थ रहा है ? आज भी हमारे देश में विवाह सिर्फ अपनी जातियों में किये जाते है। मैत्रेयी ने 'मन नाँहि दस बीस' में पिता को अपनी पुत्री को नपुंसक से ब्याहते चित्रित किया है पर काबिल नवयुवा सुराज से शादी इसलिए नही की जाती क्योंकि वह जाति-बिरादरी का नही है। 'ताला खुला है पापा' में भी पिता बेटी को घर में बंद किये हुए है यह सोचकर कि वह कही गैर जाति के लड़के के साथ भाग ना जाए। इस प्रश्न की ओर स्त्री जीवन के संदर्भ में नयी सोच, विचारधारा की जरूरत महसूस होती है।

नारी शिक्षित हो रही है वह एक आय के साधन के रूप में देखी जा रही है। माता-पिता कमाई करने वाली बेटी का ब्याह करने से हिचकिचाते है और उसे ब्याहने में देर हो जाती है। 'सिस्टर' कहानी में 'सिस्टर डिसूजा' की शादी इसलिए नही हो सकी क्योंकि उसके पिता सदैव बीमार रहते है और वह सेवा में जुड़ जाती है। जब शादी का ख्याल आता है तो उम्र ढल चुकी होती है। प्रौढ़ कुमारिका को अपनी जीवन व्यर्थ अकेले गुजारना पड़ता है और भी कई कारणों से कुमारिकाओं का ब्याह नही हो पाता है तो ये प्रौढ़ कुमारिकाएँ लम्बी जिन्दगी अकेली जीती हैं।

स्त्री जब अपना घर छोड़ती है तो वह कुल्टा बन जाती है पर जब पुरूष अपना घर छोड़ता है तो वह महापुरूष बन जाता है। यह कैसा नियम है जो पुरूषों के लिए अलग और स्त्री के लिए अलग है। स्त्री जब व्याभिचार करती है तब वेश्या कहलाती है मैत्रेयी का मानना है कि जो स्त्री अपनी सेवा केवल एक व्यक्ति के लिए देती है वह पतिव्रता मानी जाती है और पति द्वारा उसे सुरक्षा दी जाती है। वेश्या सार्वजनिक बात हुई। मैत्रेयी का मानना है कि स्त्री के साथ इस कृत्य में पुरूष भी दोषी होता है। खरीदने वाला बेचने वाले से ज्यादा असरदार होता है तो पुरूष ये सब बातें करके छूट कैसे जाता है ? और स्त्री को दोषी क्यों ठहराया जाता है ? व्याभिचार के क्षेत्र में आने के स्त्री के कई कारण होते होते है- आर्थिक, समाजिक, राजकीय आदि। स्त्री अपने मन मर्जी से इस क्षेत्र में आये ऐसा तो हो ही नही सकता।

हम कह सकते है कि समाज में आज भी नारी की अवस्था वही है जो एक पशु की होती है। समाज के कुछ तबकों को छोड़ दे तो आज नारी विषयक सामाजिक अध्ययन जरूरी है। स्त्री विषयक सामाजिक दृष्टिकोण स्वच्छ होने के लिए उसके बौद्धिकता को प्राधान्य दिया जाना आवश्यक है।

समाज तभी स्वस्थ बन सकेगा जब नर-नारी में समानता रहेगी। मैत्रेयी का साहित्य नारी को समानता के धरातल पर लाने के लिए आधुनिकता की दृष्टि से विभिन्न कोणों से प्रयास कर रहा है।

सन्दर्भ ग्रंथ सूची

1. सुभाष सेतिया- स्त्री अस्मिता के प्रश्न, पृ. 54.
2. आशारानी व्होरा- भारतीय नारी : अस्मिता और अधिकार, पृ. 118.
3. डॉ. जगदीश्वर चतुर्वेदी, स्त्री : परिवार की कड़ी साहित्यिकी जनवरी अंक सन् 2005, पृ. 1.
4. सीमोन द बोउवार, स्त्री : उपेक्षिता प्रस्तुति : डॉ. प्रभा खेतान, पृ. 364.
5. सुभाष सेतिया- स्त्री अस्मिता के प्रश्न, पृ. 71.
6. डॉ. हेमेंद्र कुमार पानेरी, स्वातन्त्र्योत्तर हिन्दी उपन्यास : मूल्य संक्रमण, पृ. 162-163.
7. हिन्दी की नई कहानी का मनौवैज्ञानिक अध्ययन, डॉ. मिथिलेश रोहतगी, पृ. 148.
8. सातवें दशक की हिन्दी कहानी में मानवीय संबंध, चंद्रकांता बंसल, पृ. 22.
9. सातवें दशक की हिन्दी कहानी में मानवीय संबंध, चंद्रकांता बंसल, पृ. 22.
10. सातवें दशक की हिन्दी कहानी में मानवीय संबंध, चंद्रकांता बंसल, पृ. 22-23.
11. सातवें दशक की हिन्दी कहानी में मानवीय संबंध, चंद्रकांता बंसल, पृ. 56.
12. मोहन राकेश, न आने वाला कल, पृ. 15.
13. महिला उपन्यासकारों की सामाजिक चेतना, पृ. 140-141.
14. साहित्य का वैज्ञानिक विवेचन, पृ. 41-141.
15. उपन्यासकार भगवती चरण वर्मा, पृ. 121-141.
16. संस्कृति वैभव का महाउपन्यास, पृ. 146.
17. महिला उपन्यासकारों की सामाजिक चेतना, पृ. 142.
18. साहित्य का समाजशास्त्र, पृ. 42.
19. नये उपन्यासों में नये प्रयोग, पृ. 42.

20. हिन्दी लघु उपन्यास, पृ. 120.
21. साहित्य का समाजशास्त्र, पृ. 44.
22. सैय्यद मंसूर- प्रभाकर माचवे के उपन्यासों में सामाजिक चेतना, पृ. 14.
23. डॉ. सन्तबख्श सिंह : नयी कहानी : नये प्रश्न, पृ. 165.
24. डॉ. जगन्नाथ प्रसाद शर्मा : कहानी का रचना विधान, पृ. 14.
25. गुलाब राय : काव्य के रूप, 125-216.
26. प्रेमचंद साहित्य का उद्देश्य
27. बटरोही : कहानी : रचनाप्रक्रिया और स्वरूप पृ. 74.
28. राजेन्द्र यादव : कहानी : स्वरूप और संवेदना, पृ. 81.
29. Minendra Nath Basu : Sociology] Page- 4.
30. P.A. Sorokin : Society Culture and persality] page- 16.
31. साठोत्तरी हिन्दी नाटक में त्रासद तत्व- मंजुला दास, पृ. 56.
32. साठोत्तरी हिन्दी उपन्यास में नारी – किरणबाला अरोड़ा, पृ. 56.
33. खुली खिड़कियाँ- मैत्रेयी पुष्पा, पृ. 96.
34. गोमा हँसती है- गोमा हँसती है –मैत्रेयी पुष्पा, पृ. 156.
35. आक्षेप- चिन्हार- मैत्रेयी पुष्पा, पृ. 79.
36. सफर के बीच- चिन्हार- मैत्रेयी पुष्पा, पृ. 111.
37. सुनो मालिक सुनो- कन्या- मैत्रेयी पुष्पा, पृ. 15.
38. सुनो मालिक सुनो- मैत्रेयी पुष्पा, पृ. 18.
39. प्रेम भाई एण्ड पार्टी- गोमा हँसती है –मैत्रेयी पुष्पा, पृ. 58.
40. साँप-साढ़ी- गोमा हँसती है –मैत्रेयी पुष्पा, पृ. 82.
41. बारहवी रात-गोमा हँसती है –मैत्रेयी पुष्पा, पृ. 139.
42. हमसे जाति पुछते हो- खुली खिड़कियाँ- मैत्रेयी पुष्पा, पृ. 41.
43. मन नाँहि दस बीस- चिन्हार- मैत्रेयी पुष्पा, पृ. 54.
44. छाँह- ललमनियाँ- मैत्रेयी पुष्पा, पृ. 112.
45. कहानी- छुटकारा- मैत्रेयी पुष्पा, पृ. 1.

द्वितीय-अध्याय

मन्नू भण्डारी एवं मैत्रेयी पुष्पा की कहानियों का वस्तुगत एवं परिवेशगत मनोवैज्ञानिक अध्ययन

2.1 साहित्य एवं मनोविज्ञान का संबंध-

मानव जीवन के प्रत्येक पहलू से मनोविज्ञान का संबंध होता है। जनसाधरण के निकट होने के कारण साहित्य से मनोविज्ञान का प्रगाढ़ संबंध है। जिसके कारण उसमें मनोवैज्ञानिक प्रवृत्तियाँ अधिक दृष्टिगोचर होती है। प्रत्येक साहित्यकार का अपना एक व्यक्तित्व होता है और अपने इसी व्यक्तित्व के अभिव्यक्तिकरण के लिए वह सर्जना करता है। साहित्यकार अपने अन्त: एवं बाह्य अन्तर्विरोधों का अपने व्यक्तित्व के माध्यम से अभिव्यंजित करता है। साहित्यकार की इस अभिव्यंजना में उसकी पूरी मानसिकता उभरती है। काव्य-प्रक्रिया में कवि की वैयक्तिक भूमिका के साथ-साथ सामाजिक चेतना का भी समन्वय होता है। मनोवैज्ञानिक के अनुसार किसी भी कला या साहित्य कृति की उत्पत्ति कलाकार अथवा कवि की दमित प्रवृत्ति के कारण होती है। फ्रायड के अनुसार- “सुखी आदमी कभी कल्पना चित्रों की सृष्टि नहीं करता, केवल असन्तुष्ट व्यक्ति ही यह सृष्टि करते है।” दमित प्रवृत्तियाँ का ज्ञान सृष्टा को होता नहीं है क्योंकि इनमें से कुछ वर्णनीय तो कुछ गोपनीय होती है। Climarey Country Environment के साथ-साथ दमित प्रवृत्तियाँ भी साहित्य-सृजन का स्रोत भी है। यही ‘कल्पना’ महान से महान साहित्यकारों की प्रेरणास्रोत है। यही कल्पना तत्व रोमांटिक साहित्य की जननी भी है। अत: स्वच्छन्दतावादी साहित्यकार अत्यधिक मनोवैज्ञानिक होता है। जिस कारण आधुनिक साहित्य मनोवैज्ञानिक हो गया है। मनोवैज्ञानिक होने के कारण उसमें स्वच्छन्दतावादी प्रवृत्तियाँ अधिक दृष्टिगोचर होती है। जीवन और साहित्य में आन्तरिकता की प्रवृत्ति हमें

स्वच्छन्दतावादी वैचारिकता तथा अवधारणा के निकट लाती है। यह अवधारणा मनोविश्लेषण के महत्वपूर्ण बिन्दुओं को लेकर अपनी यात्रा को परिपूर्णता की ओर ले जाती है अत: परिवेश के साथ बाह्य परिवेश भी कला के मनोवैज्ञानिक चिन्तन की जरूरत के रूप में उभरता है। फलत: कला में अंत: तथा बाह्य के साथ अचेतन-चेतन का विलयन है। साहित्य प्रक्रिया में साहित्यकार वैयक्तिक और सामूहिक अचेतन की प्रवृत्ति के द्वारा साहित्य की अभिव्यंजना करता है। वैसे भी मानव-जीवन के प्रत्येक पहलू मनोवैज्ञानिक संबंध है। साहित्यकार की कोई भी रचना अकस्मात घटना नहीं होती उसके पीछे नियामक कारण होते हैं। फ्रायड का मत है कि व्यक्ति के प्रत्येक व्यवहार का कोई न कोई कारण जरूर होता है हमारे कार्य विचार एवं संवेग बिना किसी पर्याप्त कारण की उपस्थिति के कभी भी घटित नहीं हो सकते इस प्रकार साहित्यकार का वातावरण देश तथा उसकी सामाजिक चेतना सभी मिलकर काव्य - सृजन करते हैं। व्यक्ति का व्यक्तित्व उसके रूपों, गुणों, प्रवृत्तियों, सामर्थ्यों आदि का एक समन्वित रूप है यह व्यक्ति और परिवेश की परस्पर क्रिया-प्रक्रिया का परिणाम है व्यक्तित्व-व्यक्ति के व्यवहार का समग्र गुण है। साहित्य रचना में मनोविश्लेषण सिद्धान्तों का पूरा-पूरा हाथ रहता है। प्रत्येक साहित्यकार अपनी रचनाओं में मन की सहज प्रेरणाओं का सुसंगत और सन्तुलित समन्वय करता है और अपने काव्य में मनोवैज्ञानिक तत्वों की अभिव्यंजना करता है। इस प्रकार साहित्यकार की रचना अवधाराणात्मक हो जाती है। सौन्दर्यवृत्ति के द्वारा कलाकार अपनी कला को पुनर्जीवित कर देता है। प्रत्येक साहित्यकार का अपना एक व्यक्तित्व होता है उसके व्यक्तित्व की छाप उसकी रचना में स्पष्टत:: दिखाई पड़ती है। साहित्यकार की पूरी मानसिकता उसके साहित्य में उभरती है इस प्रकार किसी भी रचना में उसके सृष्टा का व्यक्तित्व एवं मानसिकता दोनो का विलयन होता है। अत: साहित्य - प्रक्रिया के लिए कवि - मानस व्यक्तित्व एवं मानसिक क्रिया की व्याख्या जरूर है।

फ्रायड तथा युंग दोनों ने ही व्यक्तित्व सिद्धांत की प्रतिपादन के क्रम में अपने विचार प्रस्तुत किए हैं। फ्रायड ने मन के दो पक्ष बतायें हैं। मन का गत्यात्मक पक्ष जिसके अर्न्तगत इड, इगो तथा सुपर इगो तीन संघटन है। तथा मन का स्थलाकृतिक पक्ष जिसके चेतन, अर्धचेतन तथा अचेतन तीन संघटक है। फ्रायड के अनुसार व्यक्तित्व की संरचना इड इगो तथा सुपर इगो से होती है सामान्यत: व्यवहार इन तीनों की अत: प्रक्रिया का परिणाम है। एक संघटन शेष दो संघटको के बिना पृथक रूप से कार्य नहीं करता है। इसके पृथक कार्यों एवं प्रभावों का मानव-व्यवहार के निर्धारण में सापेक्षित योगदान का निश्चित मूल्यांकन करना अत्यंत कठिन है। फ्रायड ने मानसिक क्रियाओं को तीन स्तरों चेतन, अर्धचेतन, और अचेतन में विभाजित किया है। समस्त मानसिक क्रियाएँ इन्ही तीन स्तरों पर सम्पादित होती हैं।

फ्रायड का मत है कि प्रत्येक व्यक्ति में कुछ प्राथमिक प्रेरणाएँ होती है ये मूल प्रवृत्तियाँ व्यक्ति की प्राथमिक मनोशक्तियाँ है जो जन्मजात तथा अनर्जित होती है मनुष्य जो भी कार्य करता है उसके पीछे शक्ति का स्रोत यही मूल प्रवृत्तियाँ है। व्यक्ति का व्यवहार इन्ही मूलप्रवृत्तियों के कारण घटित होता है। मूल प्रवृत्तियाँ व्यक्ति के व्यवहार का संचालन एवं दिशा निर्धारण करती है। किसी समय विशेष व्यक्ति के व्यवहार का निर्धारण इन्ही मूल प्रवृत्तियों के द्वारा किया जाता है जो व्यक्ति के व्यक्तित्व संरचना के माध्यम से वातावरण में सम्पादित होता है प्रत्येक कार्य का कारण होता है। हमारे व्यवहार का कारण यही मूल प्रवृत्तियाँ है। फ्रायड के अनुसार मूल प्रवृत्ति एक जन्मजात शक्ति है। जो व्यवहार को संचालित करती है। और उसके व्यवहार की दिशा निर्धारित करती है। मूल प्रवृत्तियाँ मानसिक शक्ति का स्रोत है। जीवन भर शरीर में मूल प्रवृत्तियों का स्रोत और उद्देश्य स्थिर रहता है। केवल शारीरिक परिपक्वता के कारण जब मूल प्रवृत्तियों के स्रोत में परिवर्तन होता है तभी मूल प्रवृत्तियों के उद्देश्य में भी परिवर्तन हो जाता है।

फ्रायड के अनुसार व्यक्ति के दो प्राथमिक मूल प्रवृत्तियाँ है प्रथम - जीवन मूलक प्रवृत्ति या Eros तथा द्वितीय - मृत्यु

मूलक प्रवृत्तियाँ। जीवन मूलक प्रवृत्तियाँ Eros को फ्रायड ने Love Instinct भी कहा है। यह मूल प्रवृत्ति जीवित रखने प्रजनन करने तथा विभिन्न रचनात्मक कार्यों में वयक्त होती है जो आत्म - प्रेम (Self Love) दूसरों के प्रति तथा सुख प्राप्ति के अन्य कार्यों के रूप में व्यक्त होती है। फ्रायड ने सेक्स शब्द का प्रयोग विस्तृत अर्थों में किया है उसके द्वारा वर्णित सेक्स के अन्तर्गत भाई-बहन का स्नेह, मित्रों का पारस्परिक प्रेम, सन्तान के प्रति वात्सल्य, प्रेमियों का पवित्र प्रेम, पति-पत्नी प्रेम आदि सभी कुछ सम्मिलित है। इसी के कारण व्यक्ति अपने जीवन को सुखमय बनाता है तथा इसी कारण वह संबंधियों समाज और मानव-जाति की सेवा करके सुख की प्राप्ति करता है।

जीवन की मूल प्रवृत्ति से संबंधित मानसिक ऊर्जा को फ्रायड ने लिबिडो (Libido) कहा है। यह जीवन मूलक प्रवृत्ति शारीरिक तथा मानसिक दोनों पक्षों का प्रतिनिधित्व करती है लिबिडो (Libido) सम्पूर्ण जीवन-शक्ति नहीं है वरन जीवन-शक्ति (Life Forcc) का एक महत्वपूर्ण भाग है लिबिडो (Libido) के द्वारा व्यक्ति वांछित जीवन लक्ष्यों की ओर अग्रसर होता है। मनोवैज्ञानिक दृष्टि कोण से कामजनित आवेगों, सुरक्षात्मक आवेगों जैसे रोटी, कपड़ा तथा आवास तथा रचनात्मक क्रियाओं में जीवन मूलक प्रवृत्ति की अभिव्यक्ति होती है अर्थात सभी रचनात्मक एवं बौद्धिक क्रियाओं का स्त्रोत भी यही जीवन मूलक प्रवृत्ति है।

मृत्यु मूलक प्रवृत्ति को फ्रायड ने Hate instinct भी कहा है इस प्रवृत्ति का संबंध घृणा, बरबादी और ध्वंस करने संबंधी प्रवृत्ति और व्यवहार से है। कालान्तर में फ्रायड ने यह अनुभव किया था की व्यक्ति प्रेम तथा निर्माण का कार्य नहीं करता वरन उसमें घृणा बरबादी या ध्वंस करने की भी प्रवृत्ति है।

इसके पूर्व फ्रायड केवल एक ही मूल प्रवृत्ति जीवन मूलक प्रवृत्ति मानता था। निरीक्षण करने पर उसने पाया कि जहाँ एक ओर मानव दूसरों से प्रेम करने तथा प्रसन्न रखने की क्रियाएँ करता है वही दूसरी ओर वह उससे घृणा करने तथा उन्हें नष्ट करने के कार्यों में भी इच्छा रखता है। इस प्रकार मनुष्य अचेतन स्तर पर मरने की इच्छा रखता है मनोवैज्ञानिक दृष्टि से यह मूल प्रवृत्ति मनुष्य को Hostile तथा Aggressive बनाती है।

इस प्रकार स्पष्ट है कि दोनों मूल प्रवृत्तियाँ शक्ति की मूल स्रोत है जिसके आधार पर ही समस्त रचनात्मक तथा ध्वंसात्मक कार्य सम्पादित होते हैं। यह दोनों मूल प्रवृत्तियाँ साथ-साथ मिलकर भी कार्य करती हैं ये दोनों मूल प्रवृत्तियाँ जीवन-पर्यन्त चलती रहती हैं। समस्त जीवन इस दोनों मूल प्रवृत्तियों से आपसी संघर्ष व सहयोग का परिणाम है मनुष्य का समस्त व्यवहार इसके द्वारा उत्पन्न चिन्ता तथा तनाव को दूर करने का प्रयास है इस प्रकार व्यक्ति में एक पदार्थ के प्रति प्रेम तथा घृणा तथा दोनों की ही भावना हो सकती है कभी-कभी ऐसा भी होता है कि हम अपनी इच्छा अनुसार जिससे प्रेम करना चाहते हैं प्रत्येक स्थिति में उससे न तो प्रेम ही कर सकते हैं और न ही प्रत्येक इच्छित वस्तु का निर्माण ही कर सकते हैं इसी भाँति जिस से हम घृणा करते हैं प्रत्येक स्थिति में उसे ध्वंस भी नहीं कर पाते। ऐसी स्थिति में हमारी प्रेम तथा धृणा की मूल प्रवृत्तियाँ विभिन्न पदार्थों तथा व्यक्तियों के साथ जुड़ती जाती है।

फ्रायड समस्त मूल प्रवृत्तियों को अन्तर्द्वंद्व का स्रोत मानता है। फ्रायड के अनुसार- Life is made series of conflict situation परस्पर विरोधी शक्तियाँ या प्रवृत्तियाँ मानव व्यक्तित्व में अन्तर्द्वंद्व को उत्पन्न करती है। अन्तर्द्वंद्व में दो या दो से अधिक परस्पर विरोधी इच्छाएँ एक साथ उपस्थित होती है जिसमें से एक पूर्ति पर व्यक्ति को दूसरी अन्य इच्छाओं से वंचित करना पड़ता है। जीवन भर व्यक्ति ऐसे अन्तर्द्वंद्वो पर निर्भर करता है। यह अन्तर्द्वंद्व चेतन और अचेतन दोनो ही स्तरों पर हो सकते हैं वरन पर्याप्त मात्रा

में अन्तर्द्वंद्व अचेतन होते हैं जो हमारे जागृत जीवन को पर्याप्त रूप से प्रभावित करते हैं। सभी अन्तर्द्वंद्व का ज्ञान व्यक्ति को नहीं होता। इड, इगो और सुपर इगो में से किन्ही दो या तीनों ही अन्तर्द्वंद्व हो सकता है। जब इड, इगो और सुपर इगो में से किन्ही दो या तीनों में ही अन्तर्द्वंद्व हो सकता है। जब इड, इगो और सुपर इगो में से कोई एक अधिक प्रभावशाली होता है तब इन तीनों अंगों में सन्तुलन नहीं रहता है। फलस्वरूप अन्तर्द्वंद्व की स्थिति उत्पन्न हो जाती है। इन तीन अंगों में से यदि एक अंग अन्य की अपेक्षा दुर्बल होता है तो भी अंगों में संतुलन नहीं होता और अन्तर्द्वंद्व की स्थिति उत्पन्न हो जाती है।

व्यक्तित्व-सिद्धांत प्रतिपादन के क्रम में युंग ने लिबिडो, अचेतन, पर्सोना, एनिमस तथा शैडो का भी विश्लेषण किया है। युंग ने लिबिडो को केवल शारीरिक काम-भावना की काम शक्ति के रूप में ही विश्लेषित नहीं किया वरन वह लिबिडो को मानव की समस्त जीवन-शक्ति का क्रेन्द्र मानता है जो मनुष्य के समस्त सामाजिक संपर्कों का मूल स्रोत भी है। लिबिडो को युंग ने जीवन की सामान्य ऊर्जा माना है जिसका उपयोग जैविक आवश्यकताओं की पूर्ति में सर्वप्रथम किया जाता है। युंग ने अचेतन को दो भागों में विभक्त किया है- वैयक्तिक अचेतन तथा सामूहिक अचेतन। वह सभी दमित भावनाएँ जो अचेतन में निवास करती है। मानव व्यक्तित्व का वैयक्तिक अचेतन कहलाता है। इसमें जो मूल प्रवृत्तियाँ निवास करती वे अधिकार कामुक होती है। प्रत्येक मानव में एक सॉट इमेज होती है। यह पुरूषों में एनीमा तथा स्त्रियों में एनीमस के नाम से जानी जाती है। युंग के अनुसार एनीमस के कारण ही स्त्री–पुरूष एक दूसरे की आकृष्ट होते हैं। मानव व्यक्तित्व की यह सॉट इमेज ही वास्तव में अचेतन का प्रतिनिधित्व करती है। दूसरो शब्दों में यही मानव व्यक्तित्व अचेतन है। युंग ने पर्सोना या इगो को सामाजिक स्थितियों से प्राप्त ज्ञान कहा है यह मानव की सामाजिक चेतना है। इस प्रकार अचेतन के द्वारा वैयक्तिक और सामाजिकता दोनों तत्वों की उपस्थिति मानव व्यक्तित्व चेतना है।

इस प्रकार युंग अचेतन के द्वारा वैयक्तिक और सामाजिकता दोनों तत्वों की उपस्थिति मानव व्यक्तित्व में स्वीकार करता है। फलत: सर्जन के क्षण कोई भी कवि इन तत्वों को अपनी चेतना में लाये बिना नहीं रह सकता।अपने सैद्धान्तिक विश्लेषण में स्वप्न-विश्लेषण और सामूहिक अचेतन की व्याख्या करते समय युंग ने सामाजिक चेतना के रूप में मानवीय मूल प्रवृत्तियाँ आद्य-बिम्ब, प्रतीक, मिथक एवं फैटेसी का विश्लेषण किया है। मानव वृत्तियाँ तथा सामाजिक चेतना के घटक मिलकर सामाजिक मूल्यों को अपने ढंग से प्रस्तुत करते हैं।

युंग के अनुसार आद्य-शक्ति सामूहिक अचेतन के अंग है। यह मनुष्य की आत्म-शक्ति का एक उत्तम मूल्य है यह समस्त प्राणियों में होती है अधिक या कम किसी भी मात्रा में इन मूल प्रवृत्तियों को मानवीय चरित्र धर्म सामाजिक रीति-रिवाज, कला तथा साहित्य की दुनिया में प्रमुख स्थान प्राप्त होता है वह मूल प्रवृत्तियाँ मानव की प्रेरणा स्रोत है। युंग के अनुसार आद्य-बिम्ब अचेतन मस्तिष्क की सम्पत्ति है। इन पर चेतन मष्तिष्क का कोई नियंत्रण नहीं होता है इस कारण ये स्वचालित होते हैं। आद्य-बिम्ब अचेतन का आध्यात्मिक रूप है तो वृत्तियाँ इसका शारीरिक रूप होती है। युंग के अनुसार आद्य-बिम्ब मनुष्य की आत्मिक शक्ति के उच्चतम मूल्यों में से एक है।

फैंटेसी मानव मस्तिष्क की काल्पनिक क्रिया है। यह आत्मिक तथा काम भावना दोनों से उदबुद्ध होती है किन्तु मूलरूप से आत्मिक भावना से प्रसूत होती है। कल्पनात्मक अनुभूति की काव्यात्मक अभिव्यंजना फैंटेसी है। युंग ने फैंटेसी को दो भागों में निष्क्रिय तथा सक्रिय फैंटेसी में विभाजित किया है। निष्क्रिय फैंटेसी अचेतन मस्तिष्क की उपज है जो स्वचालित है और बिना पूर्व संकेत के इसका संचालन होता है। निष्क्रिय फैंटेसी का निर्माण अचेतन मस्तिष्क में स्वत: होता है। चेतन-मस्तिष्क इनमें कोई योग नहीं देता है।

निष्क्रिय फैंटेसी को मन का एक सहज काल्पनिक प्रवाह कहा जाता है जिसका अंकन कवि मन के लिए बड़ा ही सरल व सहज है।

इसके विपरीत सक्रिय फैंटेसी चेतना का अंश है इसमें आत्मिक चेतना मुख्य है सक्रिय फैंटेसी आदिम होती है। युंग के सक्रिय फैंटेसी को मूल प्रवृत्तियों के रूप में देखा है। युंग के अनुसार "सक्रिय फैंटेसी कल्पनात्मक मानसिकता का एक सैद्धान्तिक तत्व है जिसमें वैयक्तिकता के अतिरिक्त उपयोगिता का योग है क्योंकि वह सर्जना करती है। सक्रिय फैंटेसी को सकारात्मक चेतना का अंश कहते हुए इंसटीटीव कहा है जिसे उसने प्रतिपादित किया है कि यह सीधे अचेतन भाव की अनुभूति एवं दृष्टिकोणात्मक प्रवृत्ति है। इस संयोग के फलस्वरूप लिबिडो चेतन से शीघ्र ही चेतना स्तर पर आकर निश्चित तरीके सचेतन मस्तिष्क से जुड़ता है। वस्तुत: सक्रिय फैंटेसी पूर्ण व्यक्तित्व की रचनात्मक अभिव्यंजना है तथा व्यक्ति संगठन की उदात्त अभिव्यक्ति है। कुल मिलाकर यह कहा जा सकता है कि सक्रिय फैंटेसी पूर्णत: सर्जनात्मक अभिव्यंजना है।"

फैंटेसी की मनोवैज्ञानिक प्रक्रिया के पीछे भाषा का मुख्य हाथ तथा निरंतर अगाध शक्ति है। भाषा ही फैंटेसी की काट-छाँट करती है तथा फैंटेसी भाषा को समृद्धशाली तथा सम्पन बनाती है। इस प्रकार फैंटेसी की मूल-चेतना को फैलाने का कार्य भाषा परम्परागत ढंग से करती है तथा फैंटेसी भाषा में संशोधन भी करती जाती है। कवि के अन्त में इस स्थिति में भाषा एवं भाव के मध्य द्वंद्व मचा रहता है। द्वंद्व की अभिव्यक्ति के लिए भाषा के ऊपर दबाव पड़ता है जिससे शब्दों तथा मुहावरों में नयी अर्थवत्ता, अर्थभाव तथा नवीन अभिव्यक्ति की अभिव्यंजना होती है। सामूहिक अचेतन के रूप में संस्कृति भी लोक-चेतना, लोक-परिवेश तथा लोक-संस्कृति को अपने वैयक्तिक अचेतन के साथ जोड़ती है। आदान-प्रदान की क्रिया से संस्कृति का विकास होता है "वस्तुत: संस्कृति आदान-प्रदान के सहारे अपने को जीवित रखती है

क्योंकि संस्कृति में जो कुछ विकास या प्रगति है वह मनोवैज्ञानिक स्तर पर चेतना का विस्तार है।”

मानव ही संस्कृति का निर्माण करता है। संस्कृति मानव की ऊर्जा-शक्ति है, जिसमें मानवी गतिविधियों का इतिहास होता है। इस बिन्दु पर संस्कृति में मानववाद तथा नवमानववाद का प्रतिरूप दिखाई देता है। संस्कृति वैयक्तिकता, आन्तरिकता तथा बाह्य सामाजिकता दोनों को दर्शाती है। संस्कृति अचेतन क्रिया-कलाप भी अभिव्यक्ति है, अत: इसकी मूल चेतना मनोवैज्ञानिक एवं आन्तरिक है इसलिए इसकी पहचान रोमांटिक है। युगीय मनोवैज्ञानिकता के क्रम में आदिम वृत्तियाँ, आद्य-बिम्ब, फैंटेसी, प्रतीक एवं मिथक की अभिव्यंजना सहज स्वाभाविक तथा मनोवैज्ञानिक धरातल पर होती है।

इड, इगो तथा सुपर इगो का चेतन, अर्धचेतन और अचेतन से घनिष्ठ संबंध है। चेतन, अचेतन तथा अर्धचेतन एक प्रकार से मन के स्टोर हाउस हैं जहाँ पर इच्छाएँ विचार तथा कामनाएँ आदि दमित होती है। इड इगो और सुपर इगो मानसिक प्रक्रिया के इन तीनों स्तरों को ही अपना कार्य क्षेत्र बनाते हैं। इड आवेग अचेतन तथा अवचेतन होता है अत: इड का कार्य क्षेत्र अचेतन मन है । अहं अधिकांश चेतन स्तर पर कार्य करता है लेकिन अहं का कुछ कार्य अचेतन और अर्धचेतन भी है सुपर इगो तीनों स्तर पर कार्य करता है। अत: सुपर इगो का कार्य क्षेत्र अवचेतन तथा अचेतन से अधिक है । ये समस्त स्तर व्यक्तित्व के भौगोलिक पक्ष हैं, जिसमें इड, इगो तथा सुपर इगो के मध्य अन्तर्द्वंद्व छिड़ा रहता है हमारा समस्त व्यवहार इन चेतन, अवचेतन तथा अचेतन के निराकरण के ढंगों का परिणाम होता है। अत: व्यक्तित्व के विकास और मानव-व्यवहार में जहाँ एक ओर इड, इगो तथा सुपर इगो अपना महत्वपूर्ण योगदान देते हैं वही दूसरी ओर चेतन, अर्धचेतन तथा अचेतन, इड, इगो तथा सुपर इगो का कार्य-क्षेत्र बन मानव-व्यवहार को प्रभावित करते हैं।

प्रत्येक साहित्यकार-प्रकृति व्यक्ति में कुछ प्राथमिक प्रेरणाएँ होती है, जो जन्मजात और अनर्जित हैं। वह जो भी सृजन करता है, उसके पीछे शक्ति का स्रोत यही मूल प्रवृत्तियाँ है, यही काव्य-सृजन का संचालन और दिशा निर्धारित करती है। साहित्य–सर्जना का व्यवहार साहित्यकार व्यक्तित्व संरचना के माध्यम से वातावरण में सम्पादित होता है। जीवन के अनुभव के साथ कवि भी अनुभव प्राप्त करता है अनुभव के साथ-साथ उसकी मूल प्रवृत्तियों में भी परिवर्तन होता जाता है। इस प्रकार कवि के व्यक्तित्व की गतिशीलता के ये प्रवृत्तियाँ प्रमुख स्रोत बन जाती है। यही मूल प्रवृत्तियाँ कवि की मानसिक शक्ति का भी स्रोत होती है। प्रत्येक मानव-व्यक्तित्व की भाँति साहित्य-प्रकृति व्यक्तित्व में दो प्रकार का मूल प्रवृत्तियाँ होती है - प्रथम जीवन मूलक प्रवृत्ति तथा द्वितीय मृत्यु मूलक प्रवृत्ति। यही मूल प्रवृत्ति साहित्य-प्रवृत्ति व्यक्ति को संरचनात्मक कार्यों के लिए प्रेरित करती है। यह प्रवृत्ति सुखवाद के सिद्धांत से नियमित होती है। अत: आत्मप्रेम, दूसरे के प्रति प्रेम तथा सुख-प्राप्ति के अन्य साधन जैसे रोमांटिकता आदि के माध्यम से अभिव्यक्त होती है फलत: यहाँ रोमांस केवल प्रेमी-प्रेमिका या पति-पत्नी के मध्य ही नहीं वरन विस्तृत रूप से अभिव्यक्त होता है। इसके अन्तर्गत भाई–बहन का प्रेम, मित्रों का पारस्परिक प्रेम, सन्तान के प्रति प्रेम, देश-प्रेम, प्रकृति-प्रेम, मानवता के प्रति प्रेम इत्यादि सभी कुछ सम्मिलित है। जीवन मूलक प्रवृत्ति के कारण ही कवि मानव, समाज तथा प्रकृति की सेवा करके सुख की प्राप्ति कर सन्तुष्टि प्राप्त करता है और परम सुख को प्राप्त कर अपना जीवन सुखमय बनाता है। कवि की जीवन मूल-प्रवृत्ति से संबंधित यह मानसिक ऊर्जा लिबिडो कहलाती है। अत: कवि लिबिडो के कारण ही स्वान्त: सुखाय और बहुजनहिताय दोनों प्रकार की रचनाओं की सर्जन करता है। क्योंकि लिबिडो कवि की जीवनशक्ति का एक महत्वपूर्ण भाग है। फ्रायड का विचार है कि मनोवैज्ञानिक दृष्टिकोण से कामजनित आवेगों, सुरक्षात्मक आवेगों तथा रचनात्मक एवं बौद्धिक क्रियाओं में जीवन मूलक प्रवृत्ति की

अभिव्यक्ति होती है अत: कवि की सभी रचनात्मक एवं बौद्धिक क्रियाओं का स्रोत यही जीवन मूलक प्रवृत्ति है।

मृत्युमूलक प्रवृत्ति का संबंध घृणा और ध्वंस करने संबंधी प्रवृत्ति और व्यवहार से होता है। नवस्वच्छन्दतावादी काव्य-सर्जना में मूल के कवि की यह मूल प्रवृत्ति सक्रिय रहती है। क्रांति और परंपरा का विद्रोह, रूढ़ियों को तोड़ना, शोषण के प्रति घृणा तथा सम्पूर्ण सामाजिक-व्यवस्था को पूर्णतया बदल देना और उसके स्थान पर एक नवीन व्यवस्था की कल्पना इन सभी प्रेरणाओं के मूल में कवि की मृत्युमूलक प्रवृत्तियाँ ही अभिव्यक्त होती है। कवि मन जहाँ एक ओर मानव-प्रकृति तथा समाज से प्रेम करता है वहीं दूसरी ओर मानव-प्रकृति तथा सामाजिक नियम व व्यवस्था के प्रति घृणा व विध्वंस के भाव भी रखता है। आलोचना तथा व्यंग्य के भाव इस मृत्यु दोनों मूल प्रवृत्तियों को अभिव्यक्ति का परिणाम है। नवस्वच्छन्दतावादी काव्य-सर्जना जीवन तथा मृत्यु दोनों मूल प्रवृत्तियों को अभिव्यक्ति देती है अत: नवस्वच्छन्दतावादी कवि के काव्य में रोमांटिकता तथा क्रांति दोनों ही प्रवृत्तियाँ दिखाई देती हैं। इस प्रकार नवस्वच्छन्दतावादी काव्य के मूल में वे दोनों प्रवृत्तियाँ दृष्टिगोचर होती है। समस्त काव्य इन दोनों मूल वृत्तियों के संघर्ष तथा सहयोग का परिणाम है।

इड-जीवन और मृत्यु दोनों ही मूल प्रवृत्तियों का केन्द्र होता है। 'इड' मानसिक तथा आन्तरिक जगत दोनों का प्रतिनिधित्व करता है। बाह्य परिवेश से इसका कोई संबंध नहीं होता और न ही बाह्य वास्तविकता का इसको कोई ज्ञान होता है। यह केवल इच्छाओं को अपने में समाहित किये हुये है। यह सुखवाद के नियम पर आधारित होता है अत: केवल सुख-भोगना इसका मुख्य उद्देश्य है। अत: सैक्सुअल इम्पल्सेस के कारण यह रोमांटिकता को जन्म देता है। इड गत्यात्मक होता है इनमें दो विरोधी इच्छाएँ एक साथ उपस्थिति हो सकती है। इड कवि मन में इच्छाएँ उत्पन्न करके रोमांटिकता को बढ़ावा देता है।

इगो का संबंध बाह्य वास्तविकता से होता है। इगो के विकास पर बाह्य परिवेश तथा वातावरण का प्रभाव पड़ता है तो वह अधिक विकसित होकर इगो बन जाता है। इगो यथार्थ के सिद्धांत पर आधारित होता है। यथार्थ के नियमानुसार नियमित होने के कारण इगो परिवेशत यथार्थ से भली भाँति परिचित होता है और परिवेशगत यथार्थ के संपर्क में रहता है। इगो ही मन तथा बाह्य जगत में उपस्थिति वस्तुओं में अन्तर करता है तथा इगो में ही बाह्य जगत का ज्ञान भी एकत्रित रहता है। इगो का ही यह उत्तरदायित्व है कि वह बाह्य जगत से ज्ञान का लेन-देन करता है। नवस्वच्छन्दतावादी कवि का इगो सक्रिय रहता है वह इड का विरोध तो नहीं करता वरन उसकी तात्कालिक तृप्ति में सहायक ही होता है।

इड में उत्पन्न रोमांटिकता को इगो बौद्धिकता के साथ समन्वित करता है और तनाव निराकरण के लिए फैंटेसी आदि अचेतन प्रयास भी इगो द्वारा ही कार्यान्वित किये जाते हैं। इस प्रकार नवस्वच्छन्दतावादी कवि रोमांटिकता के बौद्धिक पक्ष को फैटेंसी आदि अचेतन क्रियाओं के मध्य परिवेशगत यथार्थ के परिप्रेक्ष्य में अभिव्यक्ति प्रदान करता है इस प्रकार नवस्वच्छन्दतावादी साहित्यकार अपने अन्त: तथा बाह्य की अभिव्यंजना अपने उत्कृष्ट सृजन में सहजता से करता है। इगो, इड तथा बाह्य जगत और इड तथा सुपर इगो में सामंजस्य उत्पन्न करता है। सुपर इगो भी बाह्य परिवेश में विकसित होता है। यह नैतिकता के नियम से नियमित होता है। सुपर इगो व्यक्ति का सामाजीकरण करता है। माता-पिता, गुरूजन तथा समाज के नैतिक आदर्शों अभिव्यंजना सुपर इगो का ही कार्य है। सुपर इगो का उद्देश्य सुख की प्राप्ति न होकर पूर्णता की प्राप्ति है समाज की परंपरागत मान्यताएँ एक पीढ़ी से दूसरी पीढ़ी के कारण ही आगे बढ़ते रहती हैं। लोक-परिवेश, लोक-संस्कृति, लोक-गीत तथा लोक-चेतना सुपर इगो के कारण ही एक पीढ़ी से दूसरी पीढ़ी तक आगे बढ़ते रहते हैं। सुपर इगो ही मानव को नव-मानव बना देता है सामाजिकता तथा नैतिकता का प्रतिनिधित्व करने के कारण सुपरइगो, इगो के उन सभी कार्यो पर रोक लगा देता है जो सामाजिक तथा नैतिक दृष्टि से

हेय है। सुपर इगो बाल्यकाल से ही विकसित होता है। यही कारण है कि बालक बचपन से ही माता-पिता के गुणों, व्यवहार, संस्कृति, पारिवारिक रीति-रिवाजों तथा लोक-परिवेश एवं लोक-चेतना व लोक-गीत को आत्मसात कर लेता है सुपर इगो इड के अनैतिक, असामाजिक तथा कामुक आवेगों पर रोक लगाता है। यही कारण है कि स्वच्छन्दतावादी तथा नवस्वच्छन्दतावादी दोनों में ही कामुक एवं वासनात्मक प्रेमाभिव्यक्ति न होकर निश्चल तथा शाश्वत प्रेमाभिव्यक्ति होती है। वासनामय तथा कामुक प्रेमाभिव्यक्ति अनैतिक तथा समाज में निंदनीय है।

साहित्य-सर्जना में मानसिक क्रियाओं के तीनो स्तरों चेतन, अर्धचेतन तथा अचेतन प्रमुख योगदान है। साहित्यकार की सर्जना में चेतन-अचेतन का समन्वित रूप दिखायी पड़ता है तथा मानव-जीवन की अभिव्यंजना में चेतन-अचेतन दोनों की अभिव्यंजना की स्वाभाविक ढंग से होती है। ऐसा काव्य निश्चित रूप से उत्कृष्ट एवं मानव-जीवन की अभिव्यंजना से पूर्ण होता है बचपन की समस्त दमित अतृप्त इच्छाएँ अचेतन में चली जाती है और वही से अभिव्यंजना के लिए अक्सर ढूंढतीं है। यही अतिरिक्त काम इच्छाएँ मनुष्य के कार्यों का कारण भी होती हैं। इस कार्य-शक्ति को ही लिबिडो कहा जाता है लिबिडो ही मानव की सृजनात्मक प्रेरक शक्ति है। मानव में चेतन-अचेतन की बराबर क्रिया-प्रतिक्रिया होती रहती है क्योंकि चेतन-अचेतन की सीमाएँ कठोर नहीं है। मानव में चेतन-अचेतन गत्यात्मकतापूर्ण होता है चेतन-अचेतन की गति संयुक्तपूर्ण है अत: काव्य सर्जना में कवि अपनी मानसिकता के साथ जुड़े होते हैं तभी एक उत्कृष्ट साहित्य की सर्जना साहित्यकार व्यक्तित्व द्वारा संभव होती है। कवि को साहित्य सर्जना करते समय सर्जना की चेतना होती है। साहित्यकार की साहित्य-सर्जन की चेतना में निरन्तर परिवर्तन अपेक्षित है। किन्तु सर्जन की चेतना कभी लुप्त नहीं होती।

अर्ध-चेतन मानव का स्मृति-पटल है, इसे कभी भी याद किया जा सकता है। व्यक्ति जिन अनुभवों व स्मृतियों को याद करके अपने चेतन मन में लाता है

वह अनुभव मन के इसी भाग में पड़े रहते है। साहित्य सर्जना में अर्धचेतना भी प्रमुख कार्य करती है जब मन किसी वस्तु या दृश्य अथवा घटना कवि की अर्धचेतना में कही लुप्त रहती है जो वातावरण की अनुरूपता अथवा मिलती-जुलती घटना के बाद पुन: सम्पर्क में आते ही कवि के स्मृति-पटल पर अंकित होकर साहित्यकार की चेतना में प्रवेश कर जाती हैं। कल्पना के समस्त व्यापार भी कवि मन की अर्ध-चेतना में ही होते है। अत: नवस्वच्छन्दतावादी काव्य की जननी कल्पना भी अर्धचेतना से होती है साहित्यकार की सकारात्मक चेतना बन जाती है। उत्पत्ति-स्थल भी वही है। यही से काव्य में यथार्थवादी चेतना प्रवेश करती है। मन का एक बहुत बड़ा भाग अचेतन है। मन के इस भाग को चेतना में नहीं लाया जा सकता है। अचेतन दमित इच्छाओं व संवेगो का स्टोर है। इसमें सक्रिय दमित इच्छाएँ स्टोर होती है जो सदैव क्रियाशील रहकर या रूप बदलकर मानव चेतना में आने के लिए प्रयास करती रहती हैं।

अचेतन लिबिडो का भी स्टोर-हाउस है। अचेतन का काव्य–सर्जन में महत्वपूर्ण योगदान होता है। अचेतन लिबिडो का कार्यक्षेत्र है जो काव्य की प्रेरणा होती है। अचेतन में दमित इच्छाएँ, भावनाएँ तथा घटनाएँ साहित्य-सर्जन की प्रेरणा बनती है। अचेतन इड का भी कार्यक्षेत्र है और इड का कार्यक्षेत्र होने के कारण यह सुखवाद के नियम से संचालित होता है इगो का कुछ कार्य अचेतन स्तर पर भी होता है परन्तु सुपर इगो का तो अधिकांश कार्य अचेतन स्तर पर होता है। अत: एक उत्कृष्ट काव्य की सर्जना अचेतन और सुपर इगो मिलकर करते है। क्योंकि सुपर इगो का उद्देश्य पूर्णत्व की प्राप्ति है। अत: काव्य पूर्णत: को अचेतन स्तर पर ही प्राप्त होता है। सुपर इगो की सामाजिक चेतना व नैतिकता काव्य को उत्कृष्ट रूप प्रदान करती है। सामाजिक परिवेश और अन्त: मन के संघात से ही उच्चकोटि के काव्य की अभिव्यंजना होती है। सृजनात्मक कार्यों में चेतन मस्तिष्क का तो योगदान है ही किन्तु अचेतन का योगदान अत्यन्त महत्वपूर्ण है। अचेतन को सृजनात्मक विचारों का उद्गम माना गया। अचेतन मानव व्यक्तित्व की दमित इच्छाओं

का भण्डार है। साथ ही जिस भी वस्तु या घटना का साक्षात्कार मानव से होता वह भी मानव के अचेतन में ही दमित हो जाती है। अनुकूल अवसर या उसी प्रकार की किसी अन्य घटना के सामने आते ही वह घटना जो अचेतन में दमित कर दी गई पुन: स्मृति पटल पर अंकित हो जाती है। अचेतन की दमित इच्छाओं को कलाकार की प्रेरणा शक्ति कहाँ जाता है। साहित्य-सृजन में अचेतन-अपना योगदान एक विशेष प्रक्रिया द्वारा देता है। किसी कवि या साहित्यकार का जब किसी प्रत्यक्ष वस्तु अथवा घटना से सम्पर्क होता है तो वह घटना साहित्यकार को बरबस ही अपनी तरफ आकृष्ट करती है। साहित्यकार को उस घटना अथवा प्रत्यक्ष वस्तु की प्रत्यक्षानुभूति होती है परन्तु प्रत्यक्षानुभूति के समय काव्यानुभूति नहीं हो सकती। प्रत्यक्षानुभूति साहित्यकार के मन की चैतन्यता है। वह घटना-विशेष या वस्तु या प्रत्यक्षानुभूति चेतन मन में कहीं सुषुप्तावस्था में विद्यमान रहती है। जब कवि फुरसत के क्षणों में होता है या उससे मिलती जुलती पुन: प्रत्यक्षानुभूति होती है। तो वह घटना या वस्तु अचेतन से निकलकर अर्धचेतन फिर चेतन मस्तिष्क में स्मृतिपटल पर अंकित होते ही कल्पना अपना कार्य करने लगती है। फलत: मानसिक व्यापार कार्य प्रारम्भ होता है। मन में विभिन्न प्रकार के भाव, प्रवाह तथा आवेग घात-प्रतिघात करने लगते हैं। अनुकूल भावनाओं के संपर्क में आकर कल्पना को बल मिलने लगता है। इस बिंदु पर साहित्यकार की मानसिकता तो उभरती ही है, साथ ही साहित्यकार व्यक्तित्व भी अपना कार्य करने लगता है।

इदं, अहं तथा अति अहं भी सृजन कार्य में अपनी उपस्थिति दर्ज कराते हैं। साहित्यकार की वैयक्तिक चेतना में सामाजिक चेतना का भी समावेश होता है। सामाजिक दृष्टि से अस्वीकृत असंगत भावों का तिरस्कृत भावनाओं का प्रयोग साहित्यकार अपनी सर्जना में करता है। फलस्वरूप उत्कृष्ट साहित्य का जन्म होता है। इस प्रकार के साहित्य की सर्जना में कवि वैयक्तिक अनुभूति एवं चेतना के साथ- साथ सामाजिक यथार्थवादी चेतना का भी सहारा लेता है और एक उत्कृष्ट काव्य की सर्जना करता है जो रोमांटिक एवं यथार्थ का

संयुक्त रूप होता है जो स्वच्छन्दतावाद के नवीन विकास के रूप में नवस्वच्छन्दतावाद के नाम से जाना जाता है। अत: कवि की कोई भी रचना अकस्मात घटना नहीं होती उसके पीछे पर्याप्त नियामक कारक होते हैं किन्तु सभी कुछ इतना सहज और स्वाभाविक होता है कि साहित्यकार के मन को इसका तनिक भी आभास नहीं होता और यह स्वत: ही बिना किसी परिश्रम के अपनी अभिव्यंजना को असली जामा प्रदान करता है।

मनोविश्लेषणवादी सिद्धांतों के परिप्रेक्ष्य में जीवनमूलक-प्रवृत्ति और मृत्युमूलक प्रवृत्ति इड में उत्पन्न रोमांटिकता, इगो, क्लासिकल एवं सक्रिय कल्पना का योग सुपर इगो, सामाजिकता, नैतिकता तथा सांस्कृतिक मूल्य, देशकाल, वातावरण तथा यथार्थ, व्यक्तिगत और सामूहिक अचेतन सभी कलाकार अथवा सृष्टा के व्यक्तित्व को चेतन, अर्द्धचेतन तथा अचेतन तीनों स्तरों पर प्रभावित कर मानसिक व्यापार में संलग्न होते हैं तथा कलाकार अथवा सृष्टा के कार्य एवं व्यवहार का संचालन तथा दिशा निर्धारित करते हैं। इस प्रकार सृष्टा के व्यक्तित्व के माध्यम से जो कार्य एवं व्यवहार वातावरण में सम्पादित होता है। वह साहित्य जगत में नवस्वच्छन्दतावाद का रूप लेता है।

अत: स्पष्ट है कि मनोविश्लेषणात्मक सिद्धांत एक उच्चकोटि के साहित्य सृजन में प्रमुख भूमिका अदा करते हैं। साहित्य चेतन तथा अचेतन की भावात्मक अभिव्यंजना है। साहित्यकार के अर्तंजगत एवं बाह्य जगत के साथ जुड़कर अभिव्यंजित होता है। मनोवैज्ञानिक साहित्यकार होने के कारण आज का कवि अपनी रचना में प्रेरणाओं का सुसंगत और संतुलित समंवय करता है, अनुभूत मानसिक प्रतिक्रियाओं का व्यक्त करने के लिए आदेश एवं व्याकुलता को नियंत्रित करके अपनी मासिक प्रतिक्रियाओं को ज्ञानात्मक संवेदना या संवेदनात्मक ज्ञान के रूप में अभिव्यक्त करता है। इस प्रकार नवस्वच्छन्दतावादी साहित्यों में मनोवैज्ञानिक चित्रण सहज रूप से जरूरी हो जाता है। आधुनिक समीक्षा ने साहित्य में मनोवैज्ञानिक तत्वों की अभिव्यंजना पर जोर दिया और साहित्य का विश्लेषण सौन्दर्यात्मक दृष्टि से

की वास्तविकता कोई प्रत्यक्ष वास्तविकता नहीं होती। अत: काव्य के मूल्यांकन के सन्दर्भ में मनोवैज्ञानिक घटकों का विश्लेषण अत्यन्त जरूरी है। अवधारणात्मक घटकों या मनोवैज्ञानिक घटकों की व्याख्या के आधार पर ही किसी भी साहित्य का मूल्यांकन-विश्लेषण सही दिशा में होगा तथा पूर्णत्व को प्राप्त होगा। नवस्वच्छन्दतावाद में विषयीगत सौन्दर्य वैयक्तिकला एवं सामाजिकता से भिगोकर कलात्मक तथा मनोवैज्ञानिक तरीके से प्रस्तुत किया जाता है। इसी कारण नवस्वच्छन्दतावादी साहित्य में नवीन काल्पनिक विचारों, नूतन शब्दावली तथा नया साहित्यकार की कलात्मक अभिव्यक्ति अभिव्यंजित होती है मनोवैज्ञानिक सन्दर्भों के परिप्रेक्ष्य में नवस्वच्छन्दतावादी साहित्य अत्यधिक आधुनिक एवं उत्कृष्ट कलात्मक अभिव्यक्ति है।

2.2 मन्नू भण्डारी की कहानियों में मनोवैज्ञानिक तत्व -

मानव मन की विविध परिस्थितियों का सूक्ष्मतम विश्लेषण करने के लिए मनोविज्ञान का सहारा लिया जाता है। मनोविश्लेषण के माध्यम से मन की गहराई में उतरकर, वयक्ति के यथार्थ स्वरूप को परखा जा सकता हैं। मनोविज्ञान नारी की विशेष मानसिकता के अध्ययन के लिए बहुत ज्यादा सहायक सिद्ध हुआ है। प्रमुख मनोवैज्ञानिकों के विचारानुसार स्वातन्त्र्योत्तर कथा साहित्य में नारी के व्यक्तित्व का चित्रण और उसका चरित्र-चित्रण हीन-भावना, दमित कामना, स्वप्न-दर्शन, काम वासना आदि के विशेष संदर्भों से जोड़कर किया जाता है।

फ्रायड के अनुसार व्यक्तित्व के चार मूल तत्व होते है (1) अवचेतन मन, (2) अन्तर्द्वंद्व और दमनवृत्ति, (3) शिशुकालीन प्रभाव, (4) काम या सेक्स। फ्रायड इन चारों में अवचेतन मन को सबसे अधिक महत्व प्रदान करते हैं। इनके अनुसार अस्वीकृत विचार, व्यक्ति का अहं, काम वासना आदि अवचेतन मन में दबे रहते हैं। ये सब विचार चेतन मन में नहीं आते क्योंकि इन्हें दमन क्रिया द्वारा अवचेतन मन में दबा दिया जाता है। इसके

परिणामस्वरूप चारित्रिक विकृतियाँ जन्म लेती हैं। साहित्य के क्षेत्र में फ्रायड के उक्त सिद्धांतों का गहरा प्रभाव पड़ा हैं।

फ्रायड की तरह एडलर भी मनोविश्लेषण के क्षेत्र में लोकप्रिय रहे हैं। एडलर 'इगो' को महत्वपूर्ण मानते हैं। उनके अनुसार प्रत्येक व्यक्ति स्व की प्रतिष्ठा चाहता है और जब वह अपनी इच्छा की पूर्ति नहीं कर पाता तो विकार ग्रस्त हो जाता है।

प्रख्यात मनोवैज्ञानिक युंग व्यक्तित्व को प्रधानता देते हैं। इन्होंने व्यक्तियों को तीन श्रेणियों में विभक्त किया है (1) अन्तर्मुखी, (2) बहिर्मुखी, (3) विसंभुज। अन्तर्मुखी व्यक्ति अपने निजी विचारों में खोया रहता हैं। दूसरों के घुलने-मिलने का प्रयास वह नहीं करता। अहंग्रस्त होने के कारण वह अपने विचारों को ही सर्वाधिक श्रेष्ठ मानता है। इसके विपरीत बहिर्मुखी व्यक्ति का दृष्टिकोण उदात्त होता है। वह बाह्यजगत से अधिक आकर्षित होता है। विसंभुज व्यक्ति में अन्तर्मुखीं व बहिर्मुखी व्यक्ति का सम्मिश्रित रूप देखा जाता हैं।

मन्नू भण्डारी की 'क्षय' कहानी में कुन्ती की मानसिकता आदर्श और यथार्थ की टकरार में द्वंद्व ग्रस्त हो जाती हैं। आदर्श की लीक पर चलने वाली कुंती आर्थिक समस्याओं से जूझने के लिए अपने समस्त आदर्शों को त्याग देने के बावजूद भी कुछ न पाने के कारण निराशाग्रस्त हो जाती है। पिता की बीमारी और खर्च उसके व्यक्तित्व को पूर्ण रूप से कुंठित कर देते हैं। कभी-कभी उसे ऐसा महसूस भी होगे लगता है कि वह भी क्षय रोग से पीडित होती जा रही है। यह भय उसके अर्न्तमन की गहराई में एक ग्रन्थि के रूप में विद्यमान रहता है।

कुन्ती की मानसिकता द्वंद्वात्मक है जिस कारण हमेशा उसके मन में आदर्श और यथार्थ का वैचारिक संघर्ष होता रहता है। द्वंद्वात्मक मानसिकता होने के कारण वह किसी एक पर टिक नहीं पाती। आदर्श को त्याग कर यथार्थ को अपनाने के पश्चात मन में एक हिचक-सी होती है। कहानी के अन्त में इसका स्पष्ट स्वरूप झलकता है जब वह बेमन से सावित्री के लिए अध्यापिकाओं

के पास पैरवी के लिए जाती है। कुन्ती का कुंठित व्यक्तित्व और उसकी दोहरी मानसिकता परिस्थितिजन्य है। परिस्थितियों के तीक्ष्ण प्रहार से ही वह आदर्श के रास्ते से डगमगा जाती है।

'सजा' की आशा कुन्ती से ठीक विपरीत व्यक्तित्व रखती है। उसका चरित्र बहिर्मुखी है। बिषम परिस्थितियों को भी वह हँसते-हँसते झेल लेती है। इसका यह अर्थ नहीं कि उसे अपने बिखरते जीवन पर दु:ख नहीं है, दु:ख तो अवश्य होता है लेकिन वह उसे घर के अन्य सदस्यों के समक्ष प्रकट नहीं करती। पिता पर लगे झूठे आरोप से उत्पन्न स्थिति को बड़ी सहजता के साथ वह सँभालती हैं।

मन्नू भंडारी ने आशा का चरित्र-चित्रण बड़े ही आत्मविश्वास के साथ किया है। जीवन के हर मोड़ में आने वाले संघर्षों को बड़े ही स्वस्थ मन के साथ वह झेलती है और विपरीत परिस्थितियों में भी आत्मबल खोती नहीं है। समसामयिक कहानियों में आने वाले पात्र जब काल्पनिक परिस्थितियों से ही कुंठाग्रस्त हो जाते है तब उम्मीद नये आत्मबोध से परिपूर्ण होकर दृढ़ता के साथ जीने का संकल्प करती है।

'शायद' की माला की मानसिक स्थिति आर्थिक समस्याओं के थपेड़ों से कुंठित हो जाती है। लम्बी अवधि के बाद आये पति के प्रति विलगाव की भावना कुंठित मानसिकता की वजह से है। पति के प्रति उसके मन में प्रेम अवश्य है लेकिन वह उसे दिखाना नहीं चाहती। इसका यह तात्पर्य नहीं कि वह पति से दूर रहना चाहती है या फिर पति से सुख प्राप्त करना नहीं चाहती। हर पत्नी की तरह माला भी पति के साथ शारीरिक सुख प्राप्त करना चाहती जरूर है, लेकिन वह विवश है पति से संबंध स्थापित कर वह अपने परिवार को और बढ़ाना नहीं चाहती क्योंकि पति के जाने के बाद परिवार की समस्त समस्याएँ उसे स्वयं उठानी पड़ती है जिसे ढोते-ढोते वह मानसिक और शारीरिक रूप से थक गयी है और इसी थकावट के कारण वह मानसिक रूप से पति के पास होते हुए भी शारीरिक रूप से पति से दूर रहना चाहती हैं।

अकेलापन, कुंठा, संत्रास आदि आधुनिकता की विसंगतियो से बुने ऐसे तत्व है जो आधुनिक मानव की नियति को संचालित करते हैं। ये तत्व किसी संक्रामक रोग के कीटाणुओं से कम नहीं हैं, क्योंकि रोग की तरह ये भी परिवेश में संक्रामक स्थिति उत्पन्न करते हैं। पिछले कई दशकों से लेकर हिन्दी कहानी साहित्य में इन तत्वों का समावेश होता आया है। वास्तविकता तो यह है कि इनकी व्याप्ति हमारे समस्त संबंधों में संश्लिष्ट रूप से लक्षित होती है। अत: इन तत्वों को अनदेखा करना साहित्यकारों के लिए अपने दायित्व से वंचित होना है। इस संदर्भ में श्रीपतराय के विचार समीचीन लगते हैं, "समसामयिक संवेदना में विराग, कुंठा, निस्संगता सब जीवित तत्व है। इन मानसिक स्थितियों को केवल वे नकार सकते हैं, जिनकों जीवन-संबंधी समस्याओं में कोई रस नहीं है। जो समाज इन आधारभूत प्रश्नों को न अनुभव के धरातल पर, न चिन्तन के धरातल पर ही स्वीकार करता है, वह समाज जीवित नहीं है। उसके जीवित रहने या न रहने से अन्तर भी क्या पड़ता है... इसी के समाधान में आज का संवेदनशील लेखक अपनी मेधा का उपयोग कर रहा है।"[1]

मन्नू भण्डारी ने समसामयिक जीवन में खासकर नारी जीवन में व्याप्त अकेलापन, निराशा, कुंठा जैसे जीवित तत्वों को सफलतापूर्वक सम्प्रेषित करने का भरसक प्रयास किया है। नगर परिवेश में जीवनयापन करने वाली आधुनिकताओं का जीवन किस तरह से आधुनिकता के तत्वों से प्रभावित होता जा रहा है इसका सम्यक वर्णन उनकी कहानियों में उपलब्ध होता है।

मन्नू भण्डारी ने 'अकेली' कहानी में सोमा बुआ के अकेलेपन की स्थिति का हृदय विदारक यथार्थ चित्रण किया है। पुत्र की अकाल मृत्यु से उत्पन्न दु:ख के कारण पति संयासी हो जाता है और सोमा बुआ अकेली हो जाती है। अपने अकेलेपन की अवस्था में दूसरों की आखों के सामने अपना महत्व बढ़ाने के उद्देश्य से जीवन के शेष पल वह बिताना चाहती है। इसी वजह से वह सबके समक्ष हास्य की पात्र बन जाती है। दूसरे के लिए मर मिटना उसके

व्यक्तित्व की एक विशेषता है। "किसी के घर मुण्डन हो, छठी हो, जनेऊ हो, शादी हो या गमी, बुआ पहुँच जाती है और फिर छाती फाड़ कर काम करती, मानो वे दूसरे के घर नहीं में नहीं अपने ही घर में कामकर रही हो।"[2]

सोमा बुआ को अपने अकेलेपन की जिन्दगी में उतनी व्यथा नहीं होती जितनी कि उसके पति के आने पर होती हैं। उसका शान्त जीवन अशान्तिपूर्ण हो जाता है। उदासी और आन्तरिक पीड़ा से उसका मन टूटने लगता है। "क्योंकि पति के स्नेहहीन व्यवहार का अंकुश उनके रोजमर्रा के जीवन की अबाध गति से बहती स्वच्छन्द धारा को कुंठित कर देता।"[3]

सोमा बुआ के हृदय की विशालता को कोई महत्व नहीं देता। दूसरो के कल्याण एवं खुशी के लिए उनके मन में जो उदात्त भावना है उसे सब लोग नजर अंदाज कर देते है। परिणामस्वरूप सब ओर से वह उपेक्षित हो जाती हैं। सोमा बुआ का अकेलापन और उपेक्षित जिन्दगी के प्रति लेखिका का मन्तव्य इस प्रकार है - "उसके अकेलेपन और दयनीयता ने मुझे उस समय केवल मानवीय संवेदना के धरातल पर ही आकर्षित किया था। उस समय कहानी सोमा बुआ की व्यथा को वाणी देने के लिए ही लिखी थी, पर बरसों बाद मुझे उसमें कहीं अपना अंश, अपनी व्यथा दिखने लगी तो कहानी अचानक ही मुझे बहुत प्रिय हो उठी।"[4]

'मजबूरी' कहानी में लेखिका ने एक दादी माँ की विवशता एवं अकेलेपन के बोध को बड़ी तल्खी के साथ उभारा हैं। दादी माँ का बेटा रामेश्वर उसका अपना होते हुए भी उसका नहीं हो पाता है। वह माँ से भी अधिक महत्व अपनी पत्नी को देता है। दादी माँ बेटे के इस प्रकार के व्यवहार से उतनी दु:खी नहीं होती। उसकी व्यथा यह है कि वह अपने पोते को लाड़-प्यार कर अपने पास रख पाने में असमर्थ है क्योंकि उसकी बहू के अनुसार दादी माँ अत्यधिक लाड़-प्यार दिखाकर बेटू के आदत को बिगाड़कर उसके भविष्य को अन्धकारमय कर देंगी। इस कारण बहू, बेटू को दादी माँ के पास रहने नहीं देती। बेटू से बिछड़ते समय दादी माँ की आत्मा कराह उठती हैं। जब दादी माँ

को पता चलता हैं कि बेटू दादी माँ से दूर रहकर उसे भूल-सा गया हैं तो उसे बेहद पीड़ा होती है। लेकिन एक कृत्रिम और बनावटी आनन्द को प्रकट करते हुए वह कहती हैं "बेटू मुझे भूल गया? सच, मेरी बड़ी चिन्ता दूर हुई। इस बार भगवान ने मरी सुन ली। जरूर परसाद चढ़ाऊँगी.. कौन! नर्बदा, सुना नर्बदा, बेटू मुझे भूल गया वह भूल ही गया.. और उन्होंने आँचल से भर-भर आती आँखें पोंछी और हँस पड़ी।"[5]इस कहानी में लेखिका ने एक दादी माँ के यथार्थ स्वरूप का जीवन्त चित्रण प्रस्तुत किया है। दादी बन कर भी पोतों के सुखों से वंचित रह जाना, यहाँ दादी माँ की सबसे बड़ी मजबूरी है।

मन्नू भण्डारी ने नारी मन की सात्विकता को 'अकेली' की सोमा बुआ 'मजबूरी' की दादी अम्मा और 'नशा' की आनन्दी के माध्यम से प्रस्तुत किया है। आनन्दी निम्न वर्ग की अशिक्षित नारी है। जो शराबी पति शंकर के प्रति अपने आदर्शों को निभाती है। पति के मार-पीट को वह मूक होकर सहती हैं। उसके अत्याचारों के प्रति न तो वह अपनी आवाज बुलन्द करती है और न ही उसकी बुरी आदत को कोसती है।

आनन्दी का बेटा पिता के अत्याचारों को देखकर माँ को अपने साथ ले जाता है। आराम की अवस्था में भी कढ़ाई-बुनाई कर वह पैसे इकट्ठे करती है और हर मास पति के नाम पर भेज देती है। लेखिका ने आनन्दी के त्याग और सहनशीलता की भावना को विशेष रूप से उभारा है।

'नशा' की आनन्दी उदात्त विचारों वाली नारी है। पति के अत्याचारों को सह कर भी पतिव्रत धर्म को निभानेवाली आनन्दी आदर्श भारतीय नारी का साक्षात स्वरूप है। परंपरागत आदर्श एवं मान्यता को प्रधानता देने वाली आनन्दी प्रतिकूल परिस्थितियों में भी अपने दायित्वों से च्युत नहीं होती। पति से दूर रहकर भी वह पति के प्रति सभी कर्तव्यों को निभाती है। आनन्दी के चरित्र की सबसे बड़ी खासियत यही है।

आनन्दी जैसे त्याग एवं समर्पण का जीवन बिताना सिर्फ कुछ ही भारतीय नारियों के लिए स्वीकार्य है। लेखिका ने आनन्दी के माध्यम से आदर्श

भारतीय नारी का उदाहरण प्रस्तुत किया है। चारित्रिक दृष्टि से आनन्दी में कई प्रकार की अस्वाभाविकताएँ है, परन्तु आदर्श के लिबास के अन्दर सब ठीक-ठाक बन जाता है।

2.3 मैत्रेयी पुष्पा की कहानियों में मनोवैज्ञानिकता का तत्व-

साहित्य में स्त्री विमर्श के अन्तर्गत स्त्री द्वारा लिखा गया और स्त्री के विषय में लिखा गया साहित्य 'साहित्यिक स्त्री विमर्श' माना जाता है तथा मूल में अनुभव की प्रमाणिकता का तर्क दिया जाता है। स्त्री विमर्श के संबंध में यह विवाद का विषय रहा है कि यह स्त्री के लिए सुरक्षित क्षेत्र है या लेखक होने के नाते पुरूष की भागीदारी की सम्भावना भी वहाँ बनती है। इस मत को लेकर विरोधाभास की स्थिति है। बीसवीं सदी के उत्तरार्द्ध की हिन्दी लेखिकाएँ स्त्री विमर्श के नाम पर जहाँ पुरूष समाज के विरूद्ध खड़ी नजर आती है, वहीं स्वयं भी पुरूषवादी मानसिकता की शिकार होती जा रही है, जो स्त्री विमर्श का विषय नहीं है। व्यापक अर्थ में स्त्री विमर्श स्त्री जीवन के अनछुए अनजाने पीड़ा जगत को व्याप्त करने का अवसर देता है, परन्तु उसका उद्देश्य स्थिति पर आँसू बहाना और यथास्थिति स्वीकार करना नहीं है, बल्कि इनके जिम्मेदार तथ्यों की खोज करना भी है।

आधुनिक स्त्री लेखन निरन्तर चर्चा का विषय रहा है। महिला कथाकारों की सामाजिक जीवन व व्यक्तिगत जीवन से जुड़े प्रश्नों के साथ, साहसिक अभिव्यक्ति जहाँ समाज में स्त्री की स्थिति को स्पष्ट करती है, वही आने वाली पीढ़ी का मार्ग प्रशस्त करती नजर आती है आज लेखिकाएँ अपने जीवन का समग्र चित्रण बेबाकी से अपनी आत्मकथाओं में कर रही है। दिनेश नन्दिनी डालमिया की आत्मकथा चार भागों में है, जिसमें मारवाड़ी परिवार के अंत: पुर का चित्रण है। प्रसिद्ध पत्रकार शीला झुनझुनवाला ने सात दशकों की जीवनगाथा 'कुछ कही कुछ अनकही' के रूप में लिखी है। मैत्रेयी पुष्पा ने अपनी जीवनगाथा को उपन्यास के रूप में लिखा है। 'कस्तूरी कुण्डल बसै' में जीवन के यथार्थ को नाटकीय ढंग से प्रस्तुत किया है।

उपन्यासकार मैत्रेयी पुष्पा ने अपनी औपन्यासिक कृतियों में वास्तविक जीवनानुभवों को कथारस की आस्वादपरक के साथ प्रस्तुत कर आज की सर्वाधिक सशक्त रचनाकार होने का परिचय दिया है। साथ ही नारी पात्रों के माध्यम से नवीन विचारधारा को रेखांकित किया है। नारी के निरतंर बदलते जीवन को अपने साहित्य में, अंकित किया है पुष्पा जी के उपन्यासों में नारी-चित्रण के विविध रूप अपनाए गए है। विशेषत: भारतीय संस्कृति के आधार पर बनी पुरानी मान्यताओं का पालन करती नारी पाई जाती है। घर, परिवार और 'अर्थ' की दृष्टि से पति पर निर्भर रहने वाली नारी के रूप भी इन उपन्यासों में दिखाई देते है। अगनपाखी उपन्यास में भुवन की बहन मन्नू जो चंदर की माँ है पति और परंपराओं, समाज के बंधनों के साथ जीवनयापन करती है। अपने बेटे और बहन के संबंधों को सुनकर वह हैरान हो जाती है। बहन ससुराल छोड़कर आ जाएगी, इस भय से बेटे से कहती है 'कपूत, औ तू क्या करेगा, हमारी फजीहत ही करा सकता है'। फिर हाथ जोड़े- "बेटा ऐसा न कर, कन्यादान किया है। डर के मारे अब उसे कौन बुलाए-चलाए, एक बार आ गई तो फिर पहले की अड़ जाएगी।" भुवन की माँ भी परंपरा में निर्वाह करने वाली नारी है। बड़ा जमाई दूसरी बेटी की अधपगले लड़के से शादी कर देता है तब भी वह अपने भाग्य को कोसती है। 'विजन' उपन्यास में नेहा की माँ भी अपने पति और परंपरा में ही अपना जीवनयापन करती है। परंपराओं को बचाए रखने के लिए अपनी बेटी को सलाह देती है।

मैत्रेयी के विचार है, 'स्त्री मेरे पाठ में' कि- "चाहे दुनिया ने मुझे लड़की के रूप में देखा है, मैं बागी की तरह जी कर दुनिया को दिखाऊँगी।" सच तो यह है कि वह पुरूष सत्ता की कैद से छूटकर बाहर आना चाहती है। चाहे वह धौंस जमाता भाई हो या अकेली पाकर दबोचने वाला चाचा हो। आत्मवृत्तांत में वह बचपन के इस घर की याद आती है, "रात को चाचा और उसका दोस्त हमारे (सहेली और कशिश) साथ सहज भाव से सबकुछ करते रहते, हम घिग्गी बांधे आँखें मूँदे होते।"[6]

स्त्री अपने घर में भी सुरक्षित नहीं है। शास्त्रों-पुराणों ने तो उसके मन का विचार किया ही नहीं है इसलिए मानसिक रूप से उस पर अन्याय हुआ ही है- शरीर के बारे में मैत्रेयी ने लिखा है- "मांस, जीवित मांस का उपभोग ही स्त्री की कीमत है, यह जीवित मांस पुरूष के इशारें पर हरकत में आता है और बेहरकत होता है, तब माना जाता है कि वह अपना नैतिक चरित्र निभा रही है। इसी मान्यता के आधार पर स्त्री को लेकर गाँवों में यह कहावत प्रचलित है कि मांस खाओ, हाड़ गले में मत लटकाओं, यह कहावत पुरूष की अपनी सुरक्षा का सूत्र है।"[7]

स्त्री को हाड़-मांस की व्यक्ति नहीं माना गया है। उसे पुरूष की सहायक के रूप में देखा गया है। मैत्रेयी का मानना है कि स्त्री को दो हाथ, दो पाँव, दो आँखें, दो कान, एक नाक, एक मुँह आदि उसके शरीर पर भी उसका अधिकार नहीं है। उससे कहा जाता है कि ये ना करो, इधर ना जाओ, ये ना कहो, इधर ना देखो, उधर ना देखो, उस पर हजार पाबंदियाँ लगाई जाती हैं। पुरूष के लिए ऐसे कोई नियम नहीं हैं। यह अन्यायपूर्ण बर्ताव क्यों किया जाता है ? स्त्री के पक्ष में ऐसा व्यवहार करने का कारण जब हम ढूँढते हैं तो मैत्रेयी के शब्दों में कहेंगे कि जानवर को खूँटे से बाँधने से मालिक को सुरक्षितता का अनुभव होता है उसी प्रकार स्त्री को यदि मुक्त किया जाए तो पुरूष को नुकसान हो सकता है। इसलिए उस पर इतनी पाबंदियाँ लगाई गयी होंगी।

'कस्तुरी कुंडल बसै' में जब प्रिंसिपल मैत्रेयी पर अन्याय करते हैं तो वह चीख कर कहती है- "यह स्कूल किसी प्रिंसिपल की बपौती नहीं। मैनेजमेंट कमेटी सुप्रीम कोर्ट नहीं। अगर यह स्कूल व्यभिचारियों और अन्यायी शिक्षकों का अड्डा है तो यह मेरे योग्य स्कूल नहीं। थू है यहाँ की शिक्षा पर।"[8]

मैत्रेयी ने यहाँ पर विद्रोह किया था। अन्याय के खिलाफ आवाज उठाई है। 'कस्तूरी कुंडल बसै' में मैत्रेयी और कस्तूरी दोनों ही अपने-अपने दृष्टि से

परिस्थिति से जूझती हुई दिखाई देती हैं। पिता के मृत्यु के कारण कस्तूरी पर जिम्मेदारी आ गयी है इसलिए उस पर मानसिक दबाव हमेशा रहता है। मैत्रेयी की चिंता रहती है और मैत्रेयी की व्यथा अलग है। दूसरा उदाहरण 'अल्मा कबूतरी' से प्रस्तुत है- "धरज वहीं खड़े थे। बदन क्या, आँखों की पुतलियाँ जम गई। ठंडी सर्द निगाहें, जैसे कुछ देखती न हो। उसी अंधी नज़र और सूरजभान की उस्तादी मुद्रा के सामने उसकी पाली हुई लड़की खड़ी थी लाल साड़ी ब्लाउज पहने हुए पास होती है या फेल ? कसा हुआ शरीर निश्चल था। तभी सूरजभान ने पीठ पर हाथ रखकर शाबाशी दी-वाह लड़की।"[9]

सूरजभान और नत्थू अल्मा पर बार-बार अत्याचार करते रहे है। पर अल्मा मजबूर है। उसे कहीं आने जाने के लिए ठौर-ठिकाना नहीं है और यह बात सूरजभान अच्छी तरह जानता है। उसे बेचकर वह पैसा ऐंठना चाहता है। नारी की यह दास्ताँ सिर्फ अल्मा ही नहीं बाजार में खड़ी उन सभी लड़कियों की है जो दौलत के लिए बेची जाती है। मैत्रेयी ने 'सुनो मालिक सुनो' में कहा है- "क्या कभी पुरूष ने सोचा कि इस शरीर को प्रदूषित किसने किया ? या स्त्री का शरीर प्रदूषित है तो पुरूष का क्यों नहीं ?"[10]

मानसिक और शारीरिक स्तर पर मैत्रेयी की कहानियों में जो उदाहरण मिलते है उनमें 'पगला गयी है भागवती' कहानी का उदाहरण प्रस्तुत है- "भागों चीखती चली आ रही थी, विक्षिप्तों की तरह, वो अधरमी! अन्यायी! ठाकुर माधो! आज बेटा-बहू के स्वागत में मरे जा रहे हो तुम! खुसी में असपेर भर के गाँव जिंवा रहे। आज आँखें मूँद लई ? बेटा की गलती तौ मेरी अनुसूया ने भी करी थी बस जे ही! राच्छस जे ही! तैंने जो सराबी, जुआरी ढूँढों हतो सो बा ने पसंद नई करौ। मास्टर जी से प्रीत हती हमे बताई हमाई बिटिया ने ! भगवान के अगाई मंदिर में ब्याह करौ हतो और फीर गरभ?"[11] इस कहानी में भागवती की मानसिकता चरम सीमा पर पहुँच जाती है और यही कारण है कि, वह पत्थर उठा कर ठाकुर माधो के सर पर दे मारती है। उसके मन की अवस्था को समझ नहीं लिया जाता है और उसे पगला गई है भागवती

कहकर उसके प्रश्नों की ओर दुर्लभ किया जाता है। 'अब फूल नहीं खिलते' कहानी का उदाहरण ऐसा है जहाँ छात्र पर अन्याय हुआ है- "क्या सोचा उस पापी ने ? यही न कि विधवा मास्टरनी की लड़की है- अदना, अनाथ क्या कर लेगी ? निपट अकेली और निसहाय, कौन आयेगा इसके साथ ? इसकी हिमायत में बोल कर कौन प्रधानाचार्य के हाथें रस्टीकेट होना चाहिए ?"[12] जब न्याय जिसकी ओर माँगी जाती है वह ही यदि अन्याय करे तो व्यवस्था बेकार हो जाती है। 'अब फूल नहीं खिलते' में झरना के बारे में यही बात हुई है।

'राय प्रवीण' कहानी में भी गोविंद सावित्री के साथ साजिश रचकर उसे पिता की सम्मति से भगा लेता है जबकि वह एक कलाकार होती है- "सावित्री जो पाँच मिनट के लिए भी सामने खड़ी नहीं हो पायी, केवल इतना बोली थी- अब कहाँ- कहते हुए उसका सारा बदन काँप रहा था।"[13] स्त्री के साथ सदैव मानसिक और शारीरिक शोषण की प्रक्रिया जारी रही है। स्त्री पर अत्याचार होते हुए देखना समाज की मानसिकता बन गयी है। आधुनिकता अत्याचारों के वियद्ध आवाज उठाने की माँग करती है।

संदर्भ ग्रंथ सूची

1. श्रीपतराय समकालीन कहानी में नयी संवेदना-विकल्प कथा साहित्य विशेषांक नवम्बर 1968, पृ. 27-28.
2. मन्नू भण्डारी, अकेली, मेरी प्रिय कहानियाँ, पृ. 13.
3. मन्नू भण्डारी, अकेली, मेरी प्रिय कहानियाँ, पृ. 13.
4. मन्नू भण्डारी, अकेली, मेरी प्रिय कहानियाँ, पृ. 6.
5. मन्नू भण्डारी, अकेली, मेरी प्रिय कहानियों की भूमिका से, पृ. 29.
6. सुनो मालिक सुनो-मैत्रेयी पुष्पा, पृ. 178.
7. सुनो मालिक सुनो-मैत्रेयी पुष्पा, पृ. 234.
8. कस्तूरी कुंडल बसै, मैत्रेयी पुष्पा, पृ. 94.

9. अल्मा कबूतरी, मैत्रेयी पुष्पा, पृ. 346.
10. सुनो मालिक सुनो-मैत्रेयी पुष्पा, पृ. 223.
11. पगला गयी भागवती, मैत्रेयी पुष्पा, पृ. 104.
12. अब फूल नहीं खिलते, मैत्रेयी पुष्पा, पृ. 63.
13. गोमा हँसती है, राय प्रवीण, मैत्रेयी पुष्पा, पृ. 47.

अध्याय - तीन

मन्नू भण्डारी एवं मैत्रेयी पुष्पा की कहानियों का वस्तुगत एवं परिवेशगत पारिवारिक अध्ययन

3.1 मन्नू भण्डारी एवं मैत्रेयी पुष्पा की कहानियाँ एवं उनका वर्गीकरण-

(क) मन्नू भण्डारी की कहानियाँ एवं उनका वर्गीकरण-

हिन्दी साहित्य में मन्नू भण्डारी की रचनायें विशेषत: नारी समाज पर आधारित है मन्नू भण्डारी ने अप्रतिम कहानियाँ रची हैं जो इस प्रकार हैं-

कहानी संग्रह प्रकाशन वर्ष
(1) मैं हार गई 1957 ई.
(2) तीन निगाहों की एक तस्वीर 1958 ई.
(3) सही सच है 1966 ई.
(4) एक प्लेट सैलाब 1968 ई.
(5) आँखों देखा झूठ (बालकहानी) 1976 ई.
(6) त्रिशंकु 1978 ई.

कहानी संग्रह का संक्षिप्त परिचय-

मन्नू भण्डारी का सर्वप्रथम कहानी संगह 'मैं हार गई' सन् 1957 ई. में प्रकाशित हुआ इसमें कुल 12 कहानियाँ है। 'ईसा के घर इंसान', 'गीत का चुम्बन', 'जीती बाजी की हार', एक कमजोर लड़की की कहानी, सयानी

बुआ, अभिनेता, श्मसान, दीवार बच्चे और बरसात, पंडित गजाधर शास्त्री, कील और कसक, दो कलाकार, मैं हार गयी। "मन्नू भंडारी के इस प्रथम कहानी संग्रह से ज्ञात होता है कि इनका झुकाव नारी चित्रण की ओर अधिक है। नारी मनोभावों के विश्लेषण में इनका ध्यान अधिक दिखाई पड़ता है।"[1]

'तीन निगाहों की एक तस्वीर' कहानी संग्रह में मन्नू भण्डारी ने कुल आठ कहानियाँ संकलित की हैं। जिनमें तीन निगाहों की एक तस्वीर, अकेली, अनथाही गहराईयाँ, खोटे सिक्के, घुटन, हार, मजबूरी, चश्में शामिल हैं। इस कहानी संग्रह की कहानियाँ मध्य वर्ग की पीड़ा, वेदना को दर्शाती हुयी, वर्तमान और अतीत का रूप दर्शन कराती है। "शिल्प और शैली की दृष्टि से इन कहानियों में प्रथम कहानी संग्रह की तुलना में कोई विशेष नवीनता नहीं दिखाई देती।"[2] कहने का आशय है कि ये कहानियाँ नयापन लिए हुए वृद्धा नारियों की विवशता, समयानुरूप स्वयं को ढाल लेने की बेबसी और व्यथा को प्रकट करती है। दोनों कहानी संग्रहों का कथा-शिल्प लगभग एक सा है और इसी कारण अन्य कहानियाँ से भिन्न है। 'यही सच है' कहानी में भी आठ कहानियाँ हैं। क्षय, तीसरा आदमी, सजा, नकली हीरे, नशा, इन्कम टैक्स और नीद, रानी माँ का चबूतरा, यही सच है, कहानियाँ शामिल है। इस कहानी संग्रह की कहानियाँ अधिकांशतः इतिवृत्तात्मक ढंग की थी, जो पुरानी कहानियों के अधिक निकट थी। परन्तु इस कहानी संग्रह की कहानियों में जीवन को जीने की कला के एक खण्ड को उभारती है, और यही प्रयास नई कहानी कला के निकट स्थापित होने के प्रमाण को दर्शाता है। इसके पहले की कहानियों में मनोविश्लेषाणात्मक चित्रण देने में मन्नू भण्डारी अधिक प्रयत्नशील थी। लेकिन इन कहानियों में वह अत्यन्त सक्षम रूप में प्रकट हुई है। विशेषरूप से क्षय, तीसरा आदमी, यही सच है कहानियों में।

'एक प्लेट सैलाब' मन्नू भण्डारी का चौथा कहानी संग्रह है, जिसमें कुल नौ कहानियाँ है। नई नौकरी, बन्द दराजों के साथ, एक प्लेट सैलाब, छत बनाने वाले, एक बार और, सन्ध्या के पार, बाहों का घेरा, कमरे, कमरा और कमरे,

ऊँचाई, कहानियाँ है। मन्नू भण्डारी की इन कहानियों को काव्य की दृष्टि से देखा जाए तो, इस कहानी संग्रह की कहानियों आधुनिकता से लबरेज है। प्रस्तुतीकरण की तकलीफ और शैली में अधिकांश कहानियाँ अपनी सहजता छोड़ती दिखाई देती है। इस संग्रह की कहानियों की एक बात और दिखाई देती है कि- "इनमें मन्नू जी नारी मनोभावों के सूक्ष्म विश्लेषण की ओर अधिक आकृष्ट है। यह संग्रह मन्नू जी के कृतित्व के चरमबिन्दु के रूप में प्रस्तुत होता है और लेखिका की भावी दिशा के प्रति प्रश्नार्थक चिन्ह उपस्थित करता है।"[3]

'त्रिशंकु' कहानी संग्रह सन् 1978 ई. में प्रकाशित हुआ, परन्तु इसके पहले दो उपन्यास मन्नू भण्डारी के प्रकाशित हो चुके थे। 'त्रिशंकु' कहानी संग्रह में नौ कहानियाँ है। आते-जाते यायावर, दरार भरने की दरार, स्त्री सुबोधिनी, शायद, त्रिशंकु, रेत की दीवार, तीसरा हिस्सा, अ-लगाव, एखाने आकाश नाई शामिल है। कहानी कला की दृष्टि से ये कहानियाँ मन्नू भण्डारी की अप्रतिम कृति मानी जाती है। शिल्प शैली तकनीक और काव्य की दृष्टि से यह संग्रह वर्तमान कहानीकारों में लेखिका को महत्वपूर्ण स्थान दिलाता है। नई कहानी के मोहवश जो दुर्वोधता पिछले कहानी संग्रह की कुछ कहानियों में आयी थी, वह यहाँ दृष्टिगत नहीं होती। नयी तकनीक और नये कथ्य को प्रस्तुत करते हुए भी ये कहानियाँ सुबोध है।

(ख) मैत्रेयी पुष्पा की कहानियाँ एवं उनका वर्गीकरण-

मैत्रेयी ने निम्न कहानी संग्रहों की रचना की- (1) गोमा हंसती है (2) चिन्हार (3) ललमनियाँ तथा अन्य कहानियाँ (4) पियरी का सपना।

इन कहानियों में जीवन के विभिन्न पहलुओं का चित्रण मिल जाता है। जीवनानुभवों को झेलती, उस पर मात करती हुई, कठिनाइयों को चीरती हुई प्रगति की ओर खुद को ले जाने वाली नारी मैत्रेयी की कहानी की मुख्य पात्र नारी है।

इन कथा-पात्रों से नारी जगत् को न केवल प्रेरणा बल्कि एक जीवन जीने की कला से भी परिचय हो जाता है। कहानी संग्रहों की प्रत्येक कहानी का अपना स्वतंत्र महत्व है। एक सन्देश देने का कार्य इन कहानियों के माध्यम से लेखिका ने चित्रित किया है। इन कहानी संग्रहों में समाविष्ट कहानियाँ कुछ इस प्रकार से है-

(क) चिन्हार, प्रथम संस्करण- 1991, द्वितीय संस्करण- 1990.
    (1) अपना अपना आकाश,
    (2) बेटी,
    (3) सहचर,
    (4) बहेलिये,
    (5) मन नाँहि दस बीस,
    (6) हवा बदल चुकी है,
    (7) आक्षेप,
    (8) कृतज्ञ,
    (9) भँवर,
    (10) सफर के बीच,
    (11) केतकी,
    (12) चिन्हार।

(ख) गोमा हंसती है, प्रथम संस्करण- 1998.
    (1) शतरंज के खिलाड़ी,
    (2) राय प्रवीण,
    (3) बिछुड़े हुए,
    (4) प्रेम भाई एण्ड पार्टी,
    (5) ताला खुला है पापा,
    (6) साँप सीढ़ी,
    (7) उज्रदारी,
    (8) रास,

- (9) बारहवीं रात,
- (10) गोमा हंसती है।

(ग) ललमनियाँ तथा अन्य कहानियाँ प्रथम संस्करण- 1996.
- (1) फैसला,
- (2) सिस्टर,
- (3) सेंध,
- (4) अब फूल नहीं खिलते,
- (5) रिजक,
- (6) बोझ,
- (7) पगला गयी भगवती,
- (8) छाँह,
- (9) तुम किसकी हो बिन्नी,
- (10) ललमनियाँ।

(घ) पियरी का सपना
- (1) मुस्कराती औरतें
- (2) रिश्ते का नक्शा
- (3) आवारा न बन
- (4) छुटकारा
- (5) बहुत पहले का चलन
- (6) जवाबी कागज
- (7) सम्बन्ध
- (8) गुनहगार
- (9) मैंने महाभारत देखा था
- (10) आरक्षित
- (11) हम बच्चों की कहानी
- (12) 1857 एक प्रेम कथा
- (13) गुल्लू

(14) पियरी का सपना

उपर्युक्त कहानी संग्रहों के प्रत्येक कहानी का निम्नलिखित तत्वों के आधार पर निरूपण हो सकता है-

(1) कथावस्तु
(2) पात्र एवं चरित्र-चित्रण
(3) संवाद
(4) वातावरण, देश, काल
(5) भाषा शैली
(6) उद्देश्य।

मैत्रेयी पुष्पा जी के कहानी लेखन में प्रत्येक कहानी में समाविष्ट नारी जीवन विषयक विचारों को स्पष्ट करते हुए उन समस्याओं का समाधान मैत्रेयी क्या देती हैं यह देखना भी जरूरी है। कहानी में मुख्य कथावस्तु होती है। किसी उद्देश्य के बिना कहानी नहीं रची जाती है। कहानी की रचना के अन्तर्गत जो भाव छिपा होता है वह देखना जरूरी होता है।

चिन्हार कथा संग्रह-

इस कथा संग्रह में मानव-प्रतिमाओं का सहज स्पंदन ही सर्वत्र अनुभव होता है। लेखिका ने अपने जिए हुए परिवेश को किस सहजता से प्रस्तुत किया है, जिस मार्मिक व सरल ढंग से प्रस्तुत किया है, जिस स्वाभाविकता से उससे उनेक रचनाएँ, मात्र रचनाएँ न बनकर अपने समय का, अपने समाज का एक दस्तावेज बन गई हैं।

इस कथा संग्रह में मानवीय संवेदना के लगभग सभी प्रश्नों को छुआ है। बेरोजगारी, अशिक्षा, अन्याय, अत्याचार आदि जो बाते है उनसे मन की जो उद्विग्न अवस्था निर्माण हो जाती है उसका वर्णन आ जाता है। इस कथा संग्रह में न केवल नारी बल्कि पुरूष जो संवेदनशील है उसकी मन की अवस्था का वर्णन किया है। गिरिराज इसका उदाहरण है। बहेलिए में व्यक्त

समस्या में बचाने वाला मास्टर जो मारा जाता है। सत्य के साथ जीना मुश्किल होता है। मानवीय भाव-भंगिमाओं को नये सिरे से रखने की कोशिश मैत्रेयी यहाँ करती है। भाषा में वह गुण है जो पाठक को उस कृति से जोड़े रखती है। अनेक ऐसे विचार हैं जो अप्रस्तुत हैं उन्हे प्रस्तुति देने का काम उसे व्यक्त करने का काम मैत्रेयी जी ने किया है। एक अलग मानव प्रतिमाओं का उद्घाटन यह कथा संग्रह करता है।

दु:ख दर्द की घटनाओं के ताने-बाने से बुनी ये कहानियाँ इक्कीसवीं शताब्दी की देहरी पर दस्तक देते भारत के ग्रामीण समाज का आइना है। एक तरफ आर्थिक प्रगति, दुसरी ओर शोषण का यह सनातन स्वरूप चाहे अपना-अपना आकाश की अम्मा हो, चिन्हार की सरजू या आक्षेप की रमिया या भँवर की विरमा सबकी अपनी-अपनी व्यथाएँ है। अपनी-अपनी सीमाएँ है। इन्हीं सीमाओं से बंधी इन मरणोन्मुखी मानव-प्रतिमानों का सहज स्पंदन है हर कहानी।[4] मैत्रेयी ने अपने जिए हुए परिवेश को इस कथा संग्रह में प्रस्तुत किया है।

मुक्ति एक व्यक्ति से नही वरन एक व्यवस्था से मिलने की बात होती है। इस वाक्य में भास्कर जी ने व्यवस्था पर प्रहार किया है। मैत्रेयी की कहानी में भी व्यवस्था के खिलाफ विरोध दिखाई देता है। केवल विरोध नहीं मैत्रेयी उस पर उपचार भी बताती है। जैसे बेटी कहानी लीजिए। बेटी को पढ़ना इतना जरूरी नहीं माना गया है। बेटा पढ़-लिखकर बड़ा हो जाने के बाद जब माँ को नहीं सँभालता तब बेटी नानी की देखभाल बुढ़ापे में इसलिए कर पाती है क्योंकि अनपढ़ बेटी अपनी बेटी को शिक्षित करती है। यह परिवर्तन है जो सकारात्मक रूप ले रहा है।

किसी भी वाद किसी भी पंच को नहीं मिलाया इन कथाओं में ये तो संवेदना की धरती पर उकेरे गए मामूली से ग्रामीण चित्र है, हर्ष इस बात का है कि आज मेरी कथा पात्र सरजू, चंदना, रमिया, केतकी आदि महानगर दिल्ली के साहित्य मंच पर आ खड़ी हुई है।[5]

इस प्रकार कहानियाँ स्त्री के विभिन्न समस्याओं को उजागर करती हुई विविध भावभंगिमाओं को मुखर करती है।

गोमा हँसती है-

इस कथा संग्रह के केन्द्र में स्त्री ही है जो अपने सुख-दुःखों यंत्रणाओं और यातनाओं में तपकर अपनी स्वतंत्र पहचान माँग रही है। उसका अपने प्रति ईमानदार होना ही बोल्ड होना है हालाँकि वह बिल्कुल नहीं जानती कि वह क्या है जिसे बोल्ड होने का नाम दिया जाता है।[6]

मैत्रेयी का मानना है कि बोल्ड होने का मतलब है अपने लिए नारी स्वयं निर्णय ले और उस तरह का व्यवहार करे जो जीवन में उसे स्वयं को उन्नत करें। लोग बोल्ड का मतलब अक्सर शरीर प्रदर्शन से लेते हैं पर मैत्रेयी की साहसी नारी ही इस बोल्ड होने के सही मायने रखती है।

इन छोटी-छोटी कहानियों को साइलेन्ट रिवोल्ट की कहानियाँ भी कहा जा सकता है क्योंकि नारीवादी घोषणाएँ इनमें कही नहीं है। ये वे अनुभव खंड है जो स्वयं विचार नहीं है मगर उन्हीं के आधार पर विचार का प्रारूप बनता है।...ये सरल बनावट की जटिल कहानियाँ है।[7]

इस कहानी संग्रह में राजनीति में जूझती महिला, राय प्रवीण एक नृत्यांगना की कलात्मकता के पक्ष का और वास्तविक जीवन के पक्ष का वर्णन दापत्य जीवन के प्रेम का वर्णन, शादी-ब्याह में मंत्री-देवर से अपेक्षा रखने वाली भाभी का चित्रण, प्रेमी से बिछुड़ी प्रेमिका का वर्णन, अमीरी और गरीबी का चित्रण, प्रेम में जातिभेद न मानने वाले युवक का वर्णन तथा गोमा की हँसी का वर्णन किया गया है। गोमा सुन्दर स्त्री है जिसकी एक हँसी पर किढ्डा की पूरी जिन्दगी निर्भर है।

मैंत्रेयी ने स्त्री को स्त्री शक्ति की पहचान कराने का प्रयत्न किया है। मैत्रेयी अपने बात में कहती है कि मैं उस सनातन शाश्वत को सामने देख रही थी जिसकी मृत्यु निश्चित थी। तो यही वह समय है जो जीवन को मथकर निकला

है। बेशकीमती अमूल्य है ये आजादी की रणभेरियाँ गुंजाती वंचित अस्मिताएँ[8] इस प्रकार गोमा हँसती है कहानी संग्रह में नारी जागरण की बात है।

ललमनियाँ तथा अन्य कहानियाँ-

इस कहानी संग्रह में मैत्रेयी ने कलाकार के प्रति जो श्रद्धा है उसका वर्णन किया है। जब कलाकार को कहा जाता है कि शादी के बाद ललमनियाँ यह नृत्य नहीं करना है तो वह शादी से इनकार कर देती है। सच्चे कलाकार अपनी कला को किसी भी समझौते से नहीं छोड़ते।

इस कथा संग्रह में महिला का राजनीति में भागीदारी होना ही नहीं फैसला लेना भी जरूरी बात समझी है। राजीनति में गलत निर्णय लेने से किसी की जान भी जा सकती है ऐसी कहानी फैसला इस कथा-संग्रह में है जिस पर वसुमती की चिट्ठी टेलीफिल्म बनी।

सिस्टर कहानी में पिता की शुश्रुषा में बेटी की उम्र बढ़ जाने से उसकी शादी रह जाती है और वह सिस्टर यानि नर्सिंग का काम करती है। मनोभावों का सुन्दर चित्रण इस कहानी में है। सेंध, अब फूल नहीं खिलते, रिजक, एक से बढ़कर एक कहानियाँ इस कहानी संग्रह में है।

शिक्षा क्षेत्र भी लड़की के लिए सुरखित नहीं रहा है इसका उदाहरण कहानी में दिया गया है। नारी जब तक स्वयं मजबूत नहीं होती अत्याचार नहीं रूकेगा।

सभ्य, शिष्ट और आचार-व्यवहार की रणनीति तैयार करने वालो के परे खिसककर अपना शास्त्र खुद रचने लगती है। अब वे कहाँ नहीं है ? गायन-वादन, नाटक, खेल, हुक्मरानो, अफसर, राजनीति और सरकार यह समझिए कि हर कही धरती से अतंरिक्ष तक उनका दखत है।[10]

ललमनियाँ तथा अन्य कहानियाँ कहानी-संग्रह स्त्री के विविध रूपों, कर्तव्यों, भावनाओं जिम्मेदारियों को प्रस्तुत करता है। इस कृति में स्त्री शक्ति के ऐसे पहलुओं को उदघृत किया है जो नारी स्वयं नहीं जान पा रही है कि वह इतनी

शक्तिशाली हो सकती है। मैत्रेयी पुष्पा के कहानी-संग्रह चिन्हार, गोमा हँसती है और ललमनियाँ तथा अन्य कहानियाँ देखने पर पता चलता है कि मैत्रेयी ने अपनी इन कहानियों में उन तमाम प्रश्नों को उजागर करने की कोशिश की है जो नारी जीवन से सम्बन्ध रखती हैं। स्त्री को आत्मसम्मान, अस्तित्व के लिए लढ़ने को प्रेरित करती हुई कहानियाँ दिखाई देती हैं। चिन्हार कहानी संग्रह में रेहन में चढ़ा बुढ़ापा, बिकी हुई आस्थाएँ, कुचले हुए सपने, धुँधुलाता भविष्य, इन्हीं दुख-दर्द के घटनाओं के ताने-बाने से बुनी ये कहानियाँ इक्कीसवीं शताब्दी के देहरी पर दस्तक देते भारत के ग्रामीण समाज का आइना है। लेखिका ने अपने जिए हुए परिवेश को जिस सरलता से प्रस्तुत किया है जिस स्वाभाविकता से उससे अनेक रचनाएँ मात्र रचनाएँ न बनकर अपने समय का अपने समाज का एक दस्तावेज बन गयी हैं।

गोमा हँसती है की कहानियों के केन्द्र में वह अपने सुख-दुखों यंत्रणाओं और यातनाओं में तपकर अपनी स्वतन्त्र पहचान माँग रही है। उसका अपने प्रति ईमानदार होना ही बोल्ड होना है। हाँलाकि वह बिलकुल नहीं जानती थी वह क्या है जिसे बोल्ड होने का नाम दिया जाता है नारी चेतना की यह पहचान या उसके सिर उठाकर खड़े होने में ही समाज की पुरूषवादी मर्यादाएँ महादेवी वर्मा के शब्दों में श्रृंखला की कडियाँ चटकने-टूटने लगती है वे औरत को लेकर बनाई गई शील और नैतिकता पर पुनर्विचार की मजदूरी पैदा करती है। गोमा हँसती है की कहानियों की नारी अनैतिक नहीं नई नैतिकता का रेखांकित करती है।

ललमनियाँ तथा अन्य कहानियाँ में हर कथा रचना के साथ विषय वैविध्य और परिपक्वता का परिचय देता है कथाकार का यह दूसरा कहानी संग्रह है। इस कथा में मैत्रेयी ने स्त्री के विविध भाव-भंगिमाओं को व्यक्त किया है। राजनीति जैसा क्षेत्र नारी से अनभिज्ञ क्यों रखा जाता है यह सवाल मैत्रेयी को सदैव सताता था। इसलिए राजनीति की उन्नत स्त्री के रूप में मैत्रेयी कथा लेखन करती है। वसुमती का राजनीति में कदम रखने का फैसला वसुमती

खुद लेती है और स्वनिर्णयक्षमता अत्यन्त महत्वपूर्ण चीज है ऐसे बताते हुए फैसला जैसी कहानी आगे बढ़ती रहती है। सिस्टर कथा के माध्यम से भावों का उत्कृष्ट प्रेम और अस्तित्व का अहसास होते ही कहानी नया मोड़ लेती है।

कुल मिलाकर देखेंगे तो पता चलता है कि नारी के जन्म से लेकर बुढापे तक की चर्चा विविध उदाहरण देकर विविध पात्रों को निर्मित करके मैत्रेयी प्रश्नों के बारे में भी विचार करती है।

मैत्रेयी इन कहानियों में नारी को हकों के प्रति सजग होने का इशारा करती है। स्वयं निर्णय क्षमता आत्म–सम्मान, स्वयं अस्तित्व की पहचान बनाने में नारी को प्रेरित किया है। जीवन में शिक्षा का महत्व प्रतिपादित करते हुए, हर नारी को शिक्षा प्राप्त करनी होगी और आत्मनिर्भर होकर जमाने के सामने अपने कर्तव्य दिखाने होंगे ऐसा करते हुए आगे अपने विचार रखती है कि नारी का जीवन चैतन्यमय हो इस तरह के प्रयत्न नारी को स्वयं करने होंगे। राजनीति में जाकर सिर्फ दूसरों के निर्णयों पर नहीं चलना चाहिए स्वयं का रास्ता नारी को बनाना होगा। नारी में मानवतावादी विचार विद्यमान है। आक्षेप की रमिया को ले लीजिए सब बंधन तोड़कर वे कार्य करती है। दैहिक स्तर पर नहीं आत्मिक स्तर पर विकसित करने के लिए नारी को रूढि - परम्पराओं से, अंधविश्वासों से बाहर आकर आत्मा-परमात्मा की खोल से बाहर निकलकर सत्यवादी विचारों का पक्ष लेना होगा। इस प्रकार का विवेचन कहानियों में आया है।

3.2 पारिवारिक सम्बन्धों में संवेदनहीनता से उत्पन्न परिणाम-

परिवार समाज की एक ऐसी संस्था है जिसे मानव के आत्मसंरक्षण व संवर्धन और जातीय जीवन के विकास का हेतु कहा जाता है। भारतीय संस्कृति में परिवार के इसी विशद दृष्टिकोण को चरितार्थ करते हुए वसुधैव कुटुम्बकम की भावना को प्रश्रय दिया है। साहित्य संसार से परिवार भावना का घनिष्ठ सम्बन्ध है। समाज में परिवार का अनन्य साधारण महत्व है। समाज का

निर्माण ही परिवारों से होता है। पहले जमाने में संयुक्त परिवार दिखायी देता था। जिसमें परिवार के सभी सदस्य इकट्ठा रहते थे। परिवार के प्रमुख सदस्य के हाथ में पूरे परिवार की जिम्मेंदारी रहती थी। आज आधुनिकीकरण के कारण संयुक्त परिवार टूट रहे हैं और समाज में अधिकतर विभक्त परिवार ही दिखाई दे रहे है। जिसमें केवल पति-पत्नी और बच्चे रहते हैं। इसमें उत्पन्न समस्याओं को ममता कालिया ने अपने साहित्य में चित्रित करने का प्रयास किया है।

पुरूष और नारी के पारस्परिक सम्बन्धों में पति-पत्नी सम्बन्ध सर्वाधिक स्पृहणीय एवं आदर्श माना गया है। आदिकाल से ही स्त्री और पुरूष ने पारस्परिक आकर्षण का अनुभव किया है और प्राय: सभी समाजों में उन्होंने इसे विवाह के रूप में स्थायित्व प्रदान किया हैं। सुखी और परितृप्त गृहस्थ जीवन समस्त सुखों का मूल हैं तथा संतोषपूर्ण गृहस्थी जीवन-यात्रा को आनंददायक बना देती है। पति उपार्जन करता हैं और पत्नी गृह-प्रबंध करती है, इस प्रकार दोनों एक-दूसरे के सच्चे मित्र एवं पूरक होते हैं।

हमारे प्राचीन धर्म ग्रंथों में पत्नी के भार्या, गृहलक्ष्मी, गृहिणी, अर्धांगिनी, संसार यात्रा की एक मित्र आदि नामों से अभिहित कर पत्नी पद को गौरवपूर्ण माना गया किन्तु विभिन्न धार्मिक, राजनैतिक, सामाजिक एवं आर्थिक परिस्थितियों के कारण गृह और परिवार के बीच प्रस्फुटित होने वाला नारी रूप क्षणै-क्षणै तृप्त हो गया। नारी गृह की बंदिनी, पुरूष की आश्रिता, आत्मसम्मान तथा स्वतन्त्र व्यक्तित्व से शून्य एवं पुरूष से हीन समझी जाने लगी।

इसमें साथ ही साथ इसी से जुड़ी हुई अन्य भी कई समस्याएँ निर्माण हो गयीं, जैसे-जैसे शिक्षा का आरंभ हुआ, स्त्रियाँ उन्नति करने लगीं। हर एक क्षेत्र में काम करने लगीं लेकिन उनके सामने छोटे-छोटे बच्चों की समस्या खड़ी हो गयी।

साथ-ही-साथ आज चाहे स्त्री कितनी भी पढ़ी-लिखी हो, नौकरी करती हो लेकिन उसके प्रति पुरूषों का दृष्टिकोण अब भी नहीं बदला हैं। अब भी स्त्री अपने वर्चस्व के नीचे दबी रही, यही पुरूषों की भावना है। शिक्षित स्त्री कभी इस बात को पसंद नहीं कर सकती। इसी वजह से संघर्ष छिड़ जाता है ये सारी पारिवारिक समस्याएँ ही हैं।

एक स्त्री ही दूसरे की वेदना, व्यथा को समझ सकती है क्योंकि उसकी वेदना, व्यथा का एहसास उसे होता हैं। पुरूष रचनाकारों ने स्त्री के दु:ख को अनेक बार अपने साहित्य द्वारा व्यक्त किया है, लेकिन स्त्री ने उसे अस्वीकार किया हैं क्योंकि अब स्त्री इतनी सशक्त हो गई है कि वह अपनी बात खुले रूप में कहने का साहस बांध चुकी हैं। स्त्री के लेखन का उद्देश्य ही यह हैं कि उसे व्यक्ति, मानव के रूप में प्रतिष्ठित करना, उसकी विभिन्न समस्याओं को सुलझाना, उसके सामर्थ्य की खोज एवं पहचान होना, उसकी मानसिकता में परिवर्तन लाना।

स्त्री जाति का सदियों से घर और बाहर दोनों जगह पर शोषण हो रहा हैं। उसी शोषण को व्यक्त करने के लिए उसने अब अपनी कलम उठायी चाहे वह कहानी, उपन्यास, नाटक या साहित्य की किसी भी विधा में हो। पुरूष कहानीकारों ने पारिवारिक एवं सामाजिक परिवेश का चित्रण किया था परंतु आज यह भी सिद्ध हुआ हैं कि कहानी लेखिकाओं ने बड़ी सफलता से पुरूष कहानीकारों के समान पारिवारिक समस्याओं को एवं सामाजिक परिवेश को सूक्ष्म दृष्टि से अंकित किया हैं। इस विषय में डॉ. पुष्पपाल सिंह का कहना हैं कि "समकालीन महिला कथाकारों की कहानियों में विशेष दृष्टि से ताजगी ली हुई हैं। अब तक कहानी नारी जीवन को पुरूष की दृष्टि से देखती आयी थी किंतु यहाँ प्रथम बार नारी ने मन के अनंतर गहराईयों में झांककर सर्वथा अनछुए प्रसंग, स्थितियाँ और समस्याएँ बिना किसी वर्जना भाव से प्रस्तुत कर जीवन के सत्य को कहानी का सत्य बनाया।" समकालीन महिला कहानीकारों में से विशेषकर मन्नू भण्डारी, उषा प्रियंवदा, दीप्ति खंडेलवाल,

कृष्णा सोबती, मेहरून्निसा परवेज, मृदुला गर्ग, शशिप्रभा शास्त्री, ममता कालिया, शिवानी, मालती जोशी, मैत्रेयी पुष्पा, सूर्यबाला, चित्रा मुद्गल, राजी सेठ, प्रतिमा वर्मा, कांति त्रिवेदी आदि लेखिकाओं ने अपनी कहानियों में परिवार से संबंधित पारिवारिक विभिन्न समस्याओं को अंकित किया है।

महिला कहानीकारों ने अपनी कहानियों में पारिवारिक समस्याओं के अन्तर्गत परिवार विघटन, दाम्पत्य विघटन, यौन असंतुष्टि, दहेज, तलाक, विधवा, परितक्त्या, अकेलेपन, कामकाजी नारी, बेरोजगारी और आर्थिक समस्याओं को अपने-अपने तरीके से व्यक्त किया है। मन्नू भण्डारी ने 'एखाने आकाश नाई' कहानी में संयुक्त परिवार व्यवस्था का स्वरूप चाची के माध्यम से व्यक्त किया है। उषा प्रियंवदा की 'वापसी' कहानी में गजाधर बाबू के रिटायर्ड होने के बाद आरामदायी एवं आनंद की जिंदगी बिताने हेतु बच्चों एवं पत्नी के साथ हमेशा के लिए रहने आते हैं किंतु परिवार से आत्मीयता एवं स्नेह की अपेक्षा उपेक्षा मिलती हैं जिसकी परिणति 'वापसी' है। शिवानी की 'प्रतिशोध' कहानी की सौदामिनी परिवार सदस्यों की संख्या देखते ही पति को लेकर किनारा कर लेती है। सूर्यबाला की 'रमन की चाची' कहानी में जेठानी जान बूझ कर देवरानी को उसके पति की सेवा का मौका नहीं देती जब परिवार के सदस्यों द्वारा और विशेषकर स्त्री पीड़ित हो जाती है तो पारिवारिक समस्या सामाजिक समस्या के रूप में परिवर्तित हो जाती है। ममता कालिया की 'जितना तुम्हारा हूँ' कहानी में स्त्री की घुटन की समस्या को रेखांकित किया है। मालती जोशी की 'महकते रिश्ते' कहानी में जमीन, जायदाद, मकान के कारण भाइयों में फूट पड़ी है। रिश्तों का टूटना किस प्रकार मनुष्य को बेधता हैं इसका चित्रण लेखिका ने किया है। मालती जोशी की 'मातृदीप' कहानी की नयी नवेली बहू अपनी इच्छाओं की अतृप्ति के कारण बहुत दु:खी रहती हैं और विद्रोह करती है। दीप्ति खंडेलवाल की 'एक और सीता' कहानी की बहू सास द्वारा पीड़ित है। सास के कारण उसे पति और घर को त्यागना पड़ता हैं। मेहरून्निसा परवेज की 'उसका घर' कहानी का पिता उसकी अपनी बीमारी के कारण बहू-बेटे तो क्या अपनी पत्नी से भी

उपेक्षित है। जब कोई परिवार टूटने लगता हैं तो आत्मीय संबंध भी टूटने लगते हैं और इस पारिवारिक संबंधों को जोड़ना बहुत कठिन काम होता है।

ऐसा माना जाता है कि दाम्पत्य जीवन पर 'सुदृढ़ परिवार' की नींव होती है। पति-पत्नी में सामंजस्य भी बहुत जरूरी होता है। क्योंकि किसी भी एक समस्या में उलझकर उसकी बागडोर पकड़ना उचित नहीं होता अतः दोनों में समझदारी से 'सुवर्णमध्य' निकालना जरूरी होता हैं अन्यथा तलाक का सहारा लेना पड़ता है। कुछ ऐसी ही समस्याओं को मन्नू भंडारी ने 'तीसरा आदमी' शिवानी की 'स्वयं सिद्धा' दीप्ति खंडेलवाल की 'क्षितिज' कहानियों में व्यक्त हुई है। समकालीन कहानियों में शारीरिकता के प्रति आकर्षण की लालसा पवित्र संबंधों को नहीं देखती व्यक्ति पशु स्तर तक पहुँच गया है। मन्नू भंडारी की 'तीसरा आदमी', 'ऊँचाई' इन कहानियों में यौन संबंध की स्थिति भिन्न धरातल पर स्थित हैं। उषा प्रियंवदा की 'प्रतिध्वनियाँ' की वसु यौनाकर्षण के कारण अनेक पुरूषों के साथ शारीरिक संबंध रखती है। शिवानी की 'प्रतिशोध' इस कहानी में कामवासना का ही चित्रण है। दीप्ति खंडेलवाल की 'देह से परे' मेहरून्निसा परवेज की 'बीच का दरवाजा' मृदुला गर्ग की 'झुटपुटा' कहानियों में योग्य इच्छाओं की पूर्ति के लिए व्यक्ति अपनी हैसियत, सामाजिक प्रतिष्ठा, पारिवारिक जिम्मेदारियों को भुला देता हैं।

पारिवारिक सम्बन्धों में स्नेह, प्रेम, वात्सल्य, बन्धुता, सहानुभूति, उदारता, साहचर्य, विश्वास, आत्मीयता, एक निष्ठता, त्याग, समर्पण आदि विविध मूल्यों का समावेश है। इन्हीं मूल्यों की बुनियाद पर पारिवारिक सम्बन्धों की दीवार मजबूती से खड़ी रह सकती है परन्तु नगरों और महानगरों में बढ़ते हुए औद्योगीकरण के कारण भाग-दौड़ बढ़ती जा रही है और बढ़ती हुई जनसंख्या तथा बढ़ती हुई मँहगाई और पाश्चात्य प्रणाली का प्रभाव, योगवादी दृष्टि, स्वार्थन्धता आदि विविध कुप्रवृत्तियों के कारण पारिवारिक सम्बन्धों का विघटन होता जा रहा है। वर्तमान युग में संयुक्त परिवार के साथ-

साथ एकल परिवार भी टूटने लगे हैं। परिवार के सम्बन्धों में दरारें पड़ती जा रही है। मन्नू भण्डारी और मैत्रेयी पुष्पा की कहानियों में पारिवारिक सम्बन्धों में आयी संवेदनहीनता से उत्पन्न परिणामों का यथार्थ-चित्रण हमें देखने को मिलता है।

नारी की आर्थिक निर्भरता ने उसकी सोच और मूल्यों को बदला है। इस पर इलाचन्द्र जोशी का यह वक्तव्य अत्यंत उचित सा है कि, "नारी ज्यों-ज्यों अपने अधिकारों के प्रति जागरूक होती गई त्यों-त्यों वह पति और परिवार के बन्धनों से अलग होकर और परम्परा की लीक छोड़कर अपनी स्वतन्त्र राह पर चलने का प्रयत्न करने लगी।"[11] पति-पत्नी के सम्बन्धों में संवेदनहीनता का कारण है पति-पत्नी की अलग-अलग सोच, अतृप्तता, एकाकीपन, नारी की स्वच्छंद प्रवृत्ति, पति की भ्रमरवृत्ति आदि। वैवाहिक सम्बन्ध की सफलता पूर्ण रूप से पति-पत्नी के वैचारिक सामंजस्य और मानसिक सन्तुलन पर आधारित है। विवाह दो आत्माओं का पवित्र मिलन होता है जिसे व्यक्तिगत अहं की होड़ की भावना से कलुषित नहीं करना चाहिए। आधुनिक समाज में विवाह सम्बन्धी परम्परागत मान्यताएँ क्षीण हो गयी हैं। आज विवाह व्यापार की एक संस्था बन गयी है। जहाँ दो आत्माओं का पवित्र मिलन नहीं, दो शरीरों का व्यापार होता है जिस कारण दायित्व एवं समर्पण की भावना उनमें चिराकाल तक वर्तमान नहीं रहती। आधुनिक युग में विवाह का मूल लक्ष्य काम-क्रीड़ा है। पति-पत्नी का सम्बन्ध सेक्स के धरातल पर ही टिका हुआ है। अत: विवाह प्रेम की नहीं सेक्स की चरम सीमा हो गयी है। इसके कारण वैवाहिक जीवन में बहुत जल्दी ही ऊब और एक रसता की भावना जन्म लेने लगती है। परिणाम स्वरूप पति-पत्नी, गैर स्त्री-पुरूष से सम्बन्ध जोड़ने को मजबूर हो जाते हैं। आज के आधुनिक समाज में ऐसे अवैध सम्बन्ध स्वीकार्य है क्योंकि इसे लोग आधुनिकता के अन्तर्गत मानते हैं। आज की इस खोखली आधुनिक दुनिया में परिवार सम्बन्धी सारी मान्यताएँ आधारहीन हो गयी हैं। पति-पत्नी में थोड़ा-सा मन मुटाव हुआ तो दोनों तुरन्त तलाक के लिए तैयार हो जाते हैं। समझौते की भावना उनमें नहीं

के बराबर रह गयी है। अर्थ, पारिवारिक सम्बन्धों के विघटन का दूसरा प्रमुख कारण है। अर्थ कभी-कभी पति-पत्नी के सम्बन्धों के बीच दरारें डालता है तो कभी पत्नी की संवेदनाओं को रौंदकर उसकी मजबूरी का फायदा उठाता है। अर्थ के प्रति अत्यधिक मोह और आकर्षण के कारण पति अपनी पत्नी के अस्तित्व को भूलकर उसके शरीर की पवित्रता को विस्मृत कर, उसे अपनी तरक्की का साधन बनाता है। दूसरी ओर पुरूषों का एक वर्ग ऐसा भी है जो आधुनिक एवं शिक्षित होने के बावजूद भी संकीर्ण विचारों वाला होता है। स्त्रियों को सीमित परिवेश में देखने के इच्छुक ये पुरूष स्वयं मनमौजीपन दिखाते हैं। यदि इनकी पत्नियाँ गैर पुरूष के साथ काफी हाउस जाएँ या सिनेमा घर जाएँ तो तूफान खड़ा कर देते हैं। बड़े ही नेक एवं आदर्श इन्सान की तरह पत्नी के चरित्र पर चरित्र हीनता का आरोप लगाने वाले ये पुरूष यह नहीं देखते कि खुद कितने पानी में हैं।

आज की लेखिका इस नारी विरोधी व्यवस्था का विरोध करके एक नवीन मूल्यों की प्रतिस्थापना करना चाहती है। समकालीन कथा लेखिकाओं में मन्नू भण्डारी का स्थान महत्वपूर्ण है। नारी जीवन की समस्याओं को लेकर उन्होंने गम्भीर, परिवर्तनवादी रचनाओं का निर्माण किया। 'आपका बण्टी' आधुनिक सुशिक्षित पति-पत्नी के अहं का टकराव तथा तनावों से उत्पन्न स्थितियों के बीच सम्बन्ध-विच्छेद की भूमिका का प्रामाणिक दस्तावेज है। आज व्यक्तिवादी-भौतिकवादी चिन्तन ने स्त्री–पुरूष दोनों के अहं को इतना उग्र व प्रखर बना दिया है कि व्यक्ति शनै: शनै: अमानवीय होता जा रहा है। शकुन के मन की कसक इसका प्रमाण है- "सच पूछा जाए तो अजय के साथ न रह पाने का दंश नहीं है यह, वरन् अजय को न हरा पाने की चुभन है यह, जो उसे उठते-बैठते सालती रहती है।"[12] माता-पिता-पुत्र के त्रिकोणात्मक सम्बन्धों की परस्पर टकराहट जितनी महत्वपूर्ण है उतनी ही शकुन के जीवन की लड़खड़ाहट मर्मस्पर्शी है। 'क्षय' कहानी की कुन्ती अपनी जिम्मेदारियों में टूट चुकी है। डॉ. गणेशदास कुन्ती को सहानुभूति की दृष्टि से देखते हुए लिखते हैं- "क्या उसका सारा जीवन यों ही निकल जायेगा ?"[13] आम जीवन

की सामान्य नारी से लेकर वेश्या तक समस्या से त्रस्त नारी को अपने कथा साहित्य का केन्द्र, मन्नू भण्डारी ने बड़े सहानुभूति पूर्वक बनाया है।

वस्तुत: नारी जीवन के इन क्षणों को वाणी देनेवाली महिला लेखिकाओं में मन्नू भण्डारी का शीर्ष स्थान है। उनकी पहली कहानी 'मैं हार गई' है (1957)। पारिवारिक संवेदनशीलता की दृष्टि से उनकी 'अकेली' कहानी उल्लेखनीय है जिसमें सोमा बुआ का चित्रण है। इस कहानी का आरम्भ है- "सोमा बुआ बुढ़िया है। सोमा बुआ परित्यक्ता है। सोमा बुआ अकेली है।"[14] 'दो कलाकार' कहानी में अरूणा और चित्रा नामक दो सहेलियों का सम्बन्ध चित्रित है। दोनों का जीवन-दर्शन अलग-अलग है। एक कला में आस्था रखती है तो दूसरी समाज सेवा में। 'तीसरा आदमी' कहानी में सतीश की पत्नी को लेखक आलोक की कथाएँ आती हैं। सतीश नौकरी के लिए चला जाता है तभी उसके मन में आलोक के प्रति अन्तर्द्वंद्व शुरू हो जाता है। 'घुटन' कहानी में प्रतिमा की घुटन चित्रित है। पति के आने की पूर्व सूचना होने पर भी कमरा व्यवस्थित नहीं कर पाती, हाँलाकि वह सोचती जरूर है कि- "एक कमरा वह आज कर ले, एक कल कर लेगी, परसों उसके पति आयें तो उन्हें ऐसा न लगे कि उनके स्वागत की किसी ने तैयारी नहीं की है।"[15] वह कुछ भी नहीं कर पाती और थोड़ी देर में महसूस करती है कि उम्र बढ़ रही है और दम घुट रहा है। 'दीवार बच्चे और बरसात' नामक कहानी में भागी हुई औरत के बारे में घरेलू स्त्रियों के संवादों के माध्यम से नारी मनोविज्ञान स्पष्ट होता है। 'बाँहों का घेरा' कहानी में कम्मों के मन की घुटन चित्रित है। कम्मो का पति मित्तल अपनी अत्यधिक व्यस्तता के कारण कम्मो को सुख नहीं दे पाता। उसके लिए सिर्फ व्यापार ही महत्वपूर्ण है, भाव-ताव, खरीदों-बेचो आदि प्रमुख है, पति की इस प्रकार की व्यस्तता के कारण कम्मो का मन शून्यता से भरा हुआ है। अपनी कहानियों में कहीं पर पति-पत्नी के बीच तीसरा आदमी प्रेमी के रूप में आने के कारण परिवारों में टूटन, बिखराव, सम्बन्धों में औपचारिकता और तनाव आ गया है। 'तीसरा

आदमी' कहानी में शकुन का पति सतीश है जो आलोक के आने पर उद्विग्न हो जाता है। सतीश की उद्विग्नता का चित्रण किया गया है। सतीश आलोक के आने से ही मानसिक परिवेश में ही जाता है। 'क्षय' कहानी में आर्थिक स्थिति की कमजोरी के कारण ही कुंती को शान्ती के यहाँ ट्यूशन करनी पड़ती है। वह पारिवारिक संकटों का सामना करते-करते टूट जाती है। 'हार' कहानी में पति-पत्नी दोनों अपनी-अपनी पार्टी के साथ जुड़े हैं। दोनों विजय चाहते हैं अंत में पति की उदारता और वैचारिक उदारता को देखकर पत्नी चुनाव में अपना मत पति को दे देती है। इस प्रकार पति-पत्नी के पारस्परिक मतभेद का चित्रण है। 'तीन निगाहों की एक तस्वीर' कहानी में अपने रूग्ण पति की मनोयोग से सेवा करने वाली दर्शना की कहानी है। दर्शना एक अभागी नारी है। अर्थार्जन के लिए पति और पत्नी को समान अवसर मिलने पर केवल पति को अवसर मिलने पर पति-पत्नी के बीच के रिश्ते का मार्मिक चित्र है। 'कमरे, कमरा और कमरे' कहानी में स्त्री को भी स्वतन्त्रता नहीं दी जाती। वह बचपन में माँ-बाप, युवावस्था में पति के संरक्षण में और वृद्धावस्था में पुत्र के संरक्षण में रहती है। कहानी में स्त्री के कार्यक्षेत्र की तीन अवस्थाएँ बतायी गयी हैं। बचपन में माँ-बाप के सभी कमरे उसके लिए खुले रहते है। घर से दूर होकर होस्टल में रहकर उच्चशिक्षा प्राप्त करने लगती है तो उसका अधिकार होस्टल के कमरे तक रहता है। विवाह के बाद पति के सभी कमरों पर उसका अधिकार रहता है। नीलू कहानी की नायिका है। उसका पति श्रीनिवास है। इस कहानी में लेखिका ने नारी के स्वतंत्र व्यक्तित्व की रक्षा पर ही प्रश्नचिन्ह लगाया है। 'ऊँचाई' शिवानी का पति शिशिर है और विवाह से पहले ही अतुल उसका प्रेमी है। वह पति से जताती है कि पति-पत्नी का रिश्ता शारीरिक आकर्षण की अपेक्षा मानसिक आकर्षण के कारण ऊँचा और उद्दाम होता है। शरीर और मन में शरीर गौण होता है और मन प्रमुख होता है। इसलिये शरीर का समर्पण यह गौण है और मन से चाहना श्रेष्ठ है। सम्बन्धों की पुनर्व्याख्या करने की असफल कोशिश कहानी में की गई है। 'स्त्री सुबोधिनी कहानी में यह चित्रित है 'बड़े बाप की बेटी हो या अफसर

संग लेटी हो' कहानी की नायिका शिंदे अफसर जो शादीशुदा है परन्तु उसके झाँसे में आती है।'नशा' कहानी में अद्भुत दाम्पत्य जीवन का चित्रण है। शराबी पति शंकर को पत्नी आनन्दी बहुत चाहती है, उसे पैसा देती है। यह उदारता नारी अन्त:करण की एक विशेषता मानी जाती है।

'नई नौकरी' में पति और पत्नी के बीच सम्बन्धों की अपेक्षा पत्नी के कार्यक्षेत्र की सीमा पर अधिक बल है। पुरानी धारणा के अनुसार हर स्त्री को विवाह के बाद अपना स्वतंत्र व्यक्तित्व पति के व्यक्तित्व में विसर्जित, विलयित करना पड़ता है। उसे अपने स्वतंत्र व्यक्तित्व की रक्षा का कोई अधिकार नहीं दिया गया है। आज नारी को भी अपने व्यक्तित्व की स्वतंत्रता को बनाये रखने का अधिकार मिला हुआ है। नये जीवन मूल्य अर्थार्जन की क्षमता प्राप्त होने पर ही कार्यान्वित हो सकते हैं, कमाने की दृष्टि से जब तक नारी स्वाधीन नहीं होती तब तक पराधीनता नारी की व्यक्तित्व की स्वतंत्रता को बनाये नहीं रख सकती। आर्थिक पराधीनता नारी की व्यक्तिगत सत्ता की सबसे बड़ी दुश्मन है, यही 'नई नौकरी' कहानी में है। रमा लेक्चरर बनी परंतु पति कुन्दन की सलाह पर नौकरी त्याग दी जिससे उसका कार्यक्षेत्र घर की चारदीवारों में सिमट गया। जब अर्थ की दृष्टि से वह पराधीन हो गयी तब उसका स्वतंत्र व्यक्तित्व सिमटने लगा। कुन्दन के बीच और उसके बराबरी का रिश्ता खत्म हुआ और पति सहयोगी, सहचर और मित्र के अपेक्षा बास के रूप में स्थापित हुआ। यह रमा के लिए बड़ा कष्टप्रद अनुभव था। कॉलेज के लेक्चरर की नौकरी से यह घर की नई नौकरी बहुत अधिक कुण्ठा और सर्वस्व समर्पण उसे देती है आम तौर पर नौकरी करने वाली महिलाओं के लिए इस प्रकार की दिक्कत दिखाई देती है। कामकाजी महिलाओं को इस खतरे से बचने के लिए वे सुझाव देती हैं- "इस देश में प्रेम के बीच मन और शरीर की पवित्र भूमि में नहीं, ठेंठ घर परिवार की उपजाऊ भूमि में ही फलता-फूलता है। भूल कर भी शादीशुदा आदमी के प्रेम में मत पड़िए। दिव्य और महान प्रेम के खातिर बीबी-बच्चों को दाव पर लगाने वाले प्रेम-वीरों की यहाँ पैदावार ही नहीं होती। दो नावों पर पैर रखकर चलने वाले 'शूरवीर'

जरूर सरेआम मिल जायेंगे।"[16] इन सुझावों में बदले हुए जीवन मूल्यों का गहरा संकेत नारी को दिया गया है। निष्कर्ष के रूप में कहा जा सकता है कि, मन्नू जी स्त्रियों की भावना बड़ी गहराई से समझ सकती है। इसलिए इनके नारी पात्रों में परंपरा से हटकर कुछ नया कर दिखाने की चेतना है। नारी चेतना उनकी कहानियों का लक्ष्य है, अधिकांश नारी पात्र पारिवारिक परिवेश से सम्बन्धित हैं। इन पात्रों का अन्तर्द्वंद्व नये और पुराने जीवन मूल्यों की टकराहट के कारण उत्पन्न हुए है। इसमें आधुनिक जीवन की समस्याओं के संकेत है, समाधान नहीं। मन्नू जी ने समकालीन समाज की विशेषत: नगरी समाज की नारी पर अपना ध्यान, अधिक केन्द्रित किया है। महिला लेखिका मन्नू भण्डारी के सपनों की दहलीज तक पहुँचने, उनके आक्रोश से बावस्ता होने, उनके जीवन दर्शन को समझने, उनके अनुभव जगत को बाँटने का एक विनम्र प्रयास मेरे द्वारा किया गया है।

मैत्रेयी की कहानियों में समय के साथ नारी की पारिवारिक चेतना अभिव्यक्त हुई है, सदियों से मौन नारी को उसमें वाणी दी है। पारिवारिक संबंधों के केंद्र में स्त्री है और उसके विविध रूप हैं। माँ, पत्नी, बेटी, बहन, सास, बहू आदि अनेक रिश्तों के साथ उसे पारिवारिक संबंध निभाने पड़ते है। पारिवारिक और सामाजिक संघर्ष करते-करते टूटते-बिखरते हुए भी अपने आप को स्थापित करने का काम मैत्रेयी की कहानियों की नारी करती है। नारी मन की भावाभिव्यक्ति प्रमुख रूप से उनकी कहानियों में दिखाई देती है।

'अपना-अपना आकाश' यह कहानी पारिवारिक चेतना का उत्कृष्ट उदाहरण है। इसमें माँ-बेटों के व्यावहारिक संबंधों पर प्रकाश डाला गया है। तीन बच्चों की विधवा पति के पश्चात बच्चों को पढ़ा-लिखाकर ऊँचे ओहदे पर पहुँचाती है। पति की जमीन पर उसका गुजारा चल रहा है। लेकिन धोखे से वह जमीन भी बच्चे छीन लेते हैं और जमीन के साथ माँ का भी बटँवारा होता है। माँ-बेटों में वात्सल्य और ममता की कोई सीमा नहीं होती पर यहाँ रह जाता है सिर्फ व्यावहारिक रिश्ता.....चार-चार महीनों का। यह माँ ऐसे

स्वार्थी बेटों से नफरत करती है- "छि, वे वितृष्णा से भर गई। मुख नहीं देखना चाहती थी कपूतों का।"[17] बुढ़ापे में भी कैलाशो देवी में यह चेतना जाग्रत होती है कि वृद्धाश्रम में रखने की बच्चों की चाल में फँसने के बजाय इन बच्चों को ही छोड़ दूँ! अनपढ़ होने के बावजूद भी अम्मा का यह साहसी कदम नारी के स्वाभिमान और आत्मविश्वास को मुखरित करता है।

सदियों से मौन नारी अपने अस्तित्व के लिए परिवार के अन्याय करते नीति-नियमों को तोड़कर खुली हवा में सांस लेना चाहती है। 'बारहवीं रात' कहानी दहेज प्रथा के खिलाफ आवाज उठाती, समाज सत्य को उद्घाटित करने वाली तथा परंपरा का विरोध करने वाली युवती की कहानी है। इस कहानी में लड़की का पिता उसे ऐसे लड़के के साथ ब्याहना चाहता है, जो पहली पत्नी की हत्या के सिलसिले में जेल में है। अभी 'बारहवीं रात' चल रही है कि दूसरी शादी करके लड़के का बाप दहेज की रकम लेकर उसे छुड़ाना चाहता है। "सुरेन्द्र की अम्मा, होश में आओ। मालूम है, सनदेश किसका था ? नाई कह रहा रहा था कि क्या करें धमंना वाले, उनकी बिटिया अड़ी है कि दद्दा, हमें कुंआरे रहना मंजूर है। कतल होने उनके घर नहीं......।"[18] यहाँ लेखिका ने नारी सशक्तीकरण के माध्यम से विद्रोह स्वर अलापा है। बेटी कोई भेड़-बकरी नहीं कि चाहे जिसके गले में बाँध दी जाये। इस कहानी की लड़की ऐसे बेरहम लड़के से शादी करने के बजाय कुँआरी रहना पसंद करती है।

मैत्रेयी की कहानियों में एक ओर नारी की असहाय परिस्थिति का चित्रण हुआ है वहीं दूसरी ओर विद्रोह का चित्रण भी हुआ है। उनकी 'बेटी' कहानी मुन्नी इसी बात की परिचायक है। परिवार में बेटी को दिया जाने वाला दोयम स्थान इसी सत्य पर लेखिका ने प्रकाश डाला है। भारतीय परिवारों में बेटा किसी बेटी में किये जाने वाले फर्क का एहसास यह कहानी दिलाती है। 'पराया धन' होने के कारण उसे शिक्षा से भी वंचित रहना पड़ता है। मुन्नी पढ़ना चाहती है, सहेलियों के साथ स्कूल जाना चाहती है, पर उसे घर का

कामकाज और छोटे भाइयों को संभालना ही माता-पिता ज्यादा जरूरी समझते है। बाद में उसका ब्याह करके माता-पिता अपने ऋण से मुक्त हो जाते है। मुन्नी को लड़की होती है और वह उसे पाठशाला में पढ़ने भेजती है माँ के जिन लालों के कारण मुन्नी को पढ़ाई से वंचित रखा गया था, उन्हीं माँ के सपूतों ने नौकरियाँ लगने के बाद माता-पिता को उनके हालातों पर छोड़ चले गये थे। मुन्नी से माता-पिता की हालत देखी नहीं जाती और वह अपनी बेटी को माता-पिता को सँभालने के लिए रखती है। इस कहानी में लेखिका ने यह पारिवारिक चेतना जाग्रत की है कि केवल बेटा ही नहीं बेटी भी माता-पिता के प्रति अपना कर्तव्य पूरा कर सकती है। रूढ़ि-परंपरा और मर्यादा को तोड़े बगैर मुन्नी ने मौन विद्रोह और कर्तव्यपरायणता से समाज की इस मानसिकता को तोड़ दिया कि केवल बेटा ही माता-पिता को मुक्ति दे सकता है और लड़की 'पराया धन' होती है।

मैत्रेयी की और एक कहानी पारिवारिक चेतना की एक मिसाल है 'बिछुड़े हुए' इस कहानी में लेखिका ने नारी को पारिवारिक साहसिकता और धैर्य को व्यक्त किया है। कहानी का नायक सुग्रीव अचानक भरा-पूरा परिवार छोड़कर सन्यासी बन जाता है। घर की सारी जिम्मेदारी पत्नी चन्दा उठाती है। सुग्रीव उस समय स्वामी शतानन्द के रूप में गांव पहुँचता है जब उसकी बेटी मगना की शादी की तैयारियाँ शुरू थी। यहाँ पर भी पुरूषी दंभ दिखाई देता है। गांव पहुँचने के बाद से उसे लगता है कि माँ-बेटी आकर उसके सामने गिड़गिड़ायेंगे। सुग्रीव मगना से मिलता है और बात करना चाहता है, इतने में चन्दा वहाँ पहुँचती है और बेटी को कहती है, "मगना बेटी, तू यहाँ.......घर में कितना काम फैला है ! इस गांव के आदमी तो बावरे ठहरे, जो भी साधू आता है, उसे ही तेरा पिता.....।"[19] सुग्रीव देखता ही रहता है। बीस साल पहले जो आदमी आधा-अधूरा संसार छोड़ जाता है, वह क्या समझेगा जिम्मेदारियों को ! इस एहसास के साथ चन्दा अपने निर्णय के प्रति अडिग है। चन्दा का यह मौन विद्रोह शतानन्द बने सुग्रीव के पुरूषी दंभ को ध्वस्त कर देता है।

'फैसला' कहानी नारी अस्मिता और पारिवारिक चेतना को जगाने वाली श्रेष्ठतम कहानी है। वसुमति पति से ज्यादा पढ़ी-लिखी और अपने अधिकारों के प्रति सचेत और जाग्रत है। वह गांव की प्रधान है। नारी जागरण और अधिकारों के प्रति सजगता इस कहानी के पात्रों में दिखाई देती है। वसुमति तो पढ़ी-लिखी है लेकिन अनपढ़ इसुरिया भी यह जानती है कि स्त्री–पुरूष दोनों समान है और कोई हक नहीं पुरूष को नारी को सताने का "एऽऽ सब जनी सुनो ? सुन लो कान खोल के ? बरोबरी का जमाना आ गया है। अब ठठरी बँधे मरद मारा- कूटी करें, गारी-गरौज दे, मायके न भेजें, पीहर से रूपइया मंगवायें क्या कहते हैं कि दायजे के पीछे सतावें, तो बैन सूधी चली जाना वसुमती के ढिंग। लिखवा देना कागद करवा देना नठुओं के जेहल।"[20]

समकालीन कहानी में युग-युग से प्रताडित नारी की छवि बदलने की कोशिश और यथार्थ का अकंन हुआ है। मैत्रेयी पुष्पा की कहानियों में भी नारी-चेतना विविध कोनों से अंकित हुई है। यह नारी अपने स्वतंत्र अस्तित्व एवं व्यक्तित्व को लेकर पारिवारिक चेतना को उजागर करती है। अब वह अबला नहीं सबला रूप में स्थापित हुई है। अपनी सारी व्यथाओं और सीमाओं को चीर कर कभी मौन विद्रोह सारी व्यथाओं और करके यह नारी अपने आत्मसम्मान तथा अस्तित्व की लड़ाई लड़ती है। मैत्रेयी जी ने अत्यंत सहजता से और स्वाभाविकता से नारी मन की परतें खोलने का प्रयास अपनी कहानियों में किया है।

3.3 पारिवारिक सम्बन्धों में परिवेशगत अन्तर-

नयी कहानी के विकास काल में लेखन के क्षेत्र में प्रतिष्ठा पाने वाली मन्नू भण्डारी एवं मैत्रेयी पुष्पा ने सबसे पहले नारी के आन्तरिक एवं बाह्य जीवन के पहलुओं को पहचानने की और समझने की कोशिश की, तत्पश्चात मन्नू भण्डारी एवं मैत्रेयी पुष्पा ने स्वातन्त्र्योत्तर कालीन सामाजिक परिप्रेक्ष्य में नारी की बदलती भूमिकाओं का रूप प्रस्तुत कर उनके जीवन की व्यक्तिगत एवं पारिवारिक समस्याओं को स्वर प्रदान किया। इस तरह एक ओर जब नारी

की वैयक्तिक समस्याएँ कहानी में स्थान पाने लगीं तो दूसरी और समष्टिगत जीवन की समस्याओं से घिरी हुई नारी की कराह और पीड़ा मुखरित होने लगी। सामान्य रूप से यद्यपि मन्नू भण्डारी एवं मैत्रेयी पुष्पा की कहानी के विषय को कई तरह से बाँटा जा सकता है फिर भी व्यक्ति निष्ठा चेतना के अहं में, आत्वेत्ता को सबसे ऊपर स्थापित करने के संघर्ष में रत नारी के अनेकानेक चित्र मन्नू भण्डारी एवं मैत्रेयी पुष्पा ने प्रस्तुत किये। विविधात्मक अनुभूतियों को सम्प्रेषणीयता के धरातल पर उतार कर लेखिकाओं ने जिन कहानियों को रच डाला था उनकी सीमाएँ और उनकी सम्भावनाएँ हिन्दी कहानी के लिए एक वरदान के रूप में प्रतिष्ठित होने लगीं।

नारी जीवन की बाह्यगत समस्याओं में अर्थ और परिवार का गहरा प्रभाव दिखाई पड़ता है। आर्थिक दृष्टि से स्वतन्त्र होने की कामना और पारिवारिक बन्धनों से जकड़े जाने की पीड़ा आधुनिक नारी के व्यक्तित्व को खंडित कर देती है और वहीं से सघर्ष की नयी सीमा रेखा शुरू होने लगती है। अर्थ को प्राप्त कर जीवन की समस्याओं को सुलझाने में नारी को बहुत कुछ सहना पड़ता है और विवशतावश वह सब कुछ सहने को तैयार भी रहती है क्योंकि "अर्थ आधुनिक युग की रीढ़ की हड्डी है। समाज और व्यक्ति के जीवन से अर्थ निकाल दीजिए, समूचा ढाँचा धराशायी हो जाएगा। स्वातन्त्र्योत्तर भारत के चर्तुमुखी विकास का केन्द्रीकरण अर्थ में, वर्तुलीकरण औद्योगिक प्रगति में, विकेन्द्रीकरण व्यवसाय में और विषयीकरण भ्रष्टाचार में हुआ है। इस चतुर्मुखी विकास में नारी ने अपने सामर्थ्य का सहयोग दिया है...... नौकरी करके, अपना कोई छोटा-मोटा काम करके वह अपने कुटुम्ब का स्तर ऊँचा उठाने में प्रयत्नशील रही है। यहाँ उसका सहयोग प्रत्यक्ष, सीधा और समानता के स्तर पर है।"[21]

कहानियों में आने वाली विभिन्न नारी पात्र यद्यपि कई प्रकार की समस्याओं से ग्रस्त नजर आती है फिर भी उनमें आर्थिक एवं पारिवारिक समस्याओं से घिरी हुई नायिकाओं की संख्या अधिक है। इस कारण कई कहानियों में

आर्थिक एवं पारिवारिक समस्याएँ समानान्तर चलती है। आर्थिक स्थिति को सुधारने और पारिवारिक समस्याओं को हल करने के लिए अपने व्यक्तिगत सुख सुविधाओं को तिलांजलि देने की मजबूरी आज की मध्यवर्गीय नारी के जीवन से जुड़ी हुई है। इसका सशक्त चित्रण मन्नू भण्डारी एवं मैत्रेयी पुष्पा ने अपनी कहानियों में प्रस्तुत किया है।

मन्नू भंडारी की कहानी 'क्षय' की नायिका कुन्ती आर्थिक समस्याओं से आहत नारी है जिसके जीवनादर्श एवं मान्यताएँ आर्थिक समस्याओं के थपेड़ों से जर्जर हो जाती हैं। कुन्ती के सामने सबसे बड़ी समस्या उसके क्षयग्रस्त पिता हैं। पिता की दवा-दारू में कुन्ती के काफी रूपये खर्च हो जाते हैं और कुन्ती अपनी तुच्छ आय से यह खर्च दे पाने में असमर्थ हो जाती है। उसकी यह असमर्थता उसे सावित्री के घरवालों के अधीनस्थ कर देती है। सावित्री सम्पन्न वर्ग की है जिसे ट्यूशन पढ़ाने के लिए कुन्ती उसके घर जाया करती है। अपनी यान्त्रिक और व्यस्त जिन्दगी को देखकर कुन्ती सोचती है कि उसकी जिन्दगी कितनी नीरस हो गयी है। स्कूल से लौटने पर न तो वह पत्र-पत्रिकाएँ पढ़ सकती है न वायलिन बजा सकती है। कुन्ती ट्यूशन छोड़ देने का संकल्प करती है तभी पिता की बीमारी और खर्च एक प्रश्न बनकर उसके सामने खड़े हो जाते है तब मजबूरीवश उसे अपने निर्णय को बदलना पड़ता है।

कुन्ती बड़ी मेहनत और लगन के साथ अपनी छात्रा को पढ़ाती है। लेकिन मन्दबुद्धि और अर्थ से सम्पन्न सावित्री इम्तहान में पास होना जानती ही नहीं। सावित्री की माँ कुन्ती से अन्य अध्यापिकाओं से मिलकर सावित्री के लिए पैरवी करने का आग्रह करती है। कुन्ती सावित्री की माँ के आग्रह को नकार नहीं पाती। क्योंकि आर्थिक रूप से वह उनके अहसानों से दबी हुई है जिस कारण बेमन से वह स्कूल पहुँचती है। यह घटना उसके जीवन में सबसे बड़ा हादसा सिद्ध होती है, जबकि वह पहली बार इस समय अपने आप को क्षय से घिरी पाती है। कहानी के प्रारम्भ में जहाँ उसे अपने भाई टुन्नी और पापा के

पैरों के नीचे की जमीन निहायत गलत और भ्रष्ट लगी थी आज सावित्री के स्कूल में आकर वह अपने को उसी जमीन पर खड़ी पाकर सहम जाती है।[22] यहाँ लेखिका ने यह स्पष्ट किया है कि आदर्श और यथार्थ के संघर्ष में जीत यथार्थ की ही होती है। अर्थ प्रधान इस युग में मनुष्य अपने आदर्शों से च्युत हो जाते है। आर्थिक समस्या अपने दैत्याकार हाथों से मनुष्य को इस तरह दबोच लेती है कि विवशतावश उसे अपने आदर्शों से हाथ धोना पड़ता है। यहाँ कुन्ती की भी यही स्थिति है। 'सजा' कहानी की आशा भी पारिवारिक एवं आर्थिक समस्याओं में उलझी हुई है।

आशा के पिता पर बीस हजार रूपये के गबन का झूठा इल्जाम लगाकर उन्हें जेल भेज दिया जाता है। पिता के जेल चले जाने पर परिवार की स्थिति शोचनीय हो जाती है। पैसे के अभाव में आशा की पढ़ाई रूक जाती है। मुन्नू की पढ़ाई के लिए आशा और मुन्नू चाचा के घर चले जाते हैं। केस और अन्य खर्च के पीछे माँ के सारे गहने बिक जाते हैं और बैंक की जमापूँजी भी खत्म होने लगती है। इन आर्थिक परेशानियों के कारण आशा का सुनहरा भविष्य अन्धकारमय हो जाता है। उसके सारे सपने टूटने लगते हैं। डाक्टर बनने का ख्वाब देखने वाली आशा चाची के घर की नौकरानी बन जाती है। चाची के कठोर व्यवहार को देखकर आशा उन्हें खुश रखने का संकल्प करती है। "मैं कॉलेज नहीं जाऊँगी। घर सारा काम मैं करूँगी जिससे चाचा को पूरा आराम मिले और उनका गुस्सा ठंडा रहे। प्रसन्न रहेगी तो मुन्नू सुरक्षित रहेगा। मुन्नू को रात में बैठ कर पढ़ाया करेंगी।"[23]

उम्र से भी ज्यादा आत्मविश्वास और दायित्व की भावना आशा के अन्दर है। संघर्ष और संकट के समय माँ को, पिता को, भाई को सान्त्वना देनेवाली मात्र आशा ही है।

आशा के आत्मबल और दृढ़ व्यक्तित्व को चित्रित कर लेखिका ने नारी की सन्तुलित मानसिकता की ओर हमारा ध्यान आकर्षित किया है। अर्थाभाव के कारण उठती विवशताएँ 'शायद' की माला के दाम्पत्य जीवन में दरारें उत्पन्न

करती हैं। आर्थिक समस्याओं के कारण वह अपना परिवार सीमित रखना चाहती है जिस कारण पति के प्रति वह कोई विशेष लगाव नहीं दिखाती। माला की विवशता और मजबूरी को राखाल नहीं पहचान पाता क्योंकि राखाल परिवार में एक अतिथि के समान आता है और छुट्टियाँ खत्म होने तक नौकरी स्थल पर लौट जाता है। उसके बाद घर की सारी समस्याएँ माला के कन्धें पर होती हैं। माला इन समस्याओं को ढोते-ढोते थक-सी जाती है।

यहाँ लेखिका ने अर्थाभाव के कारण सम्बन्धों के बीच उत्पन्न होने वाले फैसलों को प्रस्तुत किया है। आर्थिक मजबूरियों के कारण पति-पत्नी को अपनी कामनाओं पर अंकुश लगाना पड़ता है और अपने जीवन को यांत्रिक एवं अस्वाभाविक बनाना पड़ता है।

पारिवारिक समस्याओं पर आधारित मन्नू भण्डारी की एक कहानी है 'एखाने आकाश नाई'। कहानी के मूल में नारी मन की वेदना और सिसकियाँ हैं। दिनेश और लेखा पति-पत्नी हैं। दोनों का अपना स्वतन्त्र जीवन है फिर भी उन्हें अपने जीवन में कुछ अभाव खटकता है। कलकत्ता के व्यस्त और यांत्रिक जीवन से दिनेश से ज्यादा उबाहट और अस्वस्थता का अनुभव करती है लेखा। अपने यांत्रिक जीवन में दो साल की पढ़ाई और नौकरी के बीच वह भूल ही जाती है कि "उसका एक लम्बा-चौड़ा परिवार है, उस परिवार की समस्याएँ हैं, उसके सामने तो उसका भविष्य था, कैरियर था, बड़े-बड़े अरमान थे।"[24]

कहानी की दूसरी समस्याग्रस्त पात्र है सुषमा। सुषमा की भी अपनी निजी पारिवारिक समस्याएँ हैं। सुषमा एक नौकरी पेशा नारी है। खून-पसीना एक कर वह घर सँभालती है। सुषमा अपना जीवन साथी स्वयं ढूँढ़ लेती है लेकिन घर वाले उसकी खुशियों के खिलाफ है। वे नहीं चाहते कि सुषमा ब्याह कर अलग घर बसाये। घर के स्वार्थ भरे वातावरण को देखकर उसे असीम पीड़ा होती है। वह सोचती है कि "पिछले तीन वर्ष से मैं केवल घर वालों के लिए मर खप रही हूँ। नौकरी के साथ दो-दो ट्यूशन करके मैंने घर का सारा खर्चा

चलाया..... पर इन लोगों से इतना भी नहीं होता कि मेरी हँसी-खुशी में साथ दें।"[25]

इस कहानी में लेखिका ने समसामयिक नारी जीवन के दो पहलुओं को प्रस्तुत किया है। लेखा अपने जीवन को समस्याओं का शिकार नहीं बनाना चाहती है जब परिवार की समस्याओं से उसका सामना होता है तो घबराकर वह अपने सीमित जीवन की ओर लौट जाती है। उसके विपरीत समस्याओं से जूझती हुई जीवन बिताने वाली सुषुमा अन्त में महसूस करती है कि पारिवारिक समस्याओं से मुक्त हुए बिना उसका अपना जीवन नहीं बन सकता। इस कारण वह परिवार को ठुकरा कर अपने प्रेमी से ब्याह कर लेती है। दोनों स्त्रियाँ इस बात पर सहमत हो जाती हैं कि स्त्री को अपना अलग परिवार बसाना है। दूसरों के लिए जीना और समस्याओं को झेलना दोनों बेकार है, विशेषकर आज के स्वार्थ भरे युग में।

पारिवारिक समस्याओं को झेलते-झेलते उससे हारकर पलायन करनेवाली नारी है 'सम्बन्ध' की श्यामला। श्यामला यौवन के सारे सपनों को तोड़कर यातनाएँ सहती है लेकिन इसका कोई शुभ परिणाम नहीं निकलता है। श्यामला का भाई शिक्षित होकर भी बेरोजगार है, बहन जिया के पास रहती है उसका वहाँ रहना दाल-भात में मूसलचन्द के समान है जिया चाहती है कि श्यामला अपनी छोड़ी हुई नौकरी को अपना ले ताकि वह उसके साथ आराम से रह सके। लेकिन श्यामला किसी का बोझ ढोना नहीं चाहती है इस कारण वह सब प्रकार की पारिवारिक परेशानियों से दूर भाग कर अकेले रहने लगती है उसका एकमात्र दोस्त सर्जन है। लेकिन सर्जन के प्रति भी वह पूर्ण रूप से समर्पित नहीं हो पाती। वास्तव में श्यामला परिवार वालों से और उनकी समस्याओं से पलायन नहीं करती, बल्कि वह स्वयं अपने आप से पलायन करती है। जीवन के प्रति उसमें जो निसंगता बोध है वही उसके पलायन का आधार है। इस कहानी में श्यामला एक ऐसे वर्ग का प्रतिनिधित्व करती है जो आर्थिक परेशानियों से कुंठित होकर जीना भूल जाती है। यहाँ

लेखिका ने यह स्पष्ट किया है कि किस प्रकार पारिवारिक दायित्व स्त्री की आकांक्षा को कुचल डालते है।

सन्दर्भ ग्रंथ सूची

1. हिन्दी कथा साहित्य के इतिहास में महिलाओं का योगदान- डॉ. उर्मिला गुप्त, पृ. 6.
2. गुडिया भीतर गुडिया- मैत्रेयी पुष्पा, राजकमल प्रकाशन, नई दिल्ली- 2008, पृ. 177.
3. हिन्दी उपन्यास का इतिहास- प्रो. गोपालराय, पृ. 418.
4. आशा रानी व्होरा- भारतीय नारी : दशा, दिशा, पृ. 173.
5. डॉ. गणेशदास- स्वातन्त्र्योत्तर हिन्दी कहानी में नारी के विविध रूप, पृ. 20.
6. डॉ. वल्लभदास तिवारी- हिन्दी काव्य में नारी, पृ. 36.
7. मैत्रेयी पुष्पा- गोमा हँसती है, पृ. 164.
8. भीष्म साहनी- पटरियाँ, पृ. 54.
9. डॉ. विमल सहस्त्रबुद्धे- हिन्दी उपन्यासकारों में नारी का मनोवैज्ञानिक चित्रण, पृ. 225.
10. मोहन राकेश- एक और जिन्दगी, पृ. 21.
11. कृष्णा सोबती के उपन्यासों में प्रतिबिम्बित नारी जीवन- डॉ. सुलोचना नरसिंगराव अंतरेकी- पृ. 184.
12. आपका बण्टी- मन्नू भण्डारी, पृ. 39.
13. स्वातंत्रोत्तर हिन्दी कहानी में नारी के विविध रूप : डॉ. गणेश दास, पृ. 163.
14. तीन निगाहों की एक तस्वीर- मन्नू भण्डारी, पृ. 103.
15. तीन निगाहों की एक तस्वीर- मन्नू भण्डारी, पृ. 77.
16. त्रिशंकु- मन्नू भण्डारी, पृ. 78-79.
17. अपना-अपना आकाश- मैत्रेयी पुष्पा, पृ. 15.

18. आधुनिक एवं हिन्दी कथा साहित्य में नारी का बदलता स्वरूप- डॉ. लक्ष्मण प्रसाद, पृ. 159.
19. आधुनिक एवं हिन्दी कथा साहित्य में नारी का बदलता स्वरूप- डॉ. लक्ष्मण प्रसाद, पृ. 162.
20. बीसवीं शताब्दी के अंतिम दशक की कहानियों में नारी- डॉ. बबनराव बोडके, पृ. 181.
21. सुशीला मित्तल- आधुनिक हिन्दी कहानी में नारी की भूमिकाएँ, पृ. 113.
22. डॉ. बंसीधर, डॉ. राजेन्द्र मिश्र, मन्नू भण्डारी का श्रेष्ठ सर्जनात्मक साहित्य, पृ. 69.
23. मन्नू भण्डारी, सजा मन्नू भण्डारी की श्रेष्ठ कहानियाँ, पृ. 158.
24. मन्नू भण्डारी, एखाने आकाश नाई, मेरी प्रिय कहानियाँ, पृ. 73.
25. मन्नू भण्डारी, एरवाने आकाश नाई, मेरी प्रिय कहानियाँ, पृ. 57.

अध्याय- चतुर्थ

मन्नू भण्डारी एवं मैत्रेयी पुष्पा की राष्ट्रीय एवं देश प्रेम से सम्बन्धित कहानियों में वस्तुगत एवं परिवेशगत अध्ययन

4.1 राष्ट्रीय एवं देश प्रेम की दृष्टि से मन्नू भण्डारी एवं मैत्रेयी पुष्पा की कहानियाँ-

भारतीय स्वतंत्रता संग्राम नारी को नवोन्मेष एवं नयी जागृति देने में अत्यधिक सहायक रहा है। स्वातन्त्र्य संग्राम ने युगों की सुषुप्त नारी के कानों में जागरण का सन्देश फूँका। परिणामस्वरूप चिर-सन्तप्त नारी हृदय में नव-चेतना की चिनगारी प्रज्ज्वलित हो उठी और वह अपनी दयनीय स्थिति से क्षुब्ध होने लगी। साथ ही उन परंपरागत सामाजिक श्रृंखलाओं से मुक्त होने का प्रयास करने लगी जिससे उसका उदात्त स्वरूप संगृहीत था। परिस्थितियों की प्रेरणा और नारी का स्वाभिमान एक नयी दिशा की ओर करवट बदलने लगा। परतन्त्रता की बेड़ियों को तोड़कर आत्मनिर्भर बनने की आकांक्षा उसके जागृत मन में उठने लगी।

मन्नू भण्डारी और मैत्रेयी पुष्पा ने अपने देश के जीवन में होने वाले विराट परिवर्तन को अपनी कहानियों से अभिव्यक्ति दी है। नारी जीवन और उनसे सम्बन्धित समस्याएँ ही इन लेखिकाओं का प्रमुख विषय है। मन्नू भण्डारी और मैत्रेयी पुष्पा ने नारी के अधुनातन एवं पुरातन रूपों को अपनी लेखनी में प्रतिष्ठित किया है।

राष्ट्रीय एवं देश प्रेम की दृष्टि से मैत्रेयी पुष्पा की 'बेटी', 'हवा बदल चुकी है', 'आक्षेप', 'शतरंज के खिलाड़ी', 'राय प्रवीण', आदि कहानियाँ उल्लेखनीय हैं। 'बेटी' कहानी में वर्णित है कि भारतीय परिवारों में बेटियों को हमेशा दोयम स्थान दिया जाता है। जो कि उचित नहीं है, क्योंकि जिस समाज में

बेटी को महत्व नहीं दिया जाता है उसकी भर्त्सना होती है। बेटी भी पढ़-लिख कर अपने माँ-बाप का सहारा बन सकती है और देश के विकास में अपना योगदान कर सकती है। 'हवा बदल चुकी है' कहानी एक संवेदनशील कार्यकर्ता सुजान की है। उसमें मानवीयता के सब गुण है। कर्मनिष्ठा रखने वाले इस युवक को अपने कार्य पर भरोसा है परन्तु उसे इस बात का दु:ख है कि हवा बदल चुकी है। पहले जैसे लोग अब नहीं रहे हैं। जो बातें वह सोचती है स्वातंत्र्य, क्षमता, बन्धुभाव की वह बातें आज उसे कठिन लग रही है। सुजान एक स्वाधीनता दिवस पर सबको खिलाता-पिलाता है। बहू बेटियों को गुंडों के चंगुल से छुटकारा दिलाता है। वह चुनाव के लिए तैयार था परंतु यह घूसखोरी और पार्टियों की अदला-बदली जो चला रही है उसके कारण वह चुन कर नहीं आ पाया। 'आक्षेप' कहानी में मैत्रेयी पुष्पा ने उस व्यक्ति रेखा को चित्रित किया है जो समाज की परवाह न करके जो सत-असत उसके विवेकशील मन को भाता है वही कार्य करता है। इस कहानी की नायिका रमिया हमेशा सबकी मदद करती है। 'शतरंज के खिलाड़ी' कहानी में सुशीला देवी के पति और कोमला देवी के पति शतरंज के खिलाड़ी है'। चुनाव का क्षेत्र कैसे चुनौतीपूर्ण होता है इसका वर्णन इस कहानी में किया गया है। इस कहानी में अनेक पात्र हैं जो अपने संवादों के माध्यम से कथानन्द को आगे बढ़ाते हैं। महिलाओं का चुनावी क्षेत्र में आने से लोगों के अन्दर उत्सुकता के भाव हैं। राजनीति में कैसे लाना होता है, उसके लिए शतरंज की कौन-सी चाल चलनी चाहिए ? यह सब बातें सुशीला देवी और कोमला देवी के पति करते हैं। मैत्रेयी पुष्पा की 'राय प्रवीण' कहानी से भी राष्ट्रीय एवं देश प्रेम व्यंजित होता है। राय प्रवीण एक ऐसी विद्वान स्त्री है जो मुगल बादशाह अकबर को भी विवाद में हरा देती है। मैत्रेयी की 'बारहवीं रात' शीर्षक कहानी दहेज प्रथा के खिलाफ आवाज उठाने वाली नवयुवती की कथा है। उनकी 'फैसला' शीर्षक कहानी में नारी के चुनावी क्षेत्र में सहभाग का वर्णन आया है। चुनाव क्षेत्र में महिलाओं की संख्या शुरू से ही अल्प रही

है। इस कहानी में मैत्रेयी ने उनके सहभाग पर प्रकाश डालने की कोशिश की है।

मन्नू भण्डारी जी की भी अनेक कहानियों में राष्ट्रीय एवं देश प्रेम को अभिव्यक्ति मिली है।

4.2 साहित्य और राष्ट्रीय चेतना का सम्बन्ध-

प्रत्येक युग का साहित्य किसी न किसी रूप में अपने समय को ही संबोधित होता है। इस संबोधन में अतीत और भविष्य भी किसी न किसी रूप में आकार पाते हैं। वर्तमान और भविष्य को सँवारने की आकांक्षा साहित्य में सदा से विद्यमान रहती आया है। यद्यपि वह व्यतीत अथवा घटित अनुभवों के परिणामस्वरूप उदित होता है तथापि इस इतिहास की आधारभूमि को वह वर्तमान व भविष्य के निर्माण के प्रति आश्वस्त होने पर ही स्वीकारती है। यह प्रक्रिया रचनाकार की अन्तश्चेतना में निरंतर चलती है। स्वयं अपने समाज, परिवेश, समय और संस्कृति को सौंदर्यान्वित, चेतना सम्पन्न बनाकर सुरक्षित करने का भाव इसमें आकार पाता है। ऐसा करते समय साहित्य विविध मुद्राएँ तो ग्रहण करता है ही, विविध परिधियों तक आती-जाती और विविध सरोकारों के प्रति अपनी कम अथवा अधिक संलग्नता का भी द्योतन कराता है।

भारत का वर्तमान और भविष्य, उसकी सुरक्षा और सम्मान, उसके निवासियों के प्रति अपनी सन्नद्धता और इनके हित-अहित के प्रति सतक्र दृष्टि के कारण निषेध और स्वीकार के विवेक का आग्रह साहित्य के जातीय हित-चिंतन को अभिव्यक्त करता है। राष्ट्र की स्वतंत्रता और स्वतंत्रता के महत्व की स्थापना, उसकी प्रेरणा, उसके बाधक तत्वों की पहचान और निराकरण के उपाय प्रथम हितसाधन हैं। अपने हितों की चिंता के लिए देश की जनता को तैयार करना, उसकी सर्वोपरिता की स्थापना करके उसे अक्षुण्ण बनाए रखना, लोकतंत्र की वास्तविक छवि निर्मित करना व उसमें आस्था रखना इसका दूसरा चरण है। राष्ट्र के सम्मान के प्रति सतर्क रहना,

अतीत के गौरव पर आँच न आने देना, उसकी ऊर्जा को भावी पीढ़ियों तक में संक्रमित करने की इच्छा तथा जनता के कल्याण के मुद्दों के प्रति प्रतिबद्धता इसके अगले चरण हैं।

किसी भी राष्ट्र के लिए अपनी जनता के प्रतिनिधियों की अपेक्षा बाह्य शक्तियों द्वारा शासित होना कष्टकारक तो है ही, अपमानजनक भी है। इसके साथ ही विलीन हो जाते हैं राष्ट्र की परिभाषा में आने वाले भू-भाग, उसके लोग, उसकी संस्कृति और सभ्यता, राजनीति और दर्शन इत्यादि। आधुनिक हिन्दी साहित्य के उद्भव का काल राष्ट्र के अस्तित्व की समस्या का काल था। ऐसे समय में राष्ट्रीय मूल्यों की स्थापना व्यापक स्तर पर करने की अपरिहार्यता था। सर्वप्रथम आवश्यक था भारत की जनता के हृदयों में मातृभूमि की एक समग्र संकल्पना की प्रतिष्ठा करना और उसकी मुक्ति के लिए तत्पर बनाना। "सच तो यह है कि भारत सांस्कृतिक दृष्टि से ही एक राष्ट्र रहा है। राजनीतिक एकता तो पिछली शताब्दी की देन है। भारत की एक राष्ट्रीय इकाई के रूप में कल्पना कोई नई चीज नहीं है। कश्मीर के कन्याकुमारी तक और पश्चिम सागर से पूर्व सागर तक भारत की सीमाएँ सदा मानी जाती रही है, पर राजनीतिक अर्थ में नहीं, बल्कि सांस्कृतिक अर्थ में। शंकराचार्य द्वारा चार दिशाओं में स्थापित चार पीठ वस्तुत: भारत की सीमा-रेखाएँ हैं। प्रात: काल सन्ध्यावंदन करते समय जब हम प्रतिदिन- गंगे च यमुने चैव गोदावरि सरस्वती/ नर्मदे सिन्धु कावेरी जलेस्मिन, सन्निधिं कुरू- का पाठ करते हैं तो उस भारत के राजनीतिक रूप का स्मरण न कर सांस्कृतिक रूप का ही स्मरण करते हैं। हमारे साहित्य, दर्शन, धर्म और कला में भारतीयता की भावना ओत-प्रोत रही है और इसी आघार पर देश के विभिन्न भागों में बसने वाले एकता का अनुभव करते है।"[1]

इसी तथ्य के आलोक में सामाजिक, सांस्कृतिक और राजनैतिक आंदोलनों के सूत्रधारों ने सार्थक पहल करते हुए यह जागृति फैलाने का बीड़ा उठाया कि "स्वदेशी राज्य सर्वोपरि है और विदेशी राज्य पूर्ण सुखदायक नहीं है।"[2]

साहित्य के द्वारा भी इस दिशा में जनान्दोलन के प्रयास हुए। अनेक परिस्थितियों के बीच राष्ट्र स्वतंत्र भी हुआ। घटनाएँ और परिदृश्य आगे बढ़ते रहे, अभिव्यक्ति के विषय, सरोकार, शैलियाँ और रूप कालक्रम के अनुसार बदलते रहे। इस नवजागरण काल से स्वांत्र्योत्तर काल की अवधि का साहित्य अपने जातीय हितों के प्रति कितना जागरूक रहा, उसकी इस चिंता के विषय क्या क्या रहें, इसे विधिवत् राष्ट्रीय हितों की चिंता के विविध चरणों के संदर्भ में मूल्यांकित करना उसका राष्ट्रीयता की पुष्टि करने के लिए सर्वथा अपेक्षित है।

भारतीय चरित्र की एक मूलभूत विशेषता है – प्रेम। अपने राष्ट्र के प्रति प्रेम भी इसी भावना का एक व्यापक पक्ष है। हिमालय से समुद्र पर्यन्त जो विस्तृत भू-भाग है उसके प्रति अतीव लगाव के माध्यम से इसी के एक पहलू की अभिव्यक्ति होती है। राष्ट्र अथवा अपनी जातीय अस्मिता की गौरव भूमि को भूगोल, क्षेत्र और सीमाओं के रूप में देखना-दिखाना देश प्रेम का स्थूल रूप है। देश का यह भौगोलिक व प्राकृतिक परिवेश, इसके पशु-पक्षी, नदी-तड़ाग, पेड़-पौधे, जगंल-पर्वत, मैदान और खेत इसके स्वरूप का निर्माण करते हैं। इस भौगोलिक क्षेत्र में निवास करने वाली जनता या लोग, उसका रहन-सहन, रीति-रिवाज, संस्कार, उसके बहुविध कर्म क्षेत्र, आस्थाएँ-विश्वास, दिनचर्या, सुख-दुःख, पारिवारिकता, सोच, जीवनयापन के विविध संदर्भ, उसकी समस्याएँ, वेश-भूषा, भाषा एवं जीवन के विविध व्यापारों में संलग्न होते हुए भी सामूहिकता की मूलभूत वृत्ति इत्यादि से भारतीय जाति के स्वरूपगत ढाँचे का निर्माण हुआ है। रामायण तो क्या, वैदिक काल से आज तक इस पुण्य-परिवेश में जन्में, जीवन व जगत के, विद्या व ज्ञान के, शक्ति व सामर्थ्य के कर्म व संघर्ष के उन्नायकों, अधिवक्ताओं, प्रस्तोताओं, दिग्दर्शकों व विभूतियों के प्रति- उनमें सिद्धांतों एवं कार्यों के प्रति श्रद्धावनत होने, प्रेरणा लेने तथा गुणानुवाद करके आधार प्रकट करने की परिपाटी भारतीय जाति की विनम्र मानसिकता की द्योतक है। जातीय चरित्र में ये गुण राष्ट्र के प्रति अनुराग की अभिव्यक्ति के विविध चरण है। देश के प्रति एक

आत्यन्तिक प्रेम की भावना इनके मूल में रहती है। भारत व भारतीय जाति के प्रति बलिदान तक हो जाने की प्रवृत्ति इसका एक अन्य पक्ष है।

हिन्दी साहित्य का आधुनिक काल अपने साथ जिन नवीन परिवर्तनों को लेकर आरंभ एवं विकसित हुआ उनमें सर्वप्रमुख था- 'प्रेम पात्र' के रूप में 'देश' का आ जाना। भारत के प्रति प्रेम-भक्ति के भावबोध का जन्म और विस्तार संकीर्ण क्षेत्रीयता एवं विभेदों के स्थान पर एक समग्र भारत की संकल्पना तथा उसके प्रति पूजा और भक्ति के भाव के रूप में हुआ। 'मातृभूमि' को 'मातृदेवी के रूप में श्रद्धास्पद एवं आराध्य माना जाने लगा, जिससे 'भारत माता' की संकल्पना साकार हुई। जातीय चरित्र में यह परिवर्तन साहित्य के धरातल पर भक्ति आंदोलन से नाभिनालबद्ध है। भक्ति आंदोलन के मूल में वैदिक संस्कृति की जो अंतर्धारा प्रवाहित रही, उसे मानव को उसकी विविधता, समग्रता और अंतर्निहित 'मानवत्व' को स्वीकारने, जानने, मानने और खोजने की प्रवृत्ति के रूप में अभिव्यक्ति मिली थी।

आधुनिक हिन्दी साहित्य के इतिहास में भारतेन्दु काल ऐसे काल का वाचक है जब साहित्य अपना भाषिक कलेवर ही नहीं बदल रहा था अपितु नवीन उद्देश्यों को पहचान कर एक सार्थक साहित्य-सृजन की परंपरा का उद्घाटन भी कर रहा था। भारतेन्दु हरिश्चंद्र ने जिस प्रकार गद्य की भाषा का स्वरूप स्थिर करके गद्य साहित्य को देशकाल के अनुसार नए-नए विषयों की ओर लगाया, उसी प्रकार साहित्य की धारा को भी नए-नए क्षेत्रों की ओर मोड़ा। इस नए रंग में सबसे ऊँचा स्वर देशभक्ति की वाणी का था।[3] यह देशभक्ति विविध रूपों में प्रकट हुई। भारत के भूगोल व इसकी प्राकृतिक संपदा के प्रति लगाव का भाव जगे बिना इसका कोई भी अगला चरण संभव नहीं था। "जननी जन्मभूमिश्च स्वर्गादपि गरीयसी" के भावोदय के लिए 'भूमि' के प्रति सचेत, जागृत और सम्पृक्त होना प्रथम शर्त है क्योंकि यही हमारी जन्मदात्री, पालक, पोषक व आश्रमदात्री है। इसी भूमि ने वीरता, ज्ञान और बुद्धि में श्रेष्ठ

महामानवों को जन्म दिया, जो जाति व इतिहास की अमूल्य निधियाँ है।[4] इस भारत भूमि का विहंगम चित्र अत्यंत मनोहर है। विश्व में इस भू-भाग से श्रेष्ठ कहीं कुछ और नहीं। सागर ने इसे तीन ओर से घेरा है और दूसरी ओर हिम से घिरी गिरिमाला है, गंगा, यमुना जैसी नदियाँ और विंध्याचल की सुषमा इसे अद्वितीय बनाती है।[5]

द्विवेदी युग में भी इस भावना का विस्तार दिखाई देता है। आचार्य महावीर प्रसाद द्विवेदी के अनुसार तो उन्हें धिक्कार है जो जन्मभूमि से प्रेम नहीं करते, उसके लिए तड़पते, कसमसाते या छटपटाते नहीं। ऐसे मनुष्यों को कम-से-कम पशु-पक्षियों की ओर ही देख लेना चाहिए। प्रेरणा तो किसी से भी ली जा सकती है। यदि मनुष्यों में किंचित भी जीवन के चिन्ह हों, उनका हृदय धड़कता हो, साँस चलती हो तो उनकी संवेदना को जीवन की आधार 'भूमि' के प्रति वही अनुराग होगा जो पशु-पक्षी तक में भी स्वाभाविक रूप से पाया जाता है। यदि कहीं किसी पशु अथवा पक्षी को किसी दूसरे को बेच दिया जाए तो वे अन्त: प्रेरणा से स्वत: बेचैनी से भागते हुए वहीं लौट आते हैं क्योंकि उन्हें भी अपनी धरती से लगाव है।[6] और तो और, इस धरा धाम पर जब वसंत आता है तो धरती को छूकर चलने वाली पवन के झकोरे भी मन को बाँध लेते हैं, वन-प्रान्तरों में कलियाँ चटख जाती हैं। इस सुख प्रदायिनी धरती का क्या कहना ?[7] सारा संसार छान लीजिए, खगांल दीजिए जगत का समस्त वैभव, किंतु भारत भूमि-सा वैभव और कहाँ ![8] यहाँ के निवासियों को भी तनिक देख लें। उनके लिए तो भारत एक ऐसे घर जैसा है जिसके सभी वासी परिवारीजन हैं। इस परिवार के लालन-पालन के लिए अनेक विधि परिश्रम से सदस्य जुटे रहते हैं। एक दूसरे के सुख में सुखी होते हैं। यदि कोई एक भी दु:खी हो तो सभी उसकी हित साधना में जुट जाते हैं। ऐसी पारिवारिकता के संस्कार वाली भारत भूमि को संकटों में घिरा देखकर रचनाकार का मन खिन्न हो उठना स्वाभाविक है। इस परिवार के कुछ सदस्यों की निर्धनता, अशिक्षा, निराहारता और विविध विपत्तियाँ एवं

अभाव जिन्हें नहीं सालते वे दयाहीन तो हैं ही, किंतु कम से कम उन्हें लज्जास्पद तो कहा ही जाना चाहिए।[9]

साहित्य करवट ले चुका था, काल का प्रवाह निरतंर गतिमान था, किंतु यह स्निग्ध मनोभाव अभी भी दिपदिपा रहा था कि भारत के प्रकृति-प्रदत्त सौन्दर्य की श्लाघा में कवि उसकी तुलना ईश्वर से करता है और उसके प्रति श्रद्धावनत भक्तिभाव से अपने आप को वार देना चाहता है। हरी भरी शस्य श्यामला धरती पर सामुद्रिक नीले वस्त्रों की छटा के साथ सूर्य एवं चन्द्रमा रत्नजटित मुकुट हैं, नदियाँ, फल-फूल, पक्षीवृंद, बादलों द्वारा अभिषेक, सबकी उपमा देवी रूप से होती है।[10] इस समय तक गाँधी दर्शन का वर्चस्व और सत्य तथा अहिंसा के उन सिद्धान्तों की पुनर्स्थापना की आवश्यकता अनुभव की जा चुकी थी, जो इस देश की संस्कृति का मूल चरित्र हैं। साहित्य में इसकी प्रस्तुति बहुविधि हुई। "नहीं मारने में, मरने में है विक्रम, यश, मान !" की बात तभी की जा सकती है जब विविध लोकाचारों तथा विविध मतों वाले लोगों के प्रति भी वैमनस्य का परित्याग करके उनके प्रति प्रेम को गंगा की धारा के तुल्य निरंतर प्रवाहमान बनाए रखने की इच्छा हो।[11] वस्तुत: भारत भूमि से प्रेम के अभिप्राय में इसकी संस्कृति भी समाहित है। भारतीय संस्कृति का नदी-चरित्र और भारतीय नदियों का सांस्कृतिक चित्र, दोनों ही आख्यान और आराधना के विषय हैं। नदियाँ- जो इस धरा को जीवन्त बनाती हैं, वे जनजीवन का प्राणाधार हैं। नदियाँ उत्तर-दक्षिण का विभेद नहीं करती, वे जातीय ऐक्य का अनुपम उदाहरण हैं। पंचनद (पंजाब की पाँच नदियाँ) गंगा-यमुना, कृष्णा, गोदावरी ये भारतवर्ष की काया में स्नेह के स्रोत बहाती है।[12]

इस भूमि की आन बान और शान का प्रतीक हिमालय भूमण्डल पर राज्य करता प्रतीत होता है। कवि अभिभूत है कि ईश्वर ने किस निपुणता से इस धरती को सँवारा है कि पर्वताधिराज स्वयं इस भारत पं. राम नरेश त्रिपाठी के 'मिलन', 'पथिक' और 'स्वप्न' नामक खंड काव्यों में देश भक्ति से लबालब भारतीय मनुष्य के प्रति लगाव छलक रहा है। आचार्य रामचंद्र शुक्ल के

शब्दों में "देश भक्ति को रचात्मक रूप त्रिपाठी जी द्वारा प्राप्त हुआ, इसमें संदेह नहीं।"[13]

इस राष्ट्र के प्रति नतमस्तक होने के लिए आवश्यक था कि इससे नेह बाँधा जाए। प्रणय में परिणत होता लगाव, देश के प्रति अनुराग का चरमोत्कर्ष है। इस के उदित होने पर राष्ट्र प्राणों का आधार बन जाता है।[14] राष्ट्रानुराग की इस स्थिति के प्रस्तोता व उन्नायक बने माखनलाल चतुर्वेदी। उनकी रचनाएँ देशानुराग का विश्व-इतिहास रचने में सक्षम हैं। उनका यह कथन द्रष्टव्य है कि "राष्ट्रीयता का जन्म पराधीन राष्ट्रों में हुआ होगा। न हुआ हो, किंतु 1914 में जब पहला विश्व महायुद्ध छिड़ा तो इंग्लैड के पोएट लारियट ने इंग्लैंड को संबोधित करते हुए कहा था- Careless awake/ O! Peacemaker fight/ Do not loose faith & attempts/ God defends the right. इसी प्रकार यह मानने की अलग से आवश्यकता नहीं कि हिमालय हमारे देश की अत्यंत ऊँची चोटियों का ही नाम नहीं है, हिमालय मानो हमारी संस्कृति का ही दूसरा नाम है। वहाँ की पवित्र जलधाराओं ने और पर्वत शिखरों ने हमारी सीमाओं को ही नहीं घेर रखा है, किंतु वे जलधाराएँ इतनी पूज्य मानी जाती हैं कि उनका जल लेकर जब कन्याकुमारी के शिव पर चढ़ाया जाता है, तब वे प्रतीक में ही नहीं, सच्चाई में भी हजार-हजार अन्त: करणों का मेल साधती है। यही हमारी सांस्कृतिक परंपरा है, सांस्कृतिक व्याप्ति है, सांस्कृतिक एकता।"[15] अलकनंदा पर रीक्ष कर उन्होंने जो गीत लिखा उसमें वे ऋषि गुहाएँ, पहाड़ी पंथ, पक्षियों की चहचहाट, झरने, कुंजें और कुंज बिहारी किसी को नहीं भूले।[16] अपनी 'जननी के दिव्यधाम' भारत के प्रति यह दीवानगी उसके सौन्दर्य का बखान करते नहीं अघाती। उसकी महिमा के सम्मुख काल को भी नत होकर अनुयामी हो जाने की स्थिति दर्शायी गई है।[17]

4.3 समकालीन राजनीतिक परिवेश-

15 अगस्त 1947 को भारत स्वतंत्र हो गया। स्वतंत्रता के बाद भारतीय संविधान लागू हो जाने पर देशवासी भविष्य के प्रति आशान्वित हुए कि उन्हें अपने व्यक्तित्व विकास का तथा समृद्ध जीवनयापन का सुअवसर प्राप्त होगा। हर एक को निष्पक्ष भाव से उन्नति करने का अवसर मिलेगा और अधिकार का अपहरण करने वाले को उचित दंड मिलेगा। स्वतंत्रता प्राप्ति के बाद से ही भारत सरकार द्वारा देशवासियों के जीवन को सुखी सुरक्षित तथा समृद्ध बनाने के लिए अनेक प्रयास किये जाने लगे। देशवासियों के उत्थान के लिए शैक्षिक सुविधाएँ तथा स्वास्थ्य विषयक सुविधाएँ आदि की ओर विशेष ध्यान दिया जाने लगा। परन्तु इन प्रयासों के साथ कुछ समस्याएँ भी उत्पन्न हुई, जिससे विकास के मार्ग में बाधाएँ उत्पन्न हुई।

देश का वर्तमान राजनीतिक परिवेश देखने पर स्पष्ट होता है कि राजनीतिक परिस्थिति स्थिर नहीं है। फिर भले ही आज भारतवर्ष की राजनीतिक चेतना राष्ट्रीय और अन्तर्राष्ट्रीय रूप में विकसित हुई हो। आर्थिक सुधार हेतु पचंवर्षीय योजनाएँ भी बनाई गई है। भारत की पूर्व प्रधानमंत्री स्व. इन्दिरा गाँधी जी ने महँगाई रोकने के लिए बहुत कोशिश की। उन्होंने देश की आर्थिक स्थिति को सुदृढ़ बनाने का प्रयास किया। भारतीय जनतंत्र ने धर्म-निरपेक्ष शासन को अपना आदर्श बनाया। इन्दिरा गाँधी ने साम्प्रदायिक प्रवृत्ति का निर्मूलन करने हेतु बहुत सारे कार्य भी किए। भारत की भौगोलिक और राजनीतिक एकता के लिए ऐतिहासिक कार्य किया।

साम्राज्यवाद के साथ सामंतवाद और जमींदारी प्रथा को भी समूल नष्ट कर दिया। किंतु भारत सरकार को योजनाओं के लागू करने में भी उनके आन्तरिक और बाह्य कठिनाइयों का सामना करना पड़ा। स्वतंत्रता के बाद सन् 1952 से आगे हर चुनाव में बहुत-सा रूपया खर्च होने लगा। नेता लोग देश-सेवा, देश उन्नति के बदले चुनाव जीतने में रूचि लेते दिखाई देते हैं।

सन् 1965 तथा 1971 में पाकिस्तान के साथ युद्ध हुआ और अब भी इस प्रकार की कई कठिनाइयों का सामना करना पड़ रहा है। मार्च 1977 में सत्ता ग्रहण करने वाली जनता सरकार पारस्परिक मतभेद के कारण चल नहीं पाई। देश में अराजकता, बेरोजगारी तथा अनुशासन हीनता बढ़ गई। इसी कारण सामाजिक जीवन का विकास नहीं हो पाया। राजनीतिक स्तर पर हुए नैतिकता के ह्रास ने भ्रष्टाचार, शोषण तथा स्वार्थ जैसी प्रवृत्तियों को जन्म दिया। प्रजातंत्र के नाम पर प्रजा का शोषण होने लगा। स्वतंत्रता के बाद का राजनीतिक परिवेश देखकर महसूस होता है कि जनमानस की आजादी के पूर्व की आकाक्षाएँ टूट गई है।

स्वतन्त्रता प्राप्ति के बाद भ्रष्टाचार, रिश्वत, स्वार्थपरिता, अवसरवादिता आदि राजनीति के अभिन्न अंग बन गए। स्वाभाविक अर्थ से देश में लोकतंत्र का नहीं तो तंत्रलोक का उदय दृष्टिगोचर होता है। राजनीतिज्ञों का लक्ष्य लोगों की सेवा न करके सत्ता को सुरक्षित रखना दिखाई देता है।

राजनीति में अनेक सुधार किए गए लेकिन आर्थिक विषमता की वजह से मध्यवर्गीय और गरीब लोग पिसे जाने लगे। चुनाव पद्धति के कारण मंत्री लोगों का उद्देश्य केवल पैसा कमाना ही दृष्टिगोचर होता है। चुनाव के दिनों में हर एक मंत्री आश्वासन देता है लेकिन चुनाव जीतने के बाद वह जनता को मुँह भी नहीं दिखाता। यहाँ पर स्पष्ट है कि केवल आश्वासन देने का कार्य मंत्री लोग करते परिलक्षित होते हैं। चुनाव जीतने के लिए पैसों का इस्तेमाल किया जाता है। गरीब जनता के लिए तो कई योजनाएँ बनाई जाती है। लेकिन उनका लाभ उनसे वंचित रह जाता है और गरीबों के लिए जो निधि जमा होती है वह उन तक पहुँचती ही नहीं। इस संदर्भ में कचंन आहुजा का कहना है कि “सभी बुराइयों की जड़ गरीबी और बेरोजगारी है। जब तक हम इसे समापत नहीं कर देते तब तक न तो भ्रष्टाचार खत्म होगा और न ही जनता जागरूक होगी। जनता को दोष देने से बेहतर है कि आपराधिक पृष्ठभूमि वाले व्यक्तियों

को प्रत्याशी बनने के अधिकार से वंचित किया जाए। वरना देश भगवान के भरोसे चलता रहेगा।"[18]

संक्षेप में राजनीतिक क्षेत्र में भ्रष्टाचार काफी बढ़ गया है। इसी वजह से गुनहगारी बढ़ने लगी है। अकाल ग्रस्त लोगों के लिए भी सरकार आर्थिक मदद देती है लेकिन यह मदद उन लोगों तक पहुँचती है या नहीं यह भी सोचने वाली बात है। अत: कहा जा सकता है कि सही माने में भारत आजाद होकर भी उसके फल से आम आदमी वंचित ही रहा है। देश के राजनीतिक परिवेश को देखने पर निष्कर्षत: कहना सही होगा कि जन-मानस का आजादी के पूर्व का सपना टूट गया है। राजनीतिज्ञों का लक्ष्य लोगों की सेवा नहीं सत्ता को सुरक्षित रखना रहा है।भारत सरकार के योजनाओं को लागू करने के साथ-साथ अनेक संकटो से गुजरना पड़ा जैसे- आतंरिक संकट तथा बाह्य संकट।

समकालीन नारी राजनीति में भी परिलक्षित होती है। अंग्रेजों के जमानें से भारतीय नौकरशाही की पहचान जनता से कही हुई, धौस- धमकी के सहारे काम करने वाली शक्ति की बनी हुई है। जब राजनीति में स्त्रियों का प्रवेश शुरू हुआ था तो कुछ लोगों ने इसे अनुचित और अनपेक्षित दिशा का कदम माना था। किंतु आज महिलाओं की एक पूरी पीढ़ी नौकरशाही के शीर्ष पदों पर पहुँच गई है। अब यह साबित हो रहा है कि नौकरशाही ने स्त्रियों को बदलकर रख दिया है। उससे कही ज्यादा स्त्रियों ने नौकरशाही को बदला है। प्रशासन से जुड़ी कई महिलाएँ है।भारत के राजनीति क्षेत्र में इन्दिरा गाँधी की उपस्थिति ऐतिहासिक और विलक्षण है। उनके कार्यकाल में देश को एक नई दिशा मिली। बचपन के अकेलेपन से लेकर रूढ़ियों को तोड़कर किए गए राजनीति के सफर में हर समय अपने पिता की छाया से घिरे रहते हुए भी जो कुछ उपलब्धियाँ इन्दिरा गाँधी जी ने हासिल की वे आधुनिक युग में किसी करिश्में से कम नहीं है। इन्दिरा गाँधी अपने समय की बड़ी नेता रही हैं। इन्हें हम आयरन लेडी भी कह सकते हैं। एक तो वे पंडित जवाहरलाल नेहरू की

बेटी थी दूसरे अपने पिता के बाद वे सबसे अधिक समय तक देश की प्रधानमंत्री रही हैं। इस दौरान इन्दिरा गाँधी जी ने कई अवसरों पर अलग-अलग भाषण दिए। उनके भाषणों में बच्चों के लिए भी बड़े काम की बातें होती थी। 31 अक्टूबर 1984 में अगर उनकी हत्या न हुई होती तो आज भारत की तस्वीर कुछ और होती। राजनीतिक क्षेत्र में महिलाओं के दखल की परंपरा भारत के स्वाधीनता संग्राम से जुड़ी दृष्टिगोचर होती है। देश के लिए कितने गौरव की बात है कि नई पीढ़ी की भारतीय स्त्रियों ने भी इस परंपरा को बरकरार रखा है।

सोनिया गाँधी दुनिया की सबसे बड़ी डेमोक्रेसी में वर्तमान दशक के सबसे बड़े चमत्कार की नायक रही हैं। जब एन.डी.ए की चकाचौध ने हर किसी को चकरा दिया था, तब सोनिया गाँधी ने अपने दम पर अपनी बढ़ी कमजोर पार्टी को एक फाइटिंग मशीन में बदलकर चतुर अलापंस के जरिए सत्ता पलट कर दी। जब वह देश की सबसे बड़ी कुर्सी से सिर्फ एक कदम दूर खड़ी थी तब सोनिया गाँधी ने ऐसे हिन्दुस्तानी त्याग का परिचय दिया जिसकी उम्मीद इटालियन बहू से किसी ने भी नहीं की थी। देश की राजनीति में और भी कई महिलाएँ आयी है, जैसे- मध्य प्रदेश की बी.जे.पी. की पूर्व मुख्यमंत्री उमा भारती, तमिलनाडु की जयललिता, श्रीमती सुमित्रा महाजन सुषमा स्वराज, श्रीमती जयवंती बेन मेहता, और राजस्थान की मुख्यमंत्री बसुन्धरा राजे आदि। राजनीति में आकर जयप्रदा, जया बच्चन, वैजयंती माला, हेमा मालिनी जैसी अभिनेत्रिया सांसद बनी दृष्टिगोचर होती हैं। वे निडरता से अपने कर्तव्य कों जानने लगी हैं। राजनीतिक क्षेत्र में आने से वे बेबाकी से अपना मंतव्य प्रकट करती दिखाई देने लगी हैं। निष्कर्षत: स्पष्ट है कि समकालीन नारी राजनैतिक क्षेत्र में भी दिखाई देने लगी है। यह देश के लिए व हम सब के लिए गौरव की बात कहनी होगी।

4.4 कहानियों में राजनीतिक विकृतियाँ-

राजनीति समाज से ही निर्माण होती है और समाज में ही चलती है। राजनीति से समाज का नियंत्रण होता है। समाज में स्त्री और पुरूष की समान भागीदारी रहने पर ही समानता के स्तर पर विकास होता है। स्त्री के लिए राजनीति जैसे उपेक्षित क्षेत्र माना गया। राजनीति में स्त्री का सहभाग इसलिए आवश्यक है क्योंकि राजनीति में आकर वह अपने हक को प्राप्त कर सकती है। अन्याय के खिलाफ लड़ सकती है। राजनीति में सहभाग लेने से स्त्री में आत्मविश्वास बढ़ जायेगा। पुरूष प्रधान संस्कृति में स्त्री का स्थान घर में माना गया। चूल्हा-चौका करने में, अतिथि का आदर-सत्कार करने में, घर में लिए सजावट एवं कलानुसार कृति नारी को तथा आँखे नीचे करके चलने वाली शांत, सुशील सबका कहना मानने वाली नारी को आदर्श नारी का रूप माना गया है। नारी को आधुनिक बोध सपन्न होना होगा। आधुनिक बोध संपन्न होने का अर्थ केवल इतना ही नहीं होगा कि वह वर्तमान के प्रति सजग भी। वर्तमान के प्रति सजगता अर्थात 'इतिहास बोध' अर्थात पर्यावरण के प्रति सजगता की संज्ञा दी जा सकती है। भारतीय संदर्भ में इस इतिहास बोध के कारण उन्नीसवी सदी के उत्तरार्द्ध तथा बीसवी सदी के प्रारंभिक दशको में सामाजिक एवं राष्ट्रीय चेतना का विकास हुआ। पुनर्जागरण इसी चेतना का एक रूप था।

इसी आधुनिकीकरण के कारण और राजनीतिक विधान से उत्प्रेरणा पाकर नर-नारी समानता की बात की गयी। स्त्री मुक्ति के लिए आंदोलन हुए। अपने स्वतंत्र अस्तित्व के साथ-साथ अपने स्वत्व की रक्षा के लिए हर मोर्चे पर लड़ने की तैयारी की गयी। परंतु सच्चाई यह है कि आज भी नारी विषयक चिंतन में यथेष्ट परिष्कार नहीं हुआ है। परिणाम स्वरूप महिलाओं ने राजनीति में अपनी भागीदारी देने की ढानी। "कहा गया है कि आरक्षण की सफलता तो तब है जब महिलाएँ अपनी बात ग्रामपंचायतों, जिला स्तर की कमेटियों, विधान सभाओं और संसद में दर्ज ही न कराएँ, उस पर अमल करवाएँ।"[19]

ग्राम पंचायतों में महिला आरक्षण तो मिल गया है पर यदि स्त्री अपने अधिकारों का उपयोग सही दिशा में करेगी तब ही उन्नति हो सकेगी। देखा जाता है कि ग्रामपंचायतों में स्त्री सरपंच रहती है पर कारोबार पति देख रहे है। ऐसा ना होने पाए, इसलिए जो स्त्री राजनीति में आयी है उन्हें हकों के प्रति सजग रहना होगा। "राजनीति में राजनीति के हलको में अतिरिक्त चौकन्नापन चाहिए और महिलाओं को तो पुरूषों से दस गुना सतर्क रहना होता है, क्योंकि उनका प्रवेश बहुत पुराना नहीं। फिर ताज्जुब न हो तो न हो कि स्त्री होकर यह गफलत क्यों ? इस गफलत के चलते स्त्री वर्ग का विकास होगा ? हो सकता है, पहले वे अपना ही विकास चाहती हों, नहीं तो इस तरह की छाती-चिपक बधाइयों की क्या जरूरत थी, जब कि मंत्री जी का पूरा वजूद कीचड़ से पूता है और वे इस भाव से रत हैं, जैसे कहना चाहते हो- जिस दिन से मैंने तुम्हें घपले करते देखा उस दिन से तुम्हारी ओर आकर्षित हूँ और घपलेबाज की तरह तुम्हारा सत्ता पर अकुंश बनाये रखना देखकर कुर्बान हो गया।"[20] भारतीय जनमानस ने स्वतंत्र भारत के बाद में जो सपने देखे थे, स्वतंत्रता में एक दशक तक पहुँचते-पहुँचते चूर हो गये थे। स्वाधीन भारत में रातनीतिक दलों का गठन अपनी स्वार्थ सिद्धि के लिए होने लगा। त्याग और आदर्श पर चलने वाले नेताओं में स्वतंत्रता के पश्चात परिवर्तन आने लगा। वे अपने त्याग का मूल्य वसूल करना चाहते थे। नेताओं में राष्ट्रहित की उपेक्षा कर अपने 'व्यक्तिगत लाभ' को ही अपना लक्ष्य बनाया। त्रिपाठी के अनुसार- "राजनीति को पैतृक सम्पत्ति माना जाने लगा है। प्रत्येक नेता आमरण अपने को राजनीति के योग्य समझता है।"[21] वास्तविक रूप में राजनीति किसी घराने की विरासत नहीं है। वह आम जनता हारा जनता के हित में चलाने जाने वाले राज में लोगों के हाथ में अधिकार रहे इसलिए संविधान में यह प्रावधान किया गया है- "राज्य के किसी नागरिक के विरूद्ध केवल धर्म, जाति, लिंग, मूलवंश, जन्म स्थान अथवा इनमें से किसी के आधार पर कोई भेद नहीं करेगा।"[22] दूसरी बात- "भारत राज्य क्षेत्र में किसी व्यक्ति को विधि के समक्ष समानता से अथवा समान कानूनी संरक्षण के

अधिकार से राज्य हारा वंचित नहीं किया जायेगा।"[23] डॉ. बाबा साहेब आंबेडकर ने संविधान में नागरिकों को समान अधिकार दिया है जिसके कारण व्यक्ति को राजनीति में समान भागीदारी मिली है।

मैत्रेयी का मानना है कि स्त्री राजनीति में सिर्फ सहभागी हो न हो सक्रिय भागीदारी से हकों को प्राप्त करे,गाँव का विकास करे। मैत्रेयी ने गाँव की राजनीति के बारे में अधिक प्रखरता से विचार व्यक्त कियें हैं। "तो फिर कहाँ गयी जो आंदोलन मचाती मेहनती तत्पर दिखती, रैली निकालती हैं ? उनकी आवाज की बुलंदी हमारे कानों में अब तक गूँज रही है। कोई कहता है कि वे भी अपनी आवाज विधान सभाओं और संसदवादी औरतों के पास छोड़ आयी हैं। बहुत दिनों तक इतंजार करती रही कि उनकी कंठ ध्वनि राजनीति के दायरों से होती हुई गूँजकार शासन-प्रशासन तक जायेगी। वही गूँज प्यास-भूख तथा दैहिक, मानसिक शोषण की समस्या को खोलकर बतायेगी।"[24] अपने इस कथन को स्पष्ट करने के लिए मैत्रेयी ने स्पष्ट कहा है कि राजनीति व्यवसाय नहीं है। स्त्री को राजनीति में जाकर किसी के हाथ की गुडिया नहीं बनना है। इसे अपने अधिकारों का उपयोग केवल अपने हित के लिए नहीं उन तमाम औरतों के लिए करना होगा जिनके गाँव में पीने के लिए पानी नहीं है। लोग कहते हैं कि गाँव में पानी का अकाल चुड़ैलों की वजह से आया है। इस कथन को उसे झूठा साबित करना होगा। सामाजिक प्रतिष्ठा से यश और धन जो मिला है उसे केवल रेशमी कपड़े ओढ़ने के लिए ना इस्तेमाल किया जाए। राजनीति को एक शाल की तरह उपयोग में लाया जाए जो दुश्मनों का संहार करता है और रक्षा जिसका मंत्र होता है।

मैत्रेयी की कहानियों में भी राजनीति से उत्प्रेरणा पाकर समाजकार्य करती हुई नारी दिखायी देती है। फैसला कहानी का उदाहरण प्रस्तुत है- "आज भी ठीक उस दिन की तरह चकित रह गयी मैं, जैसे तब रह गयी थी, अपनी जीत के दिन। कभी सोचा न था कि मैं प्रधान पद के लिए चुनी जा सकती हूँ। कैसे मिल गए इतने वोट ? गाँव में पार्टीबंदी थी, विरोध था, फिर ?"[25] वसुमती

जब चुनकर आयी, प्रधानिन बनी तक से सब औरतों के मन में उमंग-तरंग से भर गया था। भीतरी आलोड़न चेहरे पर झलक रहा था। वसुमती की ओर गाँव की औरतें आशावादी इसलिए थी कि वसुमती को उन्होंने चुनकर दिया था।........ "संटी उठाकर जोर से बोलने लगी ए ए ए सब जनी सुनी, सुन लो कान खोल के। बरोबरी का जमाना आ गया। अब ठठरी बंधे मरद माराकूटी करे, गारी-गरोज दे, मायके न भेजे, पीहर से रूपईया, पईसा मंगवावे, क्या कहते है कि दायजे के पीछे सतावे तो बैन सुधी चली जाना वसुमती के ढींग।"[26] फैसला कहानी में हरदो की मौत इसलिए होती है कि उसे पति के साथ जाने के लिए रोक दिया जाता है। वसुमती ने फैसला दिया था कि वह पति के साथ जायेगी पर रात भर में वे कौन लोग थे जिन्होंने फैसला उल्टा कर दिया। हरदो ने जान दी तो ईसूरिया कहने लगी- "अच्छा होता वसुमती, हम अपना वोट काठ की लठिया को दे आते, निरजीव लकड़ी को। उठाए उठती तो। बैरी पर वार तो करती। अति चालों के विरोध में पड़ती। पर रनवीर की दुल्हन तुम तो बड़े घर की बहू ही रही, आँखें मूँद के।"[27] वसुमती अपना एक वोट लोहर के बेटे को देकर रनवीर को हरा देती है। इस कहानी पर 'वसुमती की चिट्ठी' नामक टेलीफिल्म बनी हुई है। मैत्रेयी का मानना है कि अगर हम चुनकर जाने के बाद ही हमारे अधिकारों का उपयोग नहीं करते हैं तो वह भी अन्याय ही होता है। दूसरा उदाहरण शतरंज के खिलाड़ी कहानी से प्रस्तुत है- "प्रीतमसिंह झुंझला गये, तुम भी नत्थू...... राजनीति में आदमी को अपने सिवा अपनी छाया पर भी भरोसा नहीं करना चाहिए। अंधेरे में ससुरी वह भी साथ छोड़ जाती है। धनपाल तो जिसमें जुदा शख्स ठहरा। अपनी घरवाली को खड़ी कर रहा है।"[27] इस कहानी में प्रीतमसिंह और धनपालसिंह अपनी पत्नियों के प्रत्याशी पत्र भर देते है और आपसी लड़ाई में मर जाते हैं- "सुशीला देवी- प्रीतमसिंह को अपना बहुमूल्य वोट दे। कोमला देवी- पत्नी धनपाल को अपना मत देकर विजयी बनाये।"[28] दोनो पतियों को बीवियों के प्रधान-पद पर नियुक्त करा देने की कोई लालसा नहीं थी। उन्हें सरकारी

तिजोरी का माल चाहिए होता है। आपसी बातचीत इतनी भड़क जाती है कि दोनों मर-मिटने पर तुले रहते हैं और एक-दुसरे को मार देते हैं।

इन कहानियों से पता चलता है कि मैत्रेयी ने पंचायत राज को स्त्री के भागीदारी का क्षेत्र बताया है। पंचायती औरत ने अपने विकास के चलते साहस, ज्ञान, उत्साह और न्यायप्रियता को अपनाना होगा। नि:संदेह स्त्रियाँ आत्मविश्वास अर्जित करती हुई आगे आ रही हैं। पुरूषों ने राजनीति को अपना क्षेत्र माना है। स्त्री जब राजनीति में प्रवेश करती है तो विभिन्न स्तर पर सताई जाती है। मैत्रेयी ने कहा है कि- "पुरूष आशंकित है कि उनकी केंद्रीयता में सेंध लगाकर यह खतरनाक उभार जो पैदा हुआ है, वह शास्त्रीय आस्थाओं, श्रेष्ठ परंपराओं के आदर्श को ढंक लेगा। अत: राजनीति के बड़े और विकराल लोग हर हाल हालत में अपने को बड़ा होने को अनिवार्य समझते हैं जहाँ औरत को अपने हक में खड़े होने का मौका मिला है।"[29] बींसवी शताब्दी के अंतिम वर्षों में, कोई औरत ग्राम पंचायत की मुखिया बने, ब्लाक डेवलपमेंट कमेटी की मेंबर बने या पंचायत की जिलाध्यक्ष हो जाए, भारतीय पुरूष के लिए औरत अपने मार्ग में रोड़ा महसूस होने लगती है। प्रधान पद का तोहफा घर के लिए लाभदायक और पुरूष के लिए विरोध पक्ष को मात देने का साधन है। अत: ऐसा माहौल बनाया गया कि पंचायती राज की तरह प्रधान या अन्य पदो पर आयी स्त्री अपना फैसला लेते समय आंतकित रहे। "घर बसाकर पति के चरणों में स्त्री गिरे। प्रधान पतियों का यह नुस्ख असर दिखाने लगा कि पंचायतों में स्त्री की जगह हथियाकर पुरूष बैठ गए और पंचायती राज का आरक्षण महज एक जरिया सिद्ध हुआ।" इस तरह राजनीति के विभिन्न पहलुओं में स्त्री संबंधी विचारों को प्रस्तुत किया गया है।

संदर्भ ग्रंथ सूची

1. देवेंद्रनाथ शर्मा, भाषा धर्म, संस्कृति और राष्ट्रीयता, निबन्ध, पृ. 76.
2. दयानंद सरस्वती, सत्यार्थ प्रकाश, समुल्लास- 8, पृ. 145.

3. आचार्य रामचंद्र शुक्ल, हिन्दी साहित्य का इतिहास, (काव्य खण्ड– नई धारा : प्रथम उत्थान), पृ. 400.
4. आधुनिक काव्य धारा, पृ. 38.
5. आधुनिक काव्य धारा, पृ. 38.
6. आचार्य महावीर प्रसाद द्विवेदी, रचनावली- 131, पृ. 167.
7. आचार्य महावीर प्रसाद द्विवेदी, रचनावली- 131, पृ. 160.
8. आचार्य महावीर प्रसाद द्विवेदी, रचनावली- 131, पृ. 166.
9. आचार्य महावीर प्रसाद द्विवेदी, रचनावली- 131, पृ. 168.
10. मैथिलीशरण गुप्त, राष्ट्रवाणी, पृ. 8.
11. मैथिलीशरण गुप्त, गाँधी गीत (स्वदेश संगीत) राष्ट्रवाणी, पृ. 57.
12. मैथिलीशरण गुप्त, राष्ट्रवाणी, पृ. 138.
13. आचार्य रामचंद्र शुक्ल, हिन्दी साहित्य का इतिहास, आधुनिक काल, पृ. 427.
14. माखन लाल चतुर्वेदी रचनावली-7 बीजुरी काजल आज रही पृ. 174.
15. माखन लाल चतुर्वेदी राष्ट्रीयता : सूझ का वैभव माखन लाल चतुर्वेदी रचनावली- 3 पृ. 37.
16. माखन लाल चतुर्वेदी रचनावली- 7 पृ. 73.
17. माखन लाल चतुर्वेदी रचनावली- 7 पृ. 237.
18. सं. विश्वनाथ सचदेव, दैनिक नवभारत टाइम्स, मुंबई, पृ. 5, कचंन आहुजा का लेख, 'अपना मन स्तम्भ' से 27 दिसम्बर 2005.
19. खुली खिड़कियाँ, मैत्रेयी पुष्पा, पृ. 228.
20. खुली खिड़कियाँ, मैत्रेयी पुष्पा, पृ. 219.
21. साठोत्तरी हिन्दी नाटकों में स्त्री-पुरूष संबंध, डॉ. नरेन्द्र त्रिपाठी, पृ. 113.
22. भारत का संविधान, भारत सरकार दिल्ली, पृ. 8.
23. भारत का संविधान, भारत सरकार दिल्ली, पृ. 7.
24. खुली खिड़कियाँ, मैत्रेयी पुष्पा, पृ. 230.
25. फैसला, ललमनियाँ, मैत्रेयी पुष्पा, पृ. 17.

26. फैसला, ललमनियाँ, मैत्रेयी पुष्पा, पृ. 8.
27. फैसला, ललमनियाँ, मैत्रेयी पुष्पा, पृ. 18.
28. शतरंज के खिलाड़ी, मैत्रेयी पुष्पा, पृ. 17.
29. शतरंज के खिलाड़ी, मैत्रेयी पुष्पा, पृ. 26.
30. जनतन्त्र, सुनो मालिक सुनो, मैत्रेयी पुष्पा, पृ. 147.

पंचम-अध्याय

स्वातंत्र्योत्तर हिंदी कहानी जगत में मन्नू भण्डारी एवं मैत्रेयी पुष्पा की देन : एक दृष्टि

5.1 मन्नू भण्डारी एवं मैत्रेयी पुष्पा की कहानियों में नारी चेतना-

(क) मन्नू भण्डारी की कहानियों में नारी चेतना—

कथ्यात्मक विविधता स्वातंत्र्योत्तर कहानियों की सबसे महत्वपूर्ण विशेषता है। इन कहानियों में उभरा हुआ यथार्थ भोगी जा रही जिन्दगी का नग्न सत्य है, जिसमें कुरूपता भी है साथ-साथ सौन्दर्य भी। इन कहानियों का फलक इतना व्यापक एवं विस्तृत है कि कही भी एकरसता का या स्थूलता का आभास नहीं होता। "आज की कहानी का कथ्य बनकर आया सामाजिक यथार्थ सामयिक सन्दर्भों में उभरे मान-मूल्यों का वाहक है। इसके सहारे लेखक समाज में व्याप्त अनास्था, असन्तोष आदि अस्वस्थ पक्षों को उद्घाटित करने तथा विकृत मनःस्थितियों को वाणी देने की स्वस्थ एवं सर्जनात्मक दृष्टि प्राप्त करता है और कहानी को सीमित दायरे से निकालकर एक वृहद आयाम देता है। इससे कहानी गाँवों, कस्बों, नगरों एवं महानगरों की सरहदों को लाँघती हुई राष्ट्रीय ही नही अन्तर्राष्ट्रीय क्षितिज भी छूने लगी है।"[1]

परिवर्तित हो रहे जीवन मूल्यों की सहज स्वीकृति के साथ नारी जीवन की संश्लिष्ट अभिव्यक्ति हिन्दी कहानी के कथ्य की एक विकसित दिशा है और इस दिशा में लेखिकाओं की प्रतिभा विशेष रूप से जुड़ी हुई है।

बदले जीवन के मूल्यों के साथ संघर्ष करती नारी सिर्फ लेखिकाओं के लिए ही नही समस्त साहित्यकारों के लिए सबसे बड़ी चुनौती है। इसलिए कथ्य के रूप में उभरा नारी जीवन एकांगी न होकर वैविध्यपूर्ण है। नारी जीवन के

विविध रूपों का आकलन लेखिकाओं ने सूक्ष्मता के साथ किया है। परम्परागत मान्यताओं पर चलने वाली ग्रामीण स्त्री पात्रों के साथ-साथ विद्रोह को अपनाते हुए संघर्ष के पथ पर चलने वाली आधुनिकताएँ भी इनकी कहानियों में दिखाई पड़ती है। लेखिकाओं ने अपनी कहानियों में नारी जीवन के उन छोरो को पकड़ने का प्रयास किया है जो ग्रामीण अंचलों की झुग्गी-झोपड़ियों से लेकर शहर के व्यस्त नगर वीथियों तक फैला हुआ है। इसलिए कथ्य के अन्दर ग्रामीण व शहरी माहौल का स्पष्ट स्वरूप उभरकर आया है। कथ्य के अन्दर दिखाई पड़ने वाली स्थितिपरक विविधता पात्रों को पहचानने और उनकी मानसिकता को झाँकने में सहायक सिद्ध हुई है। इस तरह कथ्य की विविधता व परिस्थिति की विषदता कहानियों को गहरा बना देती है।

आज के बुद्धिवादी एवं संघर्ष प्रधान युग में पुरूषों के समान स्त्रियाँ भी अपने व्यक्तित्व की खोज में स्वनिर्मित एवं परिस्थिति, निर्मिति, परिवेशों से गुजर रही है। अपने स्वतंत्र अस्तित्त्व की खोज में सर्वप्रथम नारी को उन परम्परागत मूल्यों का उन्मूलन करना पड़ा जिनके बोझ से दबी वह अपने निर्णय की शक्ति खो चुकी थी।

स्वाधीनता पश्चात सामाजिक जागृति और बदलते नैतिक बोध के कारण नारी के अति परम्परागत दृष्टिकोण बदलने लगा। स्त्री अबला है वह पुरूष के चरणों की दासी है आदि परम्परागत धारणाओं को आधुनिक नारी ने नकारने की कोशिश की है। लेकिन पूर्ण रूप से उसे इसमें सफलता नहीं हासिल हो रही है क्योंकि समाज की सारी मान्यताएँ पुरूष स्वार्थ के मुद्दे पर नजर रखकर ही निर्धारित की गयी है। अधिकांशतः यह देखा जाता है कि नारी आर्थिक रूप से परावलम्बी न होकर भी पति पर आश्रित रहती है। पति की इच्छा के विरूद्ध वह कोई ठोस निर्णय नही ले सकती। अपवाद के रूप में वे ही स्त्रियाँ आती है जो पति को मात्र बेड पार्टनर के रूप में देखती है।

उभरती हुई नारी चेतना को स्वर देने के प्रयास में जितनी भी कहानियाँ लिखी गई है उनमें एक अन्वेषण की दृष्टि दिखाई पड़ती है। बन्धनों से मुक्त होकर पुरूष की आधीनता को नकारते हुए अपने ही निर्णयों पर अडिग रहने के संकल्प को नारी फिर से दुहराने लगती है परन्तु कहानियों में आने वाली ये नारी पात्र बहुमत का तो प्रतिनिधित्व नहीं करती लेकिन अल्पसंख्यक संघर्षवादिनी नारियों के कार्यों का प्रतिनिधित्व अवश्य करती हैं। वैसे लेखिकाओं ने इसके तेवरों की बड़ी सशक्तता के साथ उभार कर रखने का प्रयास किया है। इस कारण-नवलेखन की मुखमुद्रा अधिक आकर्षक बनने लगी है।

स्वातन्त्र्योत्तर कालीन परिवेश में नारी की बदलती भूमिका में रेखांकित करने वाली जितनी भी कहानियाँ लिखी गयी है, उनमें पूर्व लेखन से भिन्न संवेदनाएँ और स्वर मुखरित होने लगते हैं। यह स्वर परिवर्तन की नयी दिशाओं को सूचना देते हैं, साथ-साथ हिन्दी कहानियों के कथात्मक विकास के नये आयामों की ओर भी सूचित करते हैं।

जहाँ तक कहानियों में स्वतंत्र चेता नारी के व्यक्तित्त्व का सवाल है हमें यह कहना पड़ता है कि आज की आधुनिक शिक्षित नारी पूर्व कल्पित मान्यताओं से भिन्न नयी स्थितियों से गुजरती हुई नये क्षितिजों की ओर अग्रसर हो रही है। अत्यधिक स्वतंत्रता का आग्रह एवं व्यक्तित्व विकास की आकांक्षा के कारण नारी के आधार पर जीवन निर्वाह करना उचित समझती है। ऐसे सन्दर्भ में नारी कभी उच्छृंखल होकर पथभ्रष्ट हो जाती है तो कभी रोगग्रस्त मानसिकता को लेकर असन्तुलित जीवनयापन करती है। लेखिकाओं ने इस विषय की ओर विशेष ध्यान दिया है। कहानियों में आये मिसफिट पात्रों के माध्यम से हम अन्दाजा लगा सकते हैं कि नारी के स्वरूप में कितना परिवर्तन आया है।

वैवाहिक जीवन सम्बन्धी परम्परागत मान्यताएँ आज आधारहीन होती जा रही हैं। आर्थिक एवं वैयक्तिक स्वतंत्रता के कारण वैवाहिक जीवन की

सीमाएँ व्यापक तो हुई है लेकिन इन गुणों से उत्पन्न व्यक्तिगत अहं पति-पत्नी के बीच तलवार के समान खड़ा हो गया है। परिणामस्वरूप जिन्दगी में घिरने और मुक्त होने के अनगिनत क्षण आते रहते हैं। सम्बन्धों की उलझन पति-पत्नी को कचहरी की सीढ़ियों तक घसीट कर ले जाती है और वहाँ सम्बन्धों का अन्त 'डायवोर्स' ही हो जाता है। लेकिन विचित्र बात यह है कि 'डायवोर्स' के बाद पति अथवा पत्नी पुनः अपने अतीत की ओर लौटने का प्रयास करते हैं। निरूपमा सेवती के 'सुनहरे देवदार' मन्नू भण्डारी की कहानी 'बंद दराजों के साथ' इसके उदाहरण हैं।

पति-पत्नी के बीच अलगाव का प्रमुख कारण समझौते का अभाव है। अर्थ की समस्या वैवाहिक जीवन में दरारें पैदा करती है। यह दरारें बढ़ती जाती है और इनका अन्त तलाक या आत्महत्या में होता है। आधुनिक पति-पत्नी अपने दैनिक जीवन में निरन्तर नयी परिस्थितियों का सामना कर रहे हैं। बढ़ती हुई आधुनिकता एवं स्वतंत्र मनोवृत्ति के कारण पति-पत्नी मनचाहा एवं स्वच्छन्द जीवनयापन करते हैं। इस कारण विवाहेतर सम्बन्ध पति-पत्नी को पसोपेश में नही डालता। पति पत्नी के अवैध सम्बन्धों पर न तो प्रश्न करता है और न ही परेशान होता है और पत्नी भी ऐसे सम्बन्धों को न तो अनैतिक मानती है और न ही अपवित्र।

स्त्री-पुरूष की इस स्वतंत्र मानसिकता के कारण वे कही भी स्थिर नहीं हो पाते। प्रेम का क्षेत्र भी आधुनिक मान्यताओं के कारण खोखला हो गया है। पल दो पल की खुशी अथवा पल दो पल के साथ के लिए प्रेमी प्रेमिका प्रेम का स्वांग रचते हैं। तत्पश्चात न प्रेम रहता है ना प्रेम के नाम पर किये गये वादे। प्रेम का आधुनिक नाम फ्लर्टिंग है। अतः इस फ्लर्टिंग के क्षेत्र में न तो कही हीर रांझा नजर आयेंगे और न ही सोनी महिवाल। प्रेम के मूल में स्वार्थ और सेक्स की पिपाशा मात्र है।

वर्ग भेद आज के युग का जीवन्त सत्य है। कहानियों में जहाँ उच्च्च वर्ग का अहंकार युक्त अट्टहास व्याप्त है, वही शोषित वर्ग की सिसकियाँ भी गुम्फित

हुई है। जब तक हमारे समाज में अर्थ की पूजा होती रहेगी। तब तक समाज में उच्च वर्ग द्वारा किया जाने वाला शोषण और निम्न वर्ग की कराह गूँजती ही रहेगी। कहानियों का कथ्य यह कहता है कि आज अर्थ के आधार पर ही इंसान इंसान को पहचानता है। लेखिकाओं की कहानियों में इस तथ्य को समझने वाले वर्ग भेद का सार्थक स्वरूप उभर आया है।

तेजी के साथ परिवर्तित हो रहे मूल्य विघटन को भी लेखिकाओं ने कथ्य के रूप में चुना है। नवचेतना के जागरण के साथ-साथ परम्परागत मान्यताएँ एक-एक कर टूटती जा रही हैं। इन टूटी हुई मान्यताओं के खण्डहर पर खड़े होकर पुरानी पीढ़ी परम्परागत जर्जर मूल्यों से चिपके रहने का आग्रह करती है, जबकि नयी पीढ़ी इस आग्रह को ललकारती है। मूल्य विघटन और नव निर्माण की नयी स्थिति को लेखिकाओं ने व्यापक आयाम प्रदान किये हैं।

इस प्रकार लेखिकाओं ने कहानियों में नारी जीवन के विस्तृत कैनवास पर रंगों को बिखेर कर एक विशेष प्रभाव की सृष्टि की है। इस तरह यह देखा जाता है कि कहानियों में कथ्य के स्थान पर सूक्ष्म विषयों का अंकन हुआ है। इससे यह साबित हो जाता है कि लेखिकाओं की कहानियाँ प्राचीन कथ्यगत सिध्दान्तों को नकार गयी है। ये कहानियाँ कही-कही घटनाहीन होकर भी एक ऐसा सम्यक स्वरूप लेकर सामने उभरती है कि पाठक के बोधमंडल पर एक गहरा प्रभाव बनने लगता है। कभी-कभी उसे अस्पष्टता का अनुभव भी होता है। कहीं-कहीं माडर्न आर्ट के समान अभिव्यक्ति की क्लिष्टता समूची कहानी को अव्यक्त बना जाती है। यहाँ कहानी अधूरी पेंटिग के समान अव्यक्त भाव से गुम्फित होकर अनोखे अर्थों की ओर संकेत करती नजर आती है।

लेखिकाओं ने नारी के बदलते स्वरूप और उनमें जागृत हो रही नयी चेतना की ओर विशेष ध्यान दिया है। मन्नू भण्डारी की बहुतेरी काहनियाँ नारी की स्वतंत्र मानसिकता और उसके दृढ़ व्यक्तित्व को उजागर करने वाली है। 'ईसा के घर इंसान' कहानी में लेखिका ने विद्रोह करती हुई एंजिला के माध्यम से

धार्मिक क्षेत्र का खोखलापन एवं धार्मिक आचार्यों की काम केलियों का भंडाफोड़ किया है। कहानी की नायिका एंजिला दृढ़ व्यक्तित्व वाली नारी है जो अपने व्यक्तित्व की दृढ़ता के द्वारा फादर के वासनात्मक पंजे से छटपटाकर मुक्त हो जाती है और चर्च की चहारदीवारी से निकल भागती है। इस घटना के पश्चात एक दो सिस्टर्स जो फादर की वासना की शिकार हो चुकी थी, चर्च से निकल भागती है। वे विद्रोही एंजिला के पदचिन्हों पर चलकर अपने आपको कृत्रिम दुनिया की बेड़ियों से मुक्त करती है।

मन्नू भण्डारी ने चर्च की चहारदीवारी के अन्दर घुट-घुटकर मरने वाली महिलाओं की दर्द भरी कहानी एंजिला के माध्यम से व्यक्त की है। एंजिला एक प्रतीक है उस नारी का जो घुटन से भरपूर वातावरण से धर्म के नाम पर लूट ली जाती है। अक्सर ईसाई चर्चों में घटित होने वाली कोई भी बात जन साधारण तक नहीं पहुँच पाती है। गोपनीयता की चादर हर सिस्टर को ढके रहती है। मन्नू भण्डारी ने इस चादर के अन्दर मटमैली होने वाली जिन्दगी की सही तस्वीर प्रस्तुत की है। धार्मिक दृष्टि से विद्रोहात्मक प्रतिक्रिया प्रस्तुत करने वाली यह कहानी यथार्थ के धरातल पर खड़ी होकर अनुभूति की सशक्तता से लैस होकर हिन्दी की गिनी-चुनी कहानियों में से एक बन जाती है।

लेखिकाओं को प्रायः सभी कहानियों में जीवन की समस्याओं का स्वर प्रमुख रूप से उभरता है। मन्नू भण्डारी की कहानी 'तीसरा आदमी' वैवाहिक जीवन के तनावों को उभारने वाली श्रेष्ठ कहानी है। इस कहानी में लेखिका ने पति-पत्नी के बीच उत्पन्न अलगाव एवं एकरसता की भावना को स्वर दिया है। सतीश और शकुन पति-पत्नी है। विवाह के दो साल तक वे अपने बीच किसी तीसरे को नही लाते। जब शकुन की नौकरी लग जाती है तब वह अपने पति से तीसरे के लिए मनुहार करती है लेकिन उसके मनुहार को पूरा करने में सतीश अपने आप को असफल पाता है। परिणामस्वरूप दोनों में

अनदेखी दूरियाँ बढ़ने लगती है। सतीश का आत्मविश्वास धीरे-धीरे घटने लगता है।

एक बार शकुन का परिचित लेखक आलोक उसके घर मिलने आता है। शकुन उसकी खूब खातिरदारी करती है जिसे देखकर सतीश के मन में कई प्रकार की शंकाएं जागृत होने लगती है। हीन ग्रंथि का शिकार बना सतीश दफ्तर में निश्चिन्त होकर बैठ नहीं पाता है, वह लौटकर घर आता है। घर की खिड़कियाँ-दरवाजे सब बन्द है। कही से कोई आवाज भी नहीं सुनाई पड़ती। सतीश ईर्ष्या और क्रोध से जल-भुन जाता है। वह सोचता है कि दरवाजा तोड़कर दोनों को रंगे हाथ पकड़ ले लेकिन वह कुछ कर नही पाता। इस कहानी में नये जमाने के पति की मानसिक कमजोरी का एक पहलू स्पष्ट हुआ है। वस्तुतः सच्चाई कुछ भी नही होती है। सब शक ही शक होता है और उसका भी कोई ठोस आधार नहीं होता। पुरूष अब भी इस मानव ग्रंथि से मुक्त नहीं हुआ।"[2]

वैवाहिक जीवन की समस्याओं को उभारने वाली मन्नू भण्डारी की दूसरी श्रेष्ठ कहानी है 'बन्द दरवाजों के साथ'। इस कहानी में लेखिका ने सम्बन्धों के बनते-बिगड़ते स्वरूप का जीवन्त चित्रण किया है। 'बन्द दराज' इस कहानी का समस्या केन्द्र है। पत्नी मंजरी पति के बन्द दराज को देखकर उस पर शक करती है, मंजरी की शंकित दृष्टि उसे दिन रात परेशान रखती है। उसे लगता है कि उसके साथ सोने वाला, उससे प्यार करने वाला विपिन उसके प्रति पूर्ण रूप से वफादार नहीं है। एक दिन वह बन्द दराज को खुला देखती है जिसमें एक महिला और बच्ची की तस्वीर पड़ी रहती है, जिसे देखकर मंजरी का शक साकार होते नजर आता है। मंजरी को लगता है कि विपिन के साथ उसका जीवन शून्यता की ओर बढ़ रहा है। मंजरी अपने पति विपिन से सम्बन्ध तोड़कर दिलीप से विवाह कर लेती है। दिलीप के साथ आरम्भ में कुछ दिन हँसी-खुशी में बीत जाते है। फिर धीरे-धीरे एक तनाव दोनों के बीच उठने लगता है। तनाव का केन्द्र है विपिन का बेटा अजीत और उसका खर्चा।

अजीत के पढ़ाई के खर्च की बात सुनकर मंजरी को बहुत बुरा लगता है। धीरे-धीरे मंजरी और दिलीप के फासले बढ़ने लगते हैं। एक अदृश्य मेज मंजरी के कमरें में उभर आती है, जो दो भागों में विभाजित है, व्यक्तिगत और पारिवारिक। मंजरी हालात के थपेड़ों से विवश हो जाती है और यह विवशता उसे विपिन के यादों की ओर खींच ले जाती है। उसे लगता है विपिन ने अपनी ही नहीं उसकी भी जिन्दगी को दो टुकड़ों में विभाजित किया है। मंजरी को अपनी जिन्दगी अभिशाप सी लगती है। वह अतीत और वर्तमान के द्वन्दमय वातावरण में जीवन व्यापन करती है।

वैवाहिक जीवन में आने वाली समस्याओं के कारण जब पुनर्विवाह होता है तब समस्याएं और भी विकट रूप धारण कर लेती है। 'कील और कसक' कहानी में लेखिका ने पति से उपेक्षित पत्नी की विवशता को मनौवैज्ञानिक ढंग से प्रस्तुत किया है। शादी की प्रथम रात्रि से लेकर रानी अपने पति के लिए परायी है। पति का लक्ष्य दिन-रात मेहनत कर कर्ज पूरा करना है जिस कारण वह पत्नी की भाव-संवेदनाओं को अनदेखा कर अपने लक्ष्य प्राप्ति में लगा रहता है।

प्रेम की प्यासी रानी पड़ोसी शेखर की ओर आकृष्ट हो जाती है। रानी अपनी इच्छा के अनुसार शेखर को भोजन बनाकर खिलाती है और शेखर द्वारा प्रशंसित होती है। "शेखर के मुँह से प्रशंसा के लब्ज सुनकर चिर काल से प्रशंसा के लिए तड़पता 'मन' ललक उठता है। हाथों की गति बढ़ जाती है और एक बार उसने संकोच से सामने बैठे व्यक्ति पर उड़ती सी नजर डाली।"[3] पति से वांछित प्यार के अभाव में रानी को जब शेखर का प्यार मिलता है तो वह पूर्णरूप से तृप्त हो जाती है। लेकिन शेखर का प्यार और लगाव अल्पकाल तक ही रहता है क्योंकि उसकी शादी हो जाती है। रानी अब शेखर की ओर से भी उपेक्षित हो जाती है। ईर्ष्या और दुख से उसका मन कुंठित हो जाता है। छोटी-छोटी बातों को लेकर वह शेखर की पत्नी से झगड़ने लगती है। शेखर द्वारा अपना विवाह कर लिये जाने पर रानी की

विकृतियाँ उसकी हीन भावना से प्रकट होती है। "सेक्स की अतृप्ति रानी को कुंठित और हीनता ग्रंथियों से कितना ग्रस्त कर लेती है, रानी के चरित्र के माध्यम से इसे पूरी मार्मिकता के साथ देखा जा सकता है।"[4] लेखिका ने नारी मनोविज्ञान का प्रशय लेते हुए नारी की मानसिकता का यथार्थ विवरण प्रस्तुत किया है।

'दरार भरने की दरार' में मन्नू भण्डारी ने नारी की अस्थिर मानसिकता के कारण वैवाहिक जीवन में पड़ने वाले दरारों का सार्थक चित्र खीचा है। श्रुति दी और उनके पति दोनों दो स्तर के हैं। दोनों के विचार और मान्यताएँ आपस में मेल नहीं खाते। परिणामस्वरूप पति-पत्नी एक दूसरे से अलग रहने की सोचते हैं। दोनों के बीच निर्णायक का काम करती है नंदी। नंदी श्रुति दी की सहेली है जो उनसे बहुत छोटी है, फिर भी बहुत समझदारी के साथ श्रुति दी की समस्याओं को वह हल करती है। पति से अलग रहने का सुझाव नंदी भी देती है। श्रुति दी के कहे अनुसार नंदी उनके लिए घर का इन्तजाम भी करती है। लेकिन ठीक मौके पर श्रुति दी के विचार बदल जाते हैं दोनों पति-पत्नी समझौते के अन्तिम सीढ़ी तक पहुँच जाते है और दोनों फिर से एक नयी जिन्दगी जीने को तय कर लेते हैं। श्रुति दी और उनका पति दोनों समझौता कर एक हो जाते हैं और आवाक रह जाती है नंदी। अपना नया जीवन सँवरा देखकर श्रुति दी खुश होकर नंदी को एक उपहार देती है जिसे पाकर उसे लगता है "जैसे बच्चे को पहले कोई बड़ा आश्वासन दे और फिर एक दो टाफी से बहला कर चलता बने।"[5]

मन्नू भण्डारी की कहानी 'चश्मे' में प्रेम के परिवर्तित स्वरूप का प्रभावात्मक चित्रण हुआ है। 'चश्मे' का नायक अपने अतीत से घबराता है। जब भी उसे अतीत की स्मृतियाँ आक्रान्त करती हैं वह परेशान हो उठता है। आत्मग्लानि के बोध में वह बौना हो जाता है।

मिस्टर वर्मा शैल नाम की एक लड़की से प्रेम करता था। दोनों की शादी तय हो चुकी थी लेकिन अचानक शैल को छय रोग हो जाता है। मिस्टर वर्मा

धीरे-धीरे शैल के जीवन से दूर होने लगता है। प्रेमी के ऐसे निष्ठुर व्यवहार से शैल पूर्ण रूप से बिखर जाती है। शैल के पिता मिस्टर वर्मा से अपनी बेटी की जिन्दगी माँगते है लेकिन वर्मा क्षयग्रस्त शैल को अपनी पत्नी बनाने में हिचकता है। शैल की मृत्यु उसी दिन होती है जिस दिन वर्मा और शैल की शादी तय हुई थी।

मिस्टर वर्मा को अपनी बेवफाई का अहसास जरूर होता है जिस कारण वह अपनी पत्नी के साथ सहज जिन्दगी जी पाने में असमर्थ होते हैं। अन्धकार के गहराई में वह डूबता ही जा रहा है।

इस कहानी में आधुनिक प्रेम की जड़ता क्षणभंगुरता और स्वार्थपरता का पर्दाफाश हुआ है। मिस्टर वर्मा जैसे अनेक प्रेमी हैं जो प्रेम को मात्र स्वार्थ और भोग के तराजू में तौलते हैं। यही आधुनिक प्रेम का वास्तविक रूप है। आज न सम्बन्धों में गहराई है, न रिश्ते पक्के होते हैं, न वादे निभाये जाते हैं। पल दो पल का साथ देकर नारी देह से सम्बन्ध जोड़कर खुशियाँ लूटना ही नये प्रेम का स्वरूप लगता है। पाश्चात्य सभ्यता के प्रभाव से रंगीन यह मानसिक वृत्ति, सम्बन्धों, खोखलेपन और प्रेम के नाम पर किये जाने वाले स्वार्थपरक व्यवहार पर प्रकाश डालती है। वास्तव में यह मोह है। किसी को लूटने का और तबाह करने का नया तरीका है।

लेखिका की कहानी 'आते-जाते यायावर' में एक बेवफा प्रेमी की दगाबाजी की कथा है। नरेन एक फ्लर्ट किस्म का व्यक्ति है। यायावरी प्रवृत्ति का नरेन विदेशी सभ्यता से प्रभावित है। नरेन विवाहित है लेकिन किसी कारणवश उसकी पत्नी उसे छोड़ देती है। नरेन अपने आकर्षक व्यवहार से लड़कियों को फँसाता है। इस प्रकार के कृत्रिम दुलार और छद्म प्रेम से ही स्त्रियाँ भटकाव और शोषण की शिकार बनती है लेकिन आत्मसजग और प्रबुद्ध मिताली नरेन के इस कृत्रिम दुलार से बच जाती है। प्रेम के वायवीय स्वरूप का चित्रण इस कहानी में हुआ है। आधुनिक प्रेम संवेदनाओं के धरातल पर

न होकर शारीरिक आकर्षण पर आधारित है। सौन्दर्य, मादकता और अर्थ के अभाव में स्त्री कभी भी प्रेम के क्षेत्र में सफल नही हो पाती है।

प्रेम के एक दूसरे रूप को लेखिका ने 'यही सच है' कहानी में प्रतिष्ठित किया है। मन्नू भण्डारी की यह कहानी प्रेम कहानियों के बीच बहुचर्चित है। कहानी एक प्रेमिका और दो प्रेमियों के बीच उलझी हुई है। नायिका दीपा के दो प्रणय बिन्दु है संजय और निशीथ। निशीथ दीपा का किशोरावस्था का प्रेमी था लेकिन किसी कारणवश दोनों में अनबन हो जाती है।

दीपा कलकत्ते से कानपुर आती है। रिसर्च करते हुए उसके जिंदगी में संजय का आगमन होता है। संजय से वह बेहद प्यार करती है। निशीथ के बारे में वह संजय से सब कुछ बता देती है और संजय को विश्वास दिलाना चाहती है कि उसका प्रेम बिल्कुल निराधार है क्योंकि 18 वर्ष की आयु में किया गया प्यार एक प्रकार का पागलपन मात्र होता है।

दीपा एक इंटरव्यू के सिलसिले में कलकत्ता जाती है वहाँ उसकी मुलाकात निशीथ से होती है। पहले वह सोचती है निशीथ को पहचानने से इंकार कर वह अपने प्रति किये गये अपमान का बदला लेगी लेकिन वह ऐसा नहीं कर पाती है। उसके दिल की अतल गहराई में अट्ठारह वर्ष में किये गये उस प्रेम की कुछ संवेदनाएं अब भी जागृत थी। तभी तो वह सोचती है- "निशीथ कितना दुबला पड़ गया है, लगता है जैसे मन में गहरी पीड़ा छिपाये बैठा है।"[6] निशीथ ने अभी तक विवाह क्यों नहीं किया ?[7]

निशीथ दीपा को नौकरी दिलाने का भरसक प्रयास करता है। इस दौरान घूमते-घूमते दीपा सोचती है कि वह निशीथ को संजय की बात बता देगी, लेकिन दीपा कह नहीं पाती क्योंकि वह सोचती है कि कही निशीथ नौकरी दिलाने में दिलचस्पी कम ना कर दे। इसके साथ-साथ अनजाने में उसे निशीथ के प्रति मोह होने लगता है। "दीपा के सम्मुख बार-बार संजय के स्थान पर निशीथ की आकृति आ खड़ी होती है और वह सोचने लगती है कि संजय से उसका सम्बन्ध प्यार का नही कृतज्ञता का था। वह उसकी कृतज्ञता को ही

प्यार समझने लगी। संजय एक पूरक था। वह गलती से उसे प्रियतम समझ बैठी। वह सोचती है कि अब यह बात अच्छी तरह जान गई है कि प्रथम प्रेम ही सच्चा प्रेम होता है। बाद में किया हुआ प्रेम तो अपने को भूलने का भरमाने का एक प्रयास मात्र होता है।"[8] कानपुर लौटते समय निशीथ दीपा को विदा करने स्टेशन आता है। गाड़ी छूटते ही वह उसका हाथ पकड़ लेता है। दीपा मन ही मन सोचने लगती है कि "मैं सब समझ गई, निशीथ सब समझ गया। जो कुछ तुम इन चार दिनों में नही कह पाये वह तुम्हारे स्पर्श ने किया।"[9]

कानपुर लौटकर दीपा निशीथ की यादों में खो जाती है। वह बेसब्री के साथ निशीथ के पत्र का इंतजार करती है। उसे उसका तार आता है कि नौकरी पक्की हो गयी। पत्पश्चात् निशीथ की औपचारिकतावश लिखी एक चिट्ठी उसे मिलती है। वह निशीथ की चिट्ठी में खोयी रहती है। तभी संजय ढेर सारे रजनीगंधा के फूल लिए द्वार पर खड़ा होता है। वह शून्य दृष्टि से उसे देखती रहती है और दौड़कर उससे लिपट जाती है "तुम कहाँ चले गये थे संजय"। दीपा का स्वर टूटने लगता है। संजय पर दीपा की जकड़ कसती जाती है। रजनीगंधा की खुशबू चारों ओर बिखर जाती है। वह अपने गालों पर संजय के अधरों का स्पर्श महसूस करती है। उसे लगता है संजय की बाँहों का बन्धन, उसका स्पर्श, उसके साथ बीत रहे क्षण ही सत्य है बाकी सब मिथ्या है।

इस कहानी में लेखिका ने प्रेम के तिकोन को नये ढंग से प्रस्तुत किया है। प्रेम के बारे में आधुनिक प्रबुद्ध नारी के मन में जो कशमकश है उसका विवरणात्मक चित्रण इस कहानी में दृष्टिगत होता है। इस कहानी के सम्बन्ध में लेखिका के विचार इस प्रकार है- "एक लड़की का दो युवकों से समान रूप से लगाव, यह स्थिति प्रचलित परम्परा से थोड़ी हटकर है और शायद इसी वजह से यह कहानी एक 'बोल्ड अट्रेक्ट' के रूप में बहुचर्चित हुई....। एक साथ दो व्यक्तियों से लगाव और इस स्थिति में दुविधा और अनिर्णय के

मानसिक ऊहापोह से गुजरना कोई अनहोनी बात तो नही.... निर्णय किस ओर जाता है यह और कई बातों पर निर्भर करता है। निर्णय मेरे लिए महत्वपूर्ण नही था। महत्वपूर्ण थी वह दुविधामय मानसिक स्थिति।"[10]

(ख) मैत्रेयी पुष्पा की कहानियों में नारी चेतना—

मैत्रेयी मानकर चल रही है कि सामाजिक नैतिकताएँ निश्चित ही लेखक की वे मर्यादाएँ नही हो सकती जिनका वह नियमपूर्वक पालन कर पाए। लेखकीय स्वतंत्रता परम्पराबद्ध नैतिकता पर समाज के सामने सवाल खड़े करती है और हर हाल में टकराहट की स्थिति बनती है। इसका मुख्य कारण है समय का बदलाव। कितने ही लेखकों एवं लेखिकाओं ने "सीता और द्रौपदी को अपने लेखन का विषय बनाया है और उन विसंगतियों में भी नैतिकता को आधार माना है जिन्होंने स्त्री के जीवन को दाँव पर लगा दिया। यह भी एक भय है जो शास्त्रों और पुराणों पर चोट नहीं करने देता।"[11]

मैत्रेयी ने अपने विचार रखते हुए किसी भी प्रकार का भय मन में नही रखा। मैत्रेयी उस तमाम साहित्यकारों पर और महिलाओं पर करारा व्यंग्य करती है जो स्त्री को एक वस्तु के रूप में देखती है। मैत्रेयी की स्त्री खुद का रास्ता खुद बनाना चाहती है। उसने नैतिक-अनैतिक का कोई विचार नहीं किया। इसलिए मैत्रेयी विभिन्न उदाहरणों द्वारा अपने विचार व्यक्त करती हैं।

आपकी धनिया में विचार प्रस्तुत करते समय मैत्रेयी कहती है कि प्रेमचंद जी ने जो धनिया का चरित्र-चित्रण किया है वह उनकी मानसिकता के अनुसार किया है। आजाद देश का लोकतंत्र स्त्री की आजाद चेतना को स्वीकार नहीं करना चाहता। समीक्षक प्रवर घीसू और माधव को महाजनी सभ्यता के बारे में कहा है जैसे धनिया कहती है- "मैं अपने पति की हृदयेश्वरी जिसका अपना कोई व्यक्तित्व नहीं, अपनी कोई जगह नहीं, कोई निजी दुनिया नहीं, तो जोखिम उठाने का दमखम भी किस अर्थ का ? काश, हमारे लेखन ने गँवई और शहरी औरतों को पुरूषों के चरणों की जगह न देकर वह जर-जमीन दी होती जिस पर कोई गाय या कारखाना खड़ा हो सकता हो। हम बधिया औरतें

केवल भोगे जाने का मात्र साधन न होती और कि मैं व्यक्तित्त्वहीन स्त्री की तरह पति की चारपाई के किनारे बैठकर रोई नहीं, पर समाज के किस काम आई ?"[12] धनिया को गोदान की नायिका बताया पर होरी की पत्नी के अलावा अगर धनिया कुछ है तो गोबर की माँ। धनिया ने अपने बारे में कही कोई विचार नहीं किया। वास्तविक जीवन में ऐसा हो सकता है क्या ? अगर स्त्री से पूछा जाय तो यही बात है कि "उसने जो कुछ सोचा घर-परिवार, पति, बच्चों के बारे में ही सोचा। संस्कारों की रस्सियों के पड़े निशान दिलेरी से औरत का पक्ष लेते हुए मर्द की ही पक्षदारी कर रहे थे।"[13]

"धनिया को होरी के जाने के बाद कमाई का अर्थाजन का एकमात्र साधन जो था वह थी गाय। उसके लिए गाय ही कामधेनु, गाय ही देवी और गाय ही उसको भवसागर पार करने वाली वैतरणी।"[14] और उसका भी गो-दान किया जाता है। धनिया को समझ में नही आता कि ये गो-दान किसलिए है ?

"बुधिया की लाश को लेकर मैत्रेयी संतप्त है, उन्हें लगता है कि यह दशा किसके कारण हुई ? उस निठल्ले पति के कारण, जिसने अपनी कामाग्नि को संतुष्ट करने के लिए औरत को गर्भ कर दिया और अब बेचारी-बेचारी कह कर उसकी मेहनत-मशक्कत और परिवार के प्रति समर्पण के शब्दों के अलावा उसके पास उसके लिए कुछ नहीं है।"[15]

मैत्रेयी ने स्त्री के बारे में जो लोग 'यूज एण्ड थ्रो' का हिसाब लगा रहे हैं उसके बारे में आवाज उठाई है। लोगों को घर में पत्नी के रूप में कामकाजी महिला चाहिए होती है और घर के बाहर चित्रलेखा चाहिए होती है।

मैत्रेयी धनिया को चुप बैठी हुई सहनशील नही बताती वह उसे विद्रोह करने पर राजी करती। पिछड़े हुए तबके की ग्रामीण स्त्रियाँ भूखी-नंगी रखने के लिए सिरजी गई है, ताकि हमारी दुर्दशा ही हमें अज्ञान साबित करे दे और बड़े घरों की बहू-बेटियों को नेतागिरी करने की कमान थमा दी जाय। प्रेमचंद जी इस मामले में भी महान है और प्रासंगिक भी कि उनकी धारणा आज सत्तर साल बाद भी समाज पर लागू है।

धनिया इसलिए दुखी है कि उसका देवता दुखी है। मैत्रेयी धनिया को अलग से स्त्री की दृष्टि के अनुसार तस्वीर खींचना चाहती हैं। वादे लाँघती स्त्रियों के विषय में भी मैत्रेयी ने कहा है कि- "अपनी इच्छाओं को रौदकर जो औरतें जीना सीख जाती हैं उन्ही को दुनिया शालीन और इज्जतदार मानती है।"[16]

घर की चारदीवारी में स्त्री होती है तो उसे सुरक्षित माना जाता है पर क्या कभी स्त्री से पूछा गया कि वह सुरक्षित है या नही ? उसकी जीवन कथा करूणा और व्यथा की स्याही से लिखी गई है। आपसी दर्द ऐसा बढ़ा की अतीत स्मृतियों और वर्तमान में घटित खौफनाक दिनचर्या के मिलाप से जो छटपटाहट पैदा हुई, उससे निजात पाना लाजिमी हो गया। क्यों डरे हम वह सब कहने से जिसे करने में हमारे मालिक तनिक भी नहीं झिझकते क्योंकि मानते हैं कि हम कभी कुछ नही कह सके। स्त्री ही स्त्री की दुश्मन है यह नारा अक्सर लोग लगाते हैं पर कभी सोचा है क्या कि स्त्री ही एक स्त्री की एक बहुत अच्छी दोस्त हो सकती है। वह संकट समय में स्त्री को बचाती है। स्त्री का कोई भी रूप हो, पुरूष व्यवस्था उसे इज्जत आबरू के पर्दे में रखना चाहती है। स्त्री चाहे कैसी भी हो उसे सम्मान पुरूष द्वारा ही मिलता है। स्त्री को विभिन्न सम्बन्ध लगाकर मायके और ससुराल में घर-बार सौंपा जाता है। मगर दोनों घरों के बावजूद कोई ऐसा मुकम्मल ठिकाना नहीं मिल पाता जिसे वह अपना कह सके।

सास का अर्थ हमारा समाज सत्ता पाई और से लेता है। भले ही बेटे को बहुत प्यार करने वाली माँ तन-मन टूटने पर बेटी को पुकारे। उसकी पुकार खाली लौटती है। यह बात वह भी जानती है कि बेटी दूसरे के घर की सत्ता के कब्जे में है।"[17]

यहा यही स्पष्ट हो रहा है कि स्त्री को स्त्री की दुश्मन बताकर पितृसत्ता जमाए रखना और सत्ता पाते ही रहने की कोशिश की गई है। करवा चौथ जैसे व्रत औरतों से करवाये जाते है। संगतिन यात्रा में शिखा ने जो विचार प्रस्तुत किए हैं वे सही तो है कि स्त्री के मन को बुद्धि अधिक विकसित होने नही दिया।

उसने अपने सपने साकार करना चाहे, रूढ़ि परम्पराओं का जब-जब खंडन किया तब-तब उस पर लांछन लगाये गये।

औरत और फुटबाल इस पाठ में भी स्त्री के चारित्रिक पक्ष पर प्रकाश डालते हुए मैत्रेयी कहती हैं कि स्त्री जब कुछ नया करना चाहती है तो अकेली पड़ जाती है पर जब उसने चरित्र नैतिकता का विचार नहीं किया और आगे बढ़ी तो उसे कठिनाईयाँ बहुत आती है पर वह रास्ता बनाने की कोशिश कर सकती है। यह स्वीकार करने के योग्य नही कि फैसला लेने वाली किशोर होती लड़की लड़कों के साथ मैदान में खेलने निकल पड़ती है। फुटबाल का मैदान उसके लिए सारी संभावनाओं का केन्द्र बना। राष्ट्रीय स्तर तक जाना चाहती थी। चाहे दुनिया ने मुझे लड़की के रूप में देखा है मैं बागी की तरह दुनिया में जी कर दिखाऊँगी।[18]

गोल की ओर बढ़ती हुई लड़की को चारों तरफ से सेक्स की डिमांड घेरती है चाहे वह आजीविका का मुद्दा हो या तरक्की का मामला टीम में चयन की बात हो या दूर के लिए प्रबन्ध का मामला।[19] प्रेक्षकों ने मानों टिकट खरीदी है कि लड़की की टाँगे देख सके। स्त्री जीवन में यह किया गया सवाल है। स्त्री का शरीर आकर्षण बनते ही जाता है तो वह स्त्री को कदम-कदम पर तोड़ता रहता है। इस पाठ में खेल के मैदानों में प्रेक्षक ही नहीं बाहर भी डाक्टर और मेजर उसके पीछे गिद्ध की तरह टूट पड़ते हैं और उनकी शक्ति सम्पन्नता का परिणाम सामने आता है इस रूप में कि, "खोल साली की पैंट खोल"। उपन्यास पुरूष समाज के वर्चस्व और उसके पीछे अन्तर्विरोधी का खुलासा करता हुआ वीभत्स सच्चाई को सामने लाता है।[20]

पुरूष सत्ता से पराजित अपमानित स्त्रियाँ आज भी हर क्षेत्र में दिखाई देती हैं। बलात्कारित, विधवा, तलाकशुदा परित्यक्ता जिनके चेहरे पर नफरत पुती है। सोना चौधरी की पायदान एक ऐसी कहानी है जो स्त्री जीवन के आख्यान को स्थितियों, अनुभवों और घटनाओं को उजागर करती है। शारीरिक विखण्डन, अकेलापन, मानसिक अस्वस्थता की शिकार होती महिला अन्दर से टूटती

चली जा रही है। ऐसा ही उदाहरण है आँचल का जो तन-मन की जानलेवा मिरगी जैसी बीमारियों से ग्रस्त होती जा रही है। इस स्थिति से मैत्रेयी जो कह रही हैं उसमें तथ्य है ऐसा जान पड़ता है। मैत्रेयी कहती है देहयुक्त स्त्री देहमुक्त हो नहीं सकती।[21]

स्त्री के लिए केवल आत्मसमर्पण, समझौता, आस्थापूर्ण व्यवहार, शरीर प्रदर्शन आदि बातें ही मायने रखती हैं। बाकी बातों का उसके लिए कोई मूल्य नहीं, स्त्री हर जगह अपनी देह को दाँव पर लगाती हुई दिखाई देती है। जो स्त्री टूटी है वह सोच रही है- सिर झुका देने से ही सिर उठा पाएँगी, कन्धे डाल देने से रीढ़ सीधी रहेगी।[22] अपने कैरियर के बारे में सोचती स्त्रियाँ बहुत कम नजर आती है। फुटबाल के क्षेत्र में राष्ट्रीय स्तर तक पहुँचने की लगन और मेहनत से लबरेज साहस था, वह लोलुप, कामुक और मौकापरस्त क्रूर पुरूषों की मेहरबानी झेल नहीं पाई। जिसको अन्तर्राष्ट्रीय स्तर तक जाना था जिसको सम्मानपूर्ण आजीविका का हकदार होना था और गौरव होना था वह सारी संभावनाओं को खत्म करके लौट जाने को विवश होती है। संवेदना के स्तर पर आवेश का धुँआ घुमड़ने लगता है और फुटबाल का वास्तविक संसार तिरोहित हो जाता है।[23] यह सत्य परिस्थिति मैत्रेयी यहाँ रखती हैं।

अनुपस्थित भाषा के पात्र इस पाठ में मैत्रेयी ने शोषण के खिलाफ वह आवाज उठाई जो राष्ट्रबद्ध इस तरह है कि मन पर करारी चोट करते हैं। भाषा शैली में वह ताकत है जो कला क्षमता से इस तरह खींच लेती है कि हम स्तब्ध रह जाते हैं। जो सालों से अन्याय सहते आये हैं ऐसे संवेदनशील व्यक्ति जिन्हें यह भी नही पता कि हम गुलामों की तरह जी रहे है। मैत्रेयी ने उन्हें एक आवाज दी। नगर-महानगरों में जब- जब वे ग्रामीण और वनचारी लोग आए हैं तो वे हक्का-बक्का चिकनी सड़कों के देखते रह गए। उन्हें शहरी तौर-तरीके ज्ञात नहीं थे इसलिए भद्र समाज के नियम उन्हें पता नही इसलिए वे हमेशा बुझे-बुझे से रहते हैं।

मैत्रेयी इस देश का चेहरा महानगर मानती है तो वे शरीर गाँव-कस्बों से बना है मानती है। भारतीय शरीर की शिराएँ इन सभी समूहों से बनी हुई है। इस देश के किसानों को अनपढ़-गँवार समझकर बाजू रखा गया है जो महानगरी जीवन जीने वाले लेखक है, उनका यह उत्तरदायित्व है कि अपने कृषि प्रधान देश को अच्छे से आगे बढ़ने की प्रेरणा दें । उनकी व्यथा को जाने और समझे पर ऐसा बहुत ही कम लेखकों ने किया है। इन सब रचनाकारों को मैत्रेयी बौद्धिक स्तर पर जीरो मानती है। गठरी-मुठरी और बच्चों को लादकर आपकी बाते सुनने कुछ महिलाओं को गजेन्द्र भवन लाया गया तब उपभोक्तावाद, बाजारवाद, नवधनाढ्य और वैश्वीकरण के साथ जब सांस्कृतिक राष्ट्रवाद भी जोड़ा गया तो वे सब उजबक सी देखने लगी।

यह अनुपस्थिति भाषा आपके समाज की नहीं। इसलिए ग्रामीणों द्वारा लिखा साहित्य आपके मतलब का नही। जब वे शब्द रचने लगे तो कलात्मक रचनाओं में घुसपैठ हुई। उनके पास भले ही शुद्ध पवित्र जैसा कुछ नही पर खुले प्रेम सम्बन्ध है आपसी लड़ाइयाँ है। साहित्य में ऐसा मोहपन और स्थूलता कहा पचाई जाए ?

मैत्रेयी का कहना है कि जिस प्रकार पुरूष में प्राकृतिक भावनाएँ होती है उसी प्रकार रूप,रस,स्पर्श की प्राकृतिक भावना स्त्री में भी होती है फिर उसे दबाकर क्यों रखा गया ? साहित्य के क्षेत्र में स्त्रियों के बारे में वे विचार नहीं प्रस्तुत किये गये जो वह स्वयं के बारे में करती है। कुछ लेखिकाओं ने प्रयत्न किए है पर वे भी संस्कृति से ग्रस्त दिखाई देती है।

मैत्रेयी उन सब साहित्यकारों पर करारी चोट करती हैं जो कहते हैं कि यह भाषा अश्लील है यह देहविमर्श है गँवई जंगली और कबीलाई समाज का चित्रण करनेवाले हम बलात्कार को महिमामंडित कर रहे हैं। स्त्री का रेप बेबस देह भाषा है।[24] देह का शोषण आज भी हो रहा है। इस परिस्थिति में मैत्रेयी देह के बलबूते चुकाये टैक्स को टोल टैक्स कहती हैं। जेल और जंगल से लेकर मौत-हत्या तक का सफर करती हुई बदहवास औरत नहीं जानती

की बलात्कार किस बला का नाम है ? आप लम्बी और ठंडी साँस लेकर रह जाइए और इस औरत को साहित्य से बहिष्कृत कीजिए क्योंकि इसे समर्थ पुरूषों के लिए हाजिर होना ही है।

मैत्रेयी जो वास्तविकता है उसे साहित्य में लाना चाहती हैं, वह चाहती हैं कि जो औरत की जिन्दगी में घटित हो रहा है उसे सामने लाया जाय। वह सच्चाई प्रस्तुत की जाय जिसके प्रस्तुतीकरण के बाद कुछ हल निकल पड़े जो जिन्दगी का क्रम है सुगमता से चले ऐसा कुछ हो जाए। इसलिए निरन्तर वह अपनी कलम तेज कर रही हैं। भय को त्यागकर जीवन के उन पहलुओं को सामने रख रही हैं जो वाकई जीने की एक कला है और अब बिंदी-पायल में रसमान नही होना चाहती। वह पढ़ना चाहती है। स्त्री को राजनीति का हिस्सा बनना चाहिए ताकि वह अपना हक ले सके। उसे जो गाँव में पीड़ा सहनी पड़ती है उसका छुटकारा वह स्वंय राजनीति में आकर कर सकती है।

5.2 मन्नू भण्डारी एवं मैत्रेयी पुष्पा की कहानियों में स्त्री विमर्श और नारी वेदना का स्वर-

समकालीन कहानी आज के हिन्दी साहित्य को ही नहीं अपितु भारतीय भाषाओं के साहित्य की एक गौरवपूर्ण विधि है। आज हिन्दी में विश्वकथा साहित्य के स्तर की कहानी लिखी जा रही है। स्वतंत्रता के बाद के वर्षो में इसके विकास की गति इतनी धीमी रही है कि उसने विकास की मंजिले तय कर एक उच्च शिखर प्राप्त कर लिया है। विभिन्न कथा आन्दोलनों एवं नारों के उसके यथार्थ की नवीन भूमि एवं अनुभवों को नया संसार प्रदान किया है। समकालीन कहानी के माध्यम से कथा का कैनवास बहुत विस्तृत एवं बहुआयामी सिद्ध हुआ है।

हिन्दी साहित्य में नारी विमर्श युंग का प्रमुख विषय बना हुआ है। यदि इसे बृहत अर्थों में परिभाषित करना चाहे तो वह घर, परिवार, समाज-नीति और राष्ट्रनीति में नारी की अस्मिता, अधिकार और उन अधिकारों के लिए संघर्ष चेतना से जुड़े संवाद की संकल्पना है। वहाँ सामाजिक, धार्मिक अन्ध -

रूढ़ियों में दबी-पिसी स्त्री की आहें-कराहें ही नहीं बल्कि शोषक व्यवस्था के विरूद्ध आक्रोश विद्रोह भी है। पूर्ववर्ती साहित्यकारों के नारी चित्रण से प्रेरित होकर वर्तमान युग के साहित्यकार साहित्यय जगत को कुछ नया प्रदान कर रहे है। वर्तमान समय में नारी चेतना जितने सशक्त रूप से उभरकर सामने आया है उसके लिए उसे एक लम्बी संघर्षपूर्ण यात्रा करनी पड़ी है। आज इस प्रकार रचनाओं में रचनाकारों के माध्यम से स्त्री के पारिवारिक, सामाजिक और दैहिक शोषण का संवेदी स्वर और आक्रोशी तेवर दिये हैं। दोयम दर्जे की स्थिति को नकारकर शोषण धर्मिता के विरूद्ध आवाज बुलन्द की है- वह जहाँ स्त्री-मानस की अनकही पीड़ा का महाख्यान है कहीं उसकी संघर्ष चेतना और स्त्री विरोध व्यवस्था में रू-ब-रू होकर लड़ाई स्वंय लड़ने की सशक्त दस्तावेज भी है। सदियों से साहित्य और समाज का प्रमुख अंग बना हुआ नारी विमर्श आज भी प्रासंगिक बना हुआ है। आज मृदुला गर्ग, ममता कालिया, चित्रा मुद्गल, शशिप्रभा शास्त्री, दीप्ति खण्डेलवाल, मन्नू भण्डारी, मंजुल भगत, रांगेय राघव, जयशंकर प्रसाद, मेहरून्निसा, परवेज, रमेश बत्रा आदि रचनाकारों ने अपनी लेखनी के माध्यम से नारी समाज की चेतना का स्वरूप अंकित किया है। इन सभी साहित्यकारों ने अपनी रचनाओं के माध्यम से नारी के आधिकारों एवं उन पर हो रहे अत्याचारों के प्रति आवाज उठाया है। स्वतंत्रता के बाद भले ही देश आजाद हो गया हो, परन्तु नारी आज भी परतंत्र है। वह रीति-रिवाजों और परम्पराओं की बेड़ी में जकड़ी हुई है। जहाँ तक अपनी इच्छानुसार सांस तक नहीं ले सकती। कहने को तो आज सती प्रथा समाप्त हो गई है लेकिन यह सच नहीं है। आज नारी को पति की चिता पर भले ही न जलाया जाता हो, लेकिन परम्पराओं की चिता पर आज नारी हर पल जलती रहती है। समय के साथ-साथ नारीवादी रचनाकारों की पुष्टि में भी परिवर्तन आया है और उन्होंने नारी समस्याओं का और अधिक गहराई में जाकर अध्ययन किया है। नारी विमर्श का मुद्दा ज्वलन्त होने से विचार मंथन से यह लाभ हुआ कि नारियाँ खुद के हीन होने के अहसास से मुक्त हुई है। उन्हें ये लगता है- "हम औरतों को भी भूख लगती है, हमारे

अन्दर भी कुछ कर गुजरने के सपने जगते है, हमारे अन्दर क्षमता है, करूणा है, तो वस बेवफा नफरत और ईर्ष्या के भाव पैदा होते है। एक तानाशाह व्यवस्था और संस्कृति हमें भी उतना ही तानाशाह बना सकती है जितना पुरूष को। सत्ता का नशा हमें भी उसी हद तक पागल बना सकता है, जिस हद तक पुरूषों को, जिस तरह मर्दो को यौन की भूख सताती है, उसी तरह समाज ने जो यौन अधिकार उन्हें दे रखे है, हमें भी चाहिए। समाज जिन पाबन्दियों को न्यायजनक मानता है उसे मानने को पुरूषों को भी उतना ही बाध्य होना है जितना हमें।"[25]

वस्तुतः इसका अर्थ यह नहीं कि उसकी आजादी का अर्थ मात्र पुरूष की प्रतिस्पर्धा करना हो। यद्यपि आज महिलाओं की स्थिति में पहले से बदलाव आया है उसकी शिक्षा दर बढ़ी है, कुछ हद तक वह आज आत्मनिर्भर अवश्य है। किन्तु इन सबके बावजूद नारी को निर्णय लेने का अधिकार अभी भी नहीं मिलता है। नारी के सन्दर्भ में यह द्वन्द बना हुआ है। स्त्री जो कुछ कर रही है सीना ठोक कर कह नहीं पाती कि जो मैंने किया ठीक किया। मूल समस्या है वैचारिकता की, आत्मनिर्णय की। इतना होने के बावजूद वह वही रह जाती है। किसी स्त्री की समस्या जाननी हो तो हम उससे प्रत्यक्ष होकर बात नहीं कर सकते, बात उसके घरवालों से करनी पड़ती है।

सदियों से प्राप्त यंत्रणा के फलस्वरूप नारी की अधिकार सजगता ने स्त्री स्थिति उसकी मान्यताओं और संस्कारों को बहुत प्रभावित किया है। उनकी प्राचीन मान्यताएँ और मूल्य बहुत बदल गए है। वह वैयक्तिक स्तर पर अपनी जिन्दगी में कोई हस्तक्षेप नहीं चाहती। नारी की स्वतंत्र चेतना और आधुनिकता बोध ने उसकी सोच को नयी दिशा है। इतने परिवर्तन के बाद भी नारी पूर्ण रूप से स्वतंत्र नही हुई है। स्वातंत्र्य चेतना की इस नवीनता ने उसे उड़ने को पंख तो दे दिये है किन्तु उसके पंख टूटे हुए है। उसका जीवन अभी भी एक विवश आत्मसमर्पण ही है। अतः स्वतंत्र जीवन यापन की समग्र मूल्य चेतना के प्रति नारी का विश्वास डाँवाडोल होने लगता है। उसकी

स्थिति को रमेश बक्शी अपनी कहानी किस्सा एक शुतुरमुर्ग का से बताते है- "हम पंखमुक्त पंखहीन पक्षी है। हमारे पंख तो देखने भर के हैं, वे खूबसूरत हैं, कीमती है, और ऐसा नारी जीवन हिन्दुस्तान के घर में पाया जाता है।"[26]

'उर्मिला जीवन' कहानी में 'नीरा' की ऐसी ही वेदना को मोहन राकेश ने निम्न पंक्तियों में अभिव्यक्त किया है। "चाहा बाहें झटक दें और जोर से तमाचा लगायें जिससे सारा वातावरण झन्ना उठे,...... मगर हाथ नहीं उठता, आज वह नासमझ बालिका नहीं समझदार युवती है।"[27]

स्वातंत्र्योत्तर भारतीय समाज में व्यक्ति-स्वातंत्र्य की चेतना में प्रेम भावुकपूर्ण बंधन न रहकर नितांत व्यक्तिगत अनुभव बन गया है। त्याग और निष्ठा के अभाव में उसमें काम तत्व की प्रधानता हो गयी है। "नारी और पुरूष दोनों प्रेम करने से पूर्व या या एक-दूसरे के प्रति आकृष्ट होने से पूर्व अपने जीवन की महती उद्देश्य के संदर्भ में एक दूसरे को सोचने लगे।"[28] स्वार्थ, काम, सुविधा और सम्पन्नता भोगी वृत्ति में प्रेम संबंधी मूल्य में परिवर्तन कर दिया है। संविधान एवं कानून के द्वारा किये गये नारी विषयक सुधार के बाद भी नारी के जीवन में ज्यादा सुधार नहीं हो पाया है। यह बात वर्तमान युग के इन साहित्यकारों की रचनाओं से स्पष्ट परिलक्षित होता है। नारी विमर्श रूपी जिस पौधे को वर्तमान युग के साहित्यकार आज खींच रहे है। आज यहाँ ममता कालिया की कहानी के अन्य पात्र जहाँ विवाह के बन्धन में बँधे बिना ही एक दूसरे के साथ-साथ रहते है। आधुनिक नारी घर के कामों के साथ-साथ बाहर के भी काम कर रही है। वह पूरा प्रयास करती है कि अपने संपूर्ण दायित्वों को भली-भाँति निभा सके लेकिन निस्वार्थ समर्पण के बाद भी यह समाज उसकी भावना को नहीं समझ पाता।

समकालीन कहानी की नारी पति के साथ रहते हुए भी परपुरूष के प्रति आकर्षित होती है। वह पुरूष सत्ता को चुनौती देती है। दीप्ति खंडेलाल की कहानी 'सन्धिपत्र' की नायिका 'सोमा' उषा प्रियंवदा की 'कितना बड़ा झूठ' की नायिका 'किरण' सभी अपने जीवन की इच्छाओं को पर-पुरूष के साथ

सम्बन्ध स्थापित कर पूर्णता देती है। आज आर्थिक स्वतंत्रता ने नारी को अपने होने का बोध दिया है। उसके लिए सामाजिक मर्यादाओं की और पूर्व निर्मित मानदण्डों की प्रासंगिकता समाप्त हो गई है। आज की स्त्री सजग हो गई है। जिसके फलस्वरूप पुरूष स्त्री को अपने प्रतिद्वन्दी के रूप में स्वीकार करते है। स्त्री का आर्थिक दृष्टि से स्वतंत्र हो जाना, उन्हें पुरूष के अमानवीय नरक से बाहर निकालने में सहायक सिद्ध होता है।

दाम्पत्य सन्दर्भों में तनाव के कारण पति की संवेदनशीलता, उदासीनता, असहयोग और व्यक्तिहीनता है। तनाव के ये सभी कारण उन्हें सम्बन्ध विच्छेद की स्थिति तक पहुँचा देते हैं। मन्नू भण्डारी की कहानी 'नई नौकरी' की नायिका 'रमा' कालेज में प्राध्यापिका है किन्तु उसका पति चाहता है कि वह नौकरी छोड़कर घर को ओरिएण्टल ढंग से सजाए। पति के असहयोग के कारण रमा को बँधी-बँधाई नौकरी छोड़नी पड़ती है।"[29]

समकालीन कहानी नारी विमर्श के संदर्भ में थी। एक और घरेलू और कामकाजी स्त्रियों के समस्याओं, विवशताओं एवं विडम्बनाओं की तस्वीर प्रस्तुत करती है। वही दूसरी ओर पुरूष वर्चस्व से उपजी नारी यातना के साथ-साथ स्त्री जाति की कमजोरियों को भी सामने लाती है। आजकल नारी विमर्श को केन्द्र में रखकर लिखी जा रही कहानियों में पुरूषों द्वारा स्त्रियों पर लगाई गई यौन स्वच्छंदता देने की वकालत की जा रही है। शुचिता से जुड़ी वर्जनाएँ नारी के प्रतिशोध को ऐसा तरीका अपनाने को बाध्य करती है जो आत्मपीड़क है। समकालीन कहानीकारों में महिला लेखिकाओं ने हिम्मत और ईमानदारी के साथ नारी की कमजोरियों, समस्याओं एवं वर्जनाओं के सवालों को एक-दूसरे के परिप्रेक्ष्य में प्रस्तुत करके नारी विमर्श को नया आयाम दिया है।

(क) मन्नू भण्डारी की कहानियों में स्त्री विमर्श और नारी वेदना का स्वर-

साहित्य समाज का दर्पण होता है। समाज में जो भी घटित होता है उसका चित्रण साहित्यकार अपने साहित्य में करता है। समाज को संचालित करने के लिए, स्त्री और पुरूष समाजरूपी रथ के दो पहिए है। नारी ने पुराण युग से लेकर आधुनिक युग तक समाज को सुसंस्कारित करने का काम किया है। मानव जाति की सभ्यता एवं संस्कृति के विकास में नारी की भूमिका बहुत विशिष्ट रही है।

हमारा इतिहास इस बात का गवाह है कि, जितनी प्रबलता और प्रखरता कलम की धार में होती है। उतनी किसी भी शस्त्र में नही। शस्त्रों की धार तो समय के अनुसार धीरे-धीरे कम हो जाती है, लेकिन कागज पर चली लेखनी की धार युगों तक ज्यों की त्यों बरकरार रहती है। इसलिए युग निर्माता साहित्यकारों का योगदान हर प्रकार से स्मरणीय रहता है। समाज से जुड़ा होने के कारण साहित्यकार अपने जीवन में भोगे हुए सत्य तथा अतीत के और वर्तमान के कटु अनुभवों को समाज के सामने प्रस्तुत करता है। हिन्दी साहित्य में ऐसे युग प्रवर्तक साहित्यकारों ने जन्म लिया, जिन्होंने अपनी लेखनी से समाज को एक नयी दिशा प्रदान की है।

छठे दशक के बाद समकालीन सामाजिक परिवेश और मध्यमवर्गीय जीवन मूल्यों को केन्द्र मानकर जिन लेखिकाओं ने हिन्दी कथा साहित्य को एक नयी दृष्टि, दिशा और पहचान दी है उसमें मन्नू भण्डारी की अपनी एक खास पहचान है। सामाजिक व्यवस्था की विसंगतियों, भ्रष्ट राजनीति तथा नैतिक मूल्य के पतन को मन्नू भण्डारी ने जिस कला-कौशल्य से अपने कथा साहित्य में प्रस्तुत किया है, बस देखते ही बनता है। उन्होंने सामाजिक समस्याओं के साथ-साथ नारी मनोविज्ञान को जो एक नई और सशक्त अभिव्यक्ति प्रदान की है, वह अन्य लेखिकाओं में न के बराबर है। यद्यपि उनके कथा साहित्य में उभरी समस्त सामाजिक समस्याएँ ही है फिर भी

उन्होंने स्त्री मन की भावनाओं को पूर्ण रूप से खंगाल कर पाठको के समक्ष प्रस्तुत किया है।

मन्नू जी की कृतियों में अधिकतर पात्र नारी है और नारी की समस्याएँ उन्होंने अपनी कहानी कला के माध्यम से पाठकों के समक्ष रखी है। मन्नू जी खुद अध्यापिका है। उन्होंने जिस जीवन को जिया, भोगा, अनुभव किया उनकी अनुभूतियों को कथा साहित्य के पात्रों के माध्यम से प्रकट किया है। उनका जीवन क्षेत्र बुद्धिजीवियों का अखाड़ा रहा है। अतः उनके पात्र भी बुद्धिजीवी हैं। अंतर्द्वंद से परेशान, कुंठित, खंडित रूप में उनकी रचनाओं में उभरे है। उनके नारी पात्र कामकाजी है जो नौकरी नहीं करती, घर पर पूर्ण गृहस्थधर्म ही निभा रही है। वे भी प्रायः शिक्षित है और अपने व्यक्तित्त्व के प्रति सजग हैं, यहाँ आर्थिक संघर्ष नहीं है, वरन व्यक्ति के अस्तित्व का संघर्ष दिखाई देता है। कहीं वैचारिक रूप से बुद्धि का विकास चाहती है, तो कहीं इच्छानुरूप दाम्पत्य जीवन, इन्हीं प्रश्नों में वे उलझी रहती है।

मन्नू भण्डारी जी भी नारी जीवन में प्रेम के महत्व को स्वीकार करती है। वे कहती है कि, 'यही सच है' की दीपा निशीथ के प्यार में असफल होने पर संजय से प्यार करने लगती है। 'बंद दराजों का साथ' की मंजरी, 'एक बार और' की बिन्नी और 'आपकी बंटी' की शकुन एक बार प्रेम में असफल होने पर दुबारा साथ चुनने को विवश होती है, क्योंकि प्रेम के अभाव में जिंदगी अधूरी है। 'चश्में' की शैल, 'अभिनेता' की रंजना, 'गीत का चुम्बन' में कनिका, 'एक इंच मुस्कान' में रंजना आदि पात्रों को उन्होंने प्रेमिका के रूप में चित्रित किया है। मन्नू भण्डारी के अधिकांश नारी पात्र शिक्षित है इसलिए विवेकशील भी। उचित-अनुचित का फैसला लेने में सक्षम हैं। पाप-पुण्य, धर्म-अधर्म के विषय में अपनी धारणाएँ है। उनकी नारी आधुनिक सुशिक्षित कामकाजी नारी है। वह महानगरी सभ्यता का प्रतिनित्व करती है।

मन्नू जी नारी की भावुकता को उसकी कमजोरी मानती है। उनका कहना है कि, 'भावुकता को लेकर आदमी केवल कष्ट पा सकता है, जी नहीं सकता

इसीलिए 'रूप' को एक कमजोर लड़की की कहानी का पर्याय बना दिया है और कुछ भावुक पात्रों की प्रस्तुति भी दी है। जैसे 'नशा' में आनंदी जिसके हाथों के छालों पर हमेशा आँसुओं का ही मरहम लगाती है क्योंकि वह अनाज पीसकर पति को शराब के पैसे देती है। बाद में उसका बेटा उसको अपने पास ले जाता है और वह वहाँ भी काम करके अपने पति को पैसा भेजती है और अपने बहूँ-बेटे को भी नहीं बताती। 'चश्में' की शैल अत्यन्त भावुक प्रेमिका है, उसे उसका प्रेमी छोड़ जाता है और वह 'अधूरी इच्छाओं के साथ ही इस संसार से विदा हो जाती है। इसलिए उनके अधिकांश पात्र भौतिकवादी एवं व्यवहारिक है, जहाँ तक संभव होता है, समझौता करते है, अन्यथा अपनी अलग राय बना लेते है।

मन्नू भण्डारी छठे दशक की हिंदी समाज की एक संवेदनशील कथाकार है। अपने सभी वादों से मुक्त होकर जीवन का यथार्थवादी चित्रण प्रस्तुत करने का सार्थक प्रयोग किया है। शूरू से ही मन्नू भण्डारी स्वतंत्र विचारधारा की परिपोषक रही। उनका सम्बन्ध महानगरों से होने के कारण उनका साहित्य महानगरीय समस्याओं से अछूता न रह सका और परिवेशजन्य यहीं अनुभूतियाँ उनके कथा साहित्य में जहाँ-तहाँ चारों तरफ दिखाई देती है। मन्नू जी के कथा साहित्य का आधार आजादी के बाद के भारत की निरन्तर बदली हुई परिस्थितियाँ है। यही वजह है कि उनकी रचनाओं में समाज की विकृतियों, विषमताओं तथा जटिलताओं का सजीवन अंकन हुआ है। उन्होंने अपनी रचनाओं में राजनीतिक, धर्म और समाज के कटु सत्यों को निर्ममता से उकेरा है। विशेषतः उनके उपन्यास 'महाभोज' में। मन्नू जी ने नारी की मानसिकता, स्थितियाँ, अंतरद्वन्द तथा कुंठाओं तथा मनोविकारों का वर्णन करने में निपुणता प्राप्त की है। मन्नू जी उन कुछ लेखिकाओं में से है जिन्हें जिन्दगी के समझने आमने-सामने होकर उसे देखने का व्यसन है। इसलिए उनका चरित्र हमारे समक्ष फिरती रील की तरह घूम जाता है। उसे समझने में ज्यादा समय नहीं लगता। मन्नू भण्डारी जी अपने एक इंटरव्यू में अपने विचार व्यक्त करते हुए कहती है कि, 'मैं नारी को, उसके घुटन से मुक्त

करना चाहती हूँ, उसमें बोल्डनेस देखना चाहती हूँ और देखिए बोल्डनेस हमेशा दृष्टि में होना चाहिए वर्णन में नही। मैंने अपनी कहानियों में इसे इसी रूप में चित्रित किया है।' मन्नू भण्डारी एक त्रस्त, पीड़ित एवं जिसे फालतू समझा जाता है ऐसे वर्ग की पक्षधर है। उन्होंने अपने कथा साहित्य में यथार्थवादिता चित्रण की शिल्प विधि अपनायी है। तभी तो उनका परिदृश्य इतना सरल एवं जीवन्त बन पड़ा है। एक महिला कथाकार होने के चलते मन्नू जी ने नारी मनोविज्ञान को बहुत सूक्ष्मता के साथ चित्रित किया है।

मन्नू जी का दृष्टिकोण किसी विशेष धर्म से प्रभावित न होकर मानव धर्म से प्रभावित रहा है। अपने कथन का उन्होंने स्वयं प्रतिपादन किया है कि "मनुष्य अपने गुणों से ही भगवान हो जाता है। उनकी नारी, देवी और दानवों के बीच टकराती हुई पहेली नहीं, वरन हाड-माँस की मानवी है। मन्नू की कहानियाँ यह एहसास दिलाती है कि यथार्थ से टकराती हुई होने से उन्हें शिल्प की कोई आवश्यकता नहीं, फिर भी युगों से चली आयी परिपाटी को तो बिल्कुल तोड़ा नहीं जा सकता। अतः कुछ हद तक इस परिपाटी को निभाया है।

हिन्दी साहित्य में कृतिकारों ने अक्सर ही स्त्री चित्रण पुरूष की आकांक्षाओं से प्रेरित होकर किया है। उन्होंने या तो नारी की मूर्ति को अपनी कुंठाओं के एक स्वप्नमयी रमणी के रूप में कलमबद्ध किया है लेकिन मन्नू जी की लेखनी में न सिर्फ इस लेखनीय चलन पर कटाक्ष किया है बल्कि आधुनिक भारतीय नारी को एक नयी छवि भी प्रदान की है। उसके लिए एक जीवन का नया धरातल प्रस्तुत कर उसके जीवन की समस्याओं को, रूढ़ियों को समाप्त कर देना चाहती है। समाज को छोटी-बड़ी घटना मन्नू जी के मन को बहुत प्रभावित करती हैं। यही घटनाएँ उनकी कहानी, उपन्यासों का विषय है। मन्नू जी ने एक स्थान पर लिखा है, "कानपुर में पंखे से लटककर तीन बहनों ने आत्महत्या कर ली- कैसी दिल दहला देने वाली घटना और महिला होने के

बावजूद तुम्हारी कलम से एक कहानी तक नहीं फूटी। बिलकुल असंवेदनशील हो तुम किसी ने बड़ी भर्त्सना की थी।"

स्वातंत्र्योत्तर परिवेश में सामाजिक संदर्भ और सम्बन्ध परिवर्तित होने लगे। स्त्री ने नैतिकता से सम्बन्ध धारणाओं को अमान्य घोषित कर आधुनिक बोध से संबद्ध वैचारिकता का समर्थन किया है। समाज की थोपी आरोपित मान्यताएँ हिल उठीं और स्त्री ने आत्मनिर्भर होकर अपनी जागरूकता का प्रमाण दिया। समकालीन परिवेश में स्त्री जागरण चरमोत्कर्ष पर है। आज नारी शैक्षिक, राजनीतिक, सामाजिक समस्त क्षेत्रों में पुरूषों के समकक्ष होने को संकल्पबद्ध है। उसने पुरूषों के प्रति दास्युवृत्ति को उतार फेका तथा प्राचीन परम्पराओं को अप्रासंगिक करार देकर नये जीवन मूल्यों को तलाशा है। वह आत्मनिर्भर, शिक्षित सुसभ्य और सुसंस्कृत होकर भी स्वतंत्र होने के लिए जूझ रही है।

संक्षेप में कहा जा सकता है कि, कथाकार मन्नू भण्डारी के नारी मन की आंतरिक घुटन, अवसाद और मानसिक द्वन्द को आवाज दी है। आधुनिक चेतना से प्रभावित नारी के पास विचार है, व्यक्तित्व हैं, प्रश्न है, अनुभूति है, किंतु समस्याओं के लिए समाधान नहीं है किन्तु अभिव्यक्ति का साहस है, जो समाधान की ओर अग्रसर है।

नारी जीवन की विविध परिस्थितियों एवं दुश्चिन्ताओं की अभिव्यक्ति मन्नू भण्डारी की अधिकांश कहानियों में हुई है। 'ईसा के घर इंसान' शीर्षक कहानी में मिशनरी लड़कियों का एक कॉलेज है जहाँ अधिकतर स्टाफ नन्स का है। रत्ना को कालेज और फादर के प्रति बेहद कौतुहल और भय है। एक बार कीट्स की कविता समझाते हुए जूली एक लड़की को चूम लेती है, चर्च के फादर उसकी आत्मशुद्धि करते है, लेकिन रत्ना का इस पर कोई विश्वास नहीं है। चर्च की एक खूबसूरत नन एंजिला को पकड़कर कॉलेज लाया जाता है। वह पागलों जैसा व्यवहार करती है। इस कारण वह फादर के पास भेजी जाती है लेकिन वह फादर के काबू में नहीं आती। वह फादर के ढोंग का

पर्दाफाश करती है। इसमें धर्म के नाम पर चलने वाले नारी शोषण के विरूद्ध एंजिला द्वारा आवाज उठाई गयी है। मानसिक संस्कारों एवं आत्मशुद्धि के नाम पर चर्च के फादर युवतियों से अपनी काम तृप्ति कर उन्हें जिन्दा लाश बना देते हैं. परन्तु एंजिला इस अन्याय के विरूद्ध विद्रोह करती है, वह नारी की स्वतंत्रता चाहती है तथा फादर के व्यवहार को उजागर कर देती है।

'गीत का चुंबन' कहानी में कनिका एक अच्छी गायिका है। निखिल से उसका परिचय एक समारोह में होता है जो एक लेखक है। वह निखिल के ही गीत गाती है, जिसके चलते उसे काफी शोहरत मिलती है। एक दिन कनिका और निखिल स्त्री-पुरूष सम्बन्धों के विषय में चर्चा करते हैं। निखिल की दृष्टि में विवाहपूर्व स्त्री सम्बन्ध जायज और नैतिक हैं, लेकिन कनिका विवाहपूर्व स्त्री पुरूष सम्बन्ध को अनैतिक मानती है। इसी प्रकार की चर्चा के दौरान निखिल द्वारा एक दिन कनिका को चूम लेने पर कनिका आवेश में आकर उसे चाँटा मारती है, परन्तु बाद में उसे अफसोस होता है। इस कहानी में परम्पराओं और संस्कारों से जकड़ी एक आधुनिक नारी के प्रेम की कुंठा का वर्णन किया गया है।

'जीती बाजी की हार' शीर्षक कहानी में एक ही कालेज में पढ़ने वाली तीन लड़कियाँ आशा, नलनी और मुरला घनिष्ठ सहेलियाँ है। इन तीनों का काम पढ़ना-लिखना और बहस करना है। अपने विचारों और व्यक्तित्व का गला घोट करके पति के रंग में रंग जाना इन्हें पसंद नहीं हैं, लेकिन अपनी नारी भावना के कारण आशा और नलनी विवाह सूत्र में बँध जाती है लेकिन मुरला अपने सिध्दान्तों पर अडिग रहती है और शोध कार्य करने लगती है। लगभग 15 वर्षों के बाद मुरला की मुलाकात आशा से इलाहाबाद में होती है, जीती बाजी की याद दिलाकर आशा मुरला से इनाम माँगने के लिए कहती है, तब मुरला आशा की 5 वर्षीय लड़की माँगती है। कोई भी नारी अपनी नारी सुलभ भावनाओं के कारण पति के रूप में एक साथी, एक सहारा, भरा-पूरा परिवार और बच्चे चाहती है। मुरला इसी प्रकृति के

खिलाफ जाकर अंत तक अविवाहित रहती है, पर उसे सहज शांति हासिल नहीं होती। नारी मातृत्व के बिना अधूरी है। यही मुरला की हार है। उसने बाजी तो जीत ली, पर वस्तुतः वह हार गई। इसीलिए इसका नाम भी 'जीती बाजी की हार' रखा गया।

'सयानी बुआ' शीर्षक कहानी में सयानी बुआ बचपन से ही अनुशासनप्रिय महिला है, वह अपने सभी सामान को सहेजकर रखती है। विवाह के समय के काँच और चीनी के बर्तन पन्द्रह वर्ष तक सँभालकर रखती है। परिवार के सभी लोग बुआ से डरते है। बुआ जी की अत्यधिक सतर्कता के बावजूद भी बेटी अन्नू बीमार रहने लगी। बुआ जी के पति अन्नू को लेकर पहाड़ पर चले गए। समानी बुआ फूट-फूट कर रोने लगी तभी पति का पत्र आया, पत्र की पहली पंक्तियाँ देखकर वह रोने लगी, जैसे कोई दुखद घटना घटी हो, लेकिन असल में पति ने पचास रूपये वाले दो प्याले टूट जाने पर खेद व्यक्त किया था। वास्तविकता जानकर रोते-रोते बुआ भी हँसने लगी। सयानी बुआ का अनुशासनप्रिय स्वभाव इस कहानी का कथ्य है।

'अभिनेता' शीर्षक कहानी में एक अभिनेत्री रंजना की व्यथा का मार्मिक चित्रण हुआ है। रंजना बचपन से ही अभिनय की शौकीन है। इसी शौक के कारण वह सफल अभिनेत्री बनती है। वह अपना अभिनय काम तक ही सीमित रखती है। एक दिन उसका परिचय बिजनेसमैन दिलीप से होता है। वह दिलीप से प्रेम करने लगती है, दिलीप को अभिनय पसंद नहीं है। दिलीप और रंजना का विवाह हो जाता है। भोली-भाली रंजना दिलीप पर भरोसा कर लेती है और उसे कोरा चेक दे देती है। दिलीप उस चेक में बारह हजार रूपये भरकर देहरादून और फिर दिल्ली चला जाता है। रंजना उसकी प्रतीक्षा करती है। अंत में दिलीप के मेज की दराज में उसकी पत्नी रेखा के प्रेमपत्र और पत्नी एवं बच्चों के सम्बन्ध में उसके पिता जी का पत्र उसे मिलते हैं, जिससे उसे दिलीप की काली करतूतों का पता चलता है। इस कहानी का नायक

दिलीप एक सधा हुआ अभिनेता है जो व्यावहारिक जीवन में जरा-सा भी संदेह किये बिना रंजना को धोखा दे जाता है।

मन्नू भण्डारी की कहानी 'दीवार, बच्चे और बरसात' में रूढ़ियों, अंधविश्वासों और परम्पराओं से जकड़ी अशिक्षित नारियाँ पढ़ी-लिखी स्त्री के विषय में न जाने क्या-क्या बातें करती रहती है। लेखिका ने इन्हीं अशिक्षित नारियों की मनोदशा का वर्णन किया है। इस कहानी में शन्नों और शैल शिक्षित लड़कियाँ है। शैल के घर में औरतें दोपहर में गपशप करती रहती है। पास में एक पढ़ा-लिखा परिवार रहने को आता है। पत्नी साहित्य में अभिरूची रखती है, उससे मिलने लोग आते-जाते है, उनके नाम से खत भी आते है, यहाँ तक कि उनके लेख भी अखबारों में छपते हैं। उसका पति यह सब पसंद नहीं करता, क्योंकि वह पुराने विचारों का है। एक दिन मीटिंग होने के कारण पत्नी घर देर से आती है तो पति उस पर शक करता है और उसे घर से बाहर निकाल देता है। वह घर छोड़कर चली जाती है। यह प्रतीकात्मक कहानी है, दीवार, बच्चे और बरसात में दीवार पुरानी रूढ़ियों की प्रतीक है, बच्चे नई पीढ़ी के प्रतीक हैं और बरसात नए विचारों एवं सामाजिक मूल्यों की प्रतीक है। शिक्षित नारी जब अपनी इच्छाओं की पूर्ति में पति से विरोध पाती है तब वह अपने स्वतंत्र व्यक्तित्व के लिए घर छोड़ देती है।

'कील और कसक' कहानी में रानी नाम की एक पात्रा है जो बहुत सुन्दर है, उसका विवाह कैलाश के साथ हुआ है। कैलाश बदसूरत है उसके ऊपर बारह हजार का कर्जा है, इससे वह दिन-रात प्रेस में काम करता है। इसी बीच उसके यहाँ पेइंग-गेस्ट शेखर आया जो दिखने में सुंदर एवं सुशील है। रानी अपने पति के व्यवहार के कारण शेखर की ओर आकृष्ट होती है। कुछ समय बाद शेखर का विवाह एक सुन्दर लड़की से हो जाता है। रानी शेखर की पत्नी से सौत का सा व्यवहार करती है। उससे हमेंशा झगड़ा करती रहती है। इन सब परिस्थितियों को देखते हुए रानी का पति कैलाश अपना मकान बदल लेता है। इससे रानी की इच्छाएँ पूर्ण नहीं हो पाती है। अतृप्त इच्छाओं की

कील की कसक से उसे अंत तक छुटकारा नही मिलता है। इस कहानी में पति से उपेक्षित नारी 'रानी' की वेदना भरी घुटन का मन्नू जी ने चित्रण किया है।

मन्नू जी ने 'दो कलाकार' कहानी में चित्रा और अरूणा नाम की दो लड़कियों का चित्रण किया है, जो एक साथ एक ही हॉस्टल में रहकर पढ़ाई करती है। दोनों के विचार रहन-सहन एवं रूचियों में काफी अन्तर है, फिर भी गहरी दोस्ती है। चित्रा चित्रकार है तो अरूणा समाजसेविका। वे दोनों गरीबों के दुःखों को दूर करने के लिए हमेशा तत्पर रहती है। वे गरीब बच्चों को पढ़ाती भी है। चित्रा और अरूणा एक-दूसरे के कार्य की आलोचना भी खूब करती है। परीक्षा पास आ गई थी, उन्हीं दिनों तेज बरसात से बाढ़ की खबरे आने लगी। चित्रा ने बाढ़ पीड़ितों के कुछ फोटो लिये और अरूणा उन्हीं बाढ़-पीड़ितों की सेवा करने में लग गई। चित्रा विदेश जाना चाहती है। वह बाढ़ में मृत्यु को प्राप्त हो गई भिखारिन और बच्चों की एक स्केच निकालती है और फिर विदेश में इस चित्र से प्रथम पुरस्कार प्राप्त करती है। ठीक तीन वर्ष पश्चात चित्रा की मुलाकात अरूणा से होती है। उसके साथ दो छोटे-छोटे बच्चे है। चित्रा उन बच्चों के विषय में पूछती है, अरूणा बताती है कि ये वही बच्चे हैं जिनका तुमने चित्र बनाया है। चित्रा जहाँ कल्पनालोक के अपने ही चित्रलोक में विहार करती हैं, वही अरूणा यथार्थ में अपने काम में जुटी हुई है। मानो कर्म ही उसका जीवन है। चित्रा बाढ़ पीड़ितों के चित्र, भिखमंगी, अनाथ बच्चों के चित्र चित्रित कर उसका प्रदर्शन कर ख्याति प्राप्त कर लेती है। वही अरूणा बाढ़ पीड़ितों की सेवा करती है, अनाथ बच्चों को गोद लेती है। कोरी भावुकता से आत्म-संतुष्टि नहीं मिलती, जितनी अरूणा को दीन-दुखियों की सेवा करने में, उनका दुःख दूर करने में आत्म संतोष मिलता है। चित्रा दुःख को सिर्फ कागज पर उतारती है पर अरूणा यथार्थ में दुःख का निवारण करती है। यहाँ पर कर्म को महत्व दिया गया है।

(ख) मैत्रेयी पुष्पा की कहानियों में स्त्री-विमर्श और नारी वेदना का स्वर-

मैत्रेयी की रचनाओं की ओर आकर्षित होने का मुख्य कारण है कि, मैत्रेयी के नारी पात्र भाग्य और भगवान के शिकंजे से बाहर निकलकर पहली बार तर्क के आधार पर विचार करते है। वैज्ञानिक उन्नति और औद्योगीकरण के विस्तार के कारण रूढ़ियों, परम्पराओं से हटकर यथार्थ के धरातल पर हकीकत को वैज्ञानिक दृष्टि से देखते है।

मैत्रेयी के उपन्यास 'अल्मा कबूतरी' की अल्मा हो चाहे चाक की सारंग हो वे किसी आदर्श की स्थापना में अपना जीवन व्यतीत करती हुई नहीं दिखायी देती। वे अपने जीवन में आये कँटीलेदार रास्तों को पार करके आगे बढ़ती हुयी दिखायी देती है। अपने मध्ययुगीन संस्कारों की खोल से बाहर आकर नये सिरे से नये तरीके से अपने और आसपास के परिवेश को समझना चाहती है। सदियों से लदी पुरूष प्रधान संस्कृति का विरोध कर वह अपने व्यक्तित्व के अस्तित्त्व के लिए लड़ाई लड़ रही है।

मैत्रेयी ने आधुनिकता को एक विचार के रूप में एक जीवन दृष्टि के रूप में देखा है। स्त्री को लेकर अभी तक जो चित्रण हुए है वे अधिकतर आदर्श की रखवाली के रूप में या फिर अत्यंत कारूणिक चित्रण के रूप में नजर आते हैं। मैत्रेयी की नारी वर्तमान की नारी है। वर्तमान की परिस्थिति से जूझते वक्त उसे जीवन के अनेक मोड़ों से गुजरना पड़ रहा है। आधुनिकता का सम्बन्ध अतीत से न होकर हमारे अपने वर्तमान से है। मैत्रेयी का मानना है कि नारी अपनी बात बिना भय के सामने रखें।

धर्म, दर्शन, कला, साहित्य, संगीत, भाषा और संवेदना आदि में आधुनिकता का अर्थ परंपरागत मान्यताओं, विश्वासों, रूढ़ियों को अस्वीकार कर, खारिज कर, निषेध कर नये व्यक्तिगत प्रयोगों और रूझानों, भंगिमाओं और संवेदनाओं को स्वीकार करना है। इस तरह आधुनिकता मात्र समकालीन

नहीं। आधुनिकता ही एक खास और विशिष्ट पहचान है। एक नया अहसास है।

मैत्रेयी के साथ साहित्य में आधुनिकता बोध पग-पग पर दिखायी देता है। 'अपना-अपना आकाश' की कैलाशो देवी, बेटों का घर त्याग कर इसलिए चली जाती है क्योंकि उसे बंधन मंजूर नहीं। 'आक्षेप' की रमिया इसलिए लोकलाज की परवाह न करते हुए लोगों की मदद करती है क्योंकि वह झूठी मान्यताओं में विश्वास नहीं रखती और परमार्थ भी उसमें कूट-कूट कर भरा हुआ है। 'अब फूल नहीं खिलते' की झरना छात्र संघटन के द्वारा प्रिंसिपल को इस्तीफा देने की माँग करती हुई दिखाई देती है। 'रिजक' की लल्लन सब रिश्तों को त्याग कर मानवता का रिश्ता सबसे बड़ा समझ कर जच्चा-बच्चा की मदद करती है। झूला उसका बेटा नामर्द है। मैत्रेयी की नारी विद्रोह करती हुई दिखाई देती है। मैत्रेयी केवल समस्या नहीं बताती समाधान भी देती है।

सच्चा साहित्यकार तो युग की धड़कनों का सीधा साक्षात्कार करता है। बदलते हुए संदर्भों को देखकर रचना करता है क्योंकि वह युग और युग की मन स्थिति का भोक्ता और साक्षी होता है। वह न केवल वर्तमान में जीता है बल्कि वर्तमान के प्रति जागरूक भी रहता है। यही कारण है कि 'कही ईसुरी फाग' की ऋतु संशोधन को एक अध्ययन मानकर आगे बढ़ती हुई दिखाई देती है। प्यार जब बल देता है तो तोड़ता भी है। ईसुरी और रजउ की प्रेम कहानी ऋतु के संशोधन का विषय है। आधुनिकता वर्तमान से संबधित होकर भी मूल्यबोधक है।

मैत्रेयी ने राजनीति को स्त्री का क्षेत्र माना है। जब तक स्त्री अपने हकों के प्रति सचेत होकर राजनीति से जुड़ नही जाती तब तक अन्याय दूर नहीं होंगे। हमें अपने हक खुद ही प्राप्त करने होंगे। कोई बाहर वाला आकर हमें हक नहीं देगा। इसके लिए लड़ाई करनी है। भावनात्मक, आर्थिक, साहित्यिक क्षेत्र में अपने-आपको उबारना होगा। हमारा कहना सामने रखना होगा। आज तक जो चित्रण द्वारा होता रहा, पुरूषों द्वारा होता रहा। हमें अपने अनुभव खुद

लिखने होंगे। धर्म, दर्शन, अर्थ, संस्कृति, भाषा, कला, साहित्य, संगीत, संवेदना के क्षेत्र में अपने आपको प्रस्तुत करना होगा। कुल मर्यादा का रक्षण करती हुई नारी सुरक्षित नजर आती है। मैत्रेयी की नारी 'बोल्ड' का अर्थ है अंदरूनी मजबूती। मैत्रेयी की नारी सामने आती है, अपनी बात रखती है, उस पर अमल करती है। मैत्रेयी की सीता पहले शूपर्णखा की रक्षणकर्ता है। कुंती, द्रोपदी की एक पति नियुक्त करने में मदद करती है। स्त्री ही स्त्री की शत्रु है का नारा यहाँ गलत साबित होता है। स्त्री के साथ स्त्री की देह जुड़ी हुई है। समाज में रहना है तो वह देह को छोड़कर तो नहीं चल सकती। अपने आस-पास आत्मविश्वास का सुरक्षा कवच स्थापित करती है।

मैत्रेयी की नारी आदिवासी जनजातियों, दलित-पीड़ित तबको में से है। उपेक्षित वर्ग की यह नायिकाएँ परिस्थितियों से सामना करती हुई राह निकालती हुई दिखायी देती हैं। मैत्रेयी की नारी चेतना सम्पन्न है। वह अपने जीवन जीने के तरीके से एक आदर्श अनायास ही स्थापित करती है। यहाँ स्वातंत्र्य का अर्थ स्वैराचार नहीं है। मैत्रेयी की नारी शोषित जरूर है पर शोषण के खिलाफ विद्रोह करती नजर आती है।

मैत्रेयी नारी को एक स्वतंत्र अभिव्यक्ति देती हैं। महिला कथा लेखन पहली बार मैत्रेयी पुष्पा के कथा लेखन के बहाने अपना विस्तार दलित-आदिवासी में जीती स्त्री और उसके जीवन के कई पहलुओं तक हुआ है। मैत्रेयी ने सभी को वैचारिक परिप्रेक्ष्य देने की मांग की है। उसे दैहिक स्तर से उठकर नयी सोच में ढालने का, हकों के लिए लड़ने का विचार दिया है।

मैत्रेयी ने जो बात कही है वह भय को त्यागकर कही है। मैत्रेयी की कथा भाषा हिन्दी की प्रमाण भाषा की अपेक्षा उस नारी जाति वर्ग विशेष की, जीवन दर्शन की झाँकी प्रस्तुत करने वाली जन-भाषा है।

आधुनिकता के कारण और राजनीतिक विधान से उत्प्रेरणा पाकर नर-नारी समानता की बात की गयी। स्त्री-मुक्ति के लिए आंदोलन हुए। अपने स्वतंत्र अस्तित्व के साथ-साथ अपने स्वत्व की रक्षा के लिए हर मोर्चे पर लड़ने की

तैयारी की गयी परन्तु सच्चाई यह है कि आज भी नारी-विषयक चितंन में यथेष्ट परिष्कार नहीं हुआ है। परिणाम स्वरूप महिलाओं ने अपने जीवन के भोगे हुए दर्द को अपनी कलम से लिखने की ठानी। अपनी जिंदगी और अपने वजूद को व्याख्यायित, परिभाषित करने की मानी। इसी कारण 1960 के बाद कई महिला लेखिकाएँ सामने आयी जिनमें मैत्रेयी पुष्पा एक ऐसी लेखिका है जो 1960 के बाद हिन्दी साहित्य में प्रविष्ट हुई और अपनी एक खास पहचान बनाए हुए है। मैत्रेयी पुष्पा सिद्ध और प्रसिद्ध कथाकार है। अपने कथ्य के साथ भाषा, मुहावरा, शब्द भण्डार सभी पर उनका विलक्षण अधिकार है। बेहद रोचक और सशक्तता से बात रखने का ढंग पाठक को मोह लेता है।

मैत्रेयी पुष्पा ने धर्म की ओर आधुनिक दृष्टि से देखना चाहा है। धर्म में स्त्री को अपने लिए कुछ करने से पहले अपने लिए कुछ सोचने के अधिकार से काट दिया गया। अगर कोई स्त्री अपने बारे में सोचती है, अपने अधिकारों की बात करती है तो धर्म में स्त्री को लेकर पवित्र-अपवित्रता की बात कही है। ऐसे मंत्र श्लोक, सूत्र दिए जिनके अनुसार चलना ही स्त्री का धर्म माना गया है। और यहीं पर आधुनिकता बोध की आवश्यकता महसूस होती है- आधुनिकता वर्तमान से जुड़ी हुई होती है। समय के साथ-साथ समाज भी बदलता रहता है। हमारे आज से अतीत जुड़ा हुआ होता है। इस तरह आगत-विगत को चुनौती देता रहता है।

स्त्री पर पूर्वाचार से इस तरह के संस्कार दिये गये हैं कि उसका शरीर स्वयं का नहीं रह जाता उस पर शासन करने वाला कोई और होता है। स्त्री से प्रायः कहा जाता है ये ना करो, वा ना करो, इधर न जाओ, उधर ना जाओ, इससे ना मिलो, उससे ना मिलो, उससे ना बाते करो, ये ना खाओ, ऐसा ना सोचो, मैत्रेयी का कहना है कि यह सब बकवास है। स्त्री कोई माटी का पुतला नही है। उसकी भी भावनएँ होती है। इतनी पाबंदियाँ लगाने पर अगर वह कुछ करती है तो धर्म भ्रष्ट हो जाता है। स्त्री को भय दिखाया गया। यही भय देकर

शास्त्रों में कहा कि स्त्री झूठ बोलती है। दबाओं की यंत्रणा इतनी भारी हो जाती है कि वह झूठ बोलने लगती है।

मैत्रेयी पुष्पा ने नारी के विषय में समय तथा समाज के गंभीर मसलों को लगातार उठाया है। अपने उपन्यासों में नारी के भोगे हुए यथार्थ को प्रदर्शित किया है। आधुनिक युग में हर व्यक्ति की यह कोशिश है कि वह सफल, सुखमय जिन्दगी जिये। मैत्रेयी पुष्पा ने यही सन्मुख रखने चाहे हैं।

मैत्रेयी की कहानयों में नारी संघर्ष दिखायी देती है। भवँर कहानी में विरमा पति केशव को इसलिए त्यागती है क्योंकि वह पियक्कड़ है और रोज उसे मारता-पीटता रहता है। उदाहरण प्रस्तुत है- "मारने-पीटने को देखा ही नहीं की कौर-कुठौर कहाँ चोट लगेगी। वह जमीन पर पड़ी फड़फड़ती रही- पंख-नुची-गौरैया-सी। बहुत तड़पी थी। रोती- कपकपाती रही पर बैरी का मन पसीजा ही कहाँ ? मार-पीटकर बाहर निकल गया।"[30]

आधुनिकता के सन्दर्भ में कहा जाता है कि, आधुनिक मनुष्य प्राचीन परम्पराओं, सामाजिक प्रारूपों एवं सांस्कृतिक सम्बन्धों को छोड़कर उसे नवीन रूप देता है, वह अपने समय से संघर्ष करता है, जूझता है और अपने लिए सार्थक रचना करता है। आधुनिकता के इस संदर्भ को यदि भँवर कहानी को देखा जाता है तो विरमा पति का घर छोड़कर मायके चली जाती है पर घर में उसके प्रति हुए अत्याचार की किसी को चिंता नहीं है। घर की बात तो है ही पर समाज में भी सिर्फ पति के घर के अलावा उससे कुछ बात नहीं की जाती। उसके प्रति लोग करूणा व्यक्त करते है। "विरमा बीबी, जीजा नहीं आए तुम्हें लेने? लोगों से आँखे मिलाते न जाने क्यों उसे डर लगने लगा है- लगता है, सामना होते ही वह चाबुक सा सवाल दाग देंगी भाभी, चाची, बहन, सहेली...सभी..."[31] विरमा के विद्रोह में न घर वाले शामिल है न समाज के लोग फिर किस आधार भूमि पर वह अपनी लड़ाई लड़ेगी। विवाह के पश्चात पति का घर सब कुछ रहता है। ऐसा माना गया है। बेटी को जिस घर में ब्याहा जाता है उसी घर में उसे मृत्यु आये तो अच्छा है ऐसा धर्म में

माना जाता है। वही स्त्री की प्रतिष्ठा होती है। बेटी के पति के घर न जाने से परिवार की प्रतिष्ठा जुड़ी हुई होती है। विवाह के पश्चात पति कितना भी अत्याचारी क्यों न हो उसके घर रहना ही घर की प्रतिष्ठा को बनाये रखने में सहायक होता है। दूसरा उदाहरण सहचर इस उपन्यास से प्रस्तुत है- "दद्दा की त्यौंरियाँ चढ़ गयी। डाक्टर की दुकान के बाहर आके बोले- कोई-कोई जनमता ही मनहूस होते है। बहु दुरभागिनी है। मताई-बाप की कैसी अनहोनी मौत भाई ! अब तो अपने जनम में जो महादसा......हमारे बस की तो लो कछू नहीं, बहू को मायके भेज आते है, इसके चचा जाने और जा बहूँ। पाँव कटै रहै, हमें क्या करने है ?"[32] विवाह के बाद अपना घर छोड़कर स्त्री पराये घर में आती है उसे अपना समझने लगती है। उसके लिए सब-कुछ समर्पित करती है- तन-मन से सेवा करने के पश्चात यदि उसे कोई रोग हो जाता है तो उसे शारीरिक व्याधि न समझकर उसे मनहूस माना जाता है। इसके इलाज के लिए पैसा तो दूर की बात आत्मीयता तक नहीं दिखायी जाती है। जब किसी को अपना मानते हैं तो उसके सुख-दुःख में शामिल होना अपनो का धर्म है पर यह धर्म स्त्री एकतरफा निभाती हुई दिखायी देती है। नयी पीढ़ी के लोग कुछ इस तरह से प्रयास करते है तो धर्म के संरक्षक माने जाने वाले बुजुर्ग उन्हें प्रताड़ित करते है। उदाहरण प्रस्तुत है- "दद्दा ने मेरे कहे पर गौर नहीं किया बल्कि क्रोध के कारण मुझे गाड़ी में से उतार दिया और पाँच का नोट मेरी ओर फेंककर बोले, "जाओं, घर लौट जाओं तुम। तुम बड़ेन को अपने बलबुद्धि से भिरमाना चाह रहे हो। आगे दुनिया देखोगे, तब आयेगी तुम्हारी समझ में हर बात।"[33] आधुनिकता की दृष्टि से नयी पीढ़ी के सोच-विचार में परिवर्तन आता हुआ नजर आता है पर उन्हें परिवर्तन की दिशा नहीं मिल पा रही है।

जो हम पूर्वाचार से करते चले आ रहे हैं उन्हें हम रूढ़ि परम्परा कहते है। जो हमारे विकास में सहायक नहीं होती। फिर भी हम करते चले जाते हैं तो वह रूढ़ि बन जाती है। मैत्रेयी के शब्दों में स्त्री विषयक विचार प्रस्तुत है- ''क्या आज की नारी ने ऐसे दुखों को औरत की नियति मान लिया है नही, तो दूसरे

परिवार में प्रवेश करती हुई वह धर्म और संस्कृति की परम्परा से आक्रान्त क्यों है। आडम्बर की आदत उसके वजूद का हिस्सा बन जाती है और यही से सारा जीवन पुरूष के लिए पूजाओं का उत्सव हो जाता है। भक्ति करते-करते कब अन्धभक्ति के हवाले हो जाती है, पता ही नहीं चलता।"[34] हमारे भारतीय संस्कृति में उत्सवों का व्रत-वैकल्प का, रूढ़ि-परंपराओं का अपना एक महत्व रहा है। स्त्री धर्म को मन, वचन, कर्म, से निभाती है। हमारे देश में सती नारियों की भव्य समाधियाँ, मन्दिर दिखाई देते है। स्त्री को जलाकर धर्म की रक्षा की जाती है। इस पर मैत्रेयी ने करारी चोट की है। आज के वर्तमान में भी यह घटित हो रहा है, यह चिन्ता का विषय है। हाड़-माँस की नारी को जलाकर मारना किस धर्म को श्रेष्ठ बनाता है। मन्त्रोच्चारण होता है- "यह स्त्री अजरता-अमरता की स्मृति है।"[35] मैत्रेयी का मानना है कि स्त्री इसलिए जलाकर मारना होता है क्योंकि जिंदा रहने पर वह स्वतंत्र रह जाती है और अपनी मालिक खुद बन जाती है। उसी प्रकार जिस प्रकार जानवर मुक्त रहने पर मालिक को खतरा रहता है, ठीक उसी प्रकार स्त्री मुक्त होने पर पुरूष को खतरा हो सकता है।

व्रत वैकल्प जो पुरूष के हित चिंता में स्त्री को करने होते हैं। करवा-चौथ का जो व्रत है वह व्रत हर व्रत के मुकाबले ज्यादा मर्दवादी माना जाता है। करवा-चौथ के दिन स्त्री चन्द्रमा को देखती है। पति के लिए लम्बी उम्र की कामना करती है। पुरूष स्त्री के लिए ऐसा कोई व्रत नहीं रखता। चन्द्रमा ऊबड़-खाबड़ और आक्सीजन-रहित ग्रह बताया गया है। विज्ञान द्वारा यह बात सिद्ध हो गयी है।

मैत्रेयी आधुनिकता तर्क के आधार पर कसौटी को वैज्ञानिक दृष्टि से परखती है। चन्द्रमा को अर्घ्य देना, पति के लिए भूखी-प्यासी रहकर वरदान माँगना यह अंधविश्वास में जाता है। "अतर्राष्ट्रीय स्वास्थ्य संस्था मैक्स हेल्थ केयर ने विज्ञापन दिया है- इस करवा-चौथ पर जब तुम चन्द्रमा देखो तो अपने पति को दिखा दो कि वही तुम्हारा वर्चस्व है।"[36] मैत्रेयी का मानना है कि डाक्टर,

इंजीनियर, राजनेता, आचार्य, प्राचार्य जैसे समझदार लोग यहाँ तक सूचना प्रसारण मंत्री सखियों के साथ व्रत किए बैठी हुई राष्ट्र के नाम करवा-चौथ का संदेश प्रसारित कर रहे है तो देश में आदर्श की स्थापना कौन करेगा ?

केतकी कहनी में केतकी गंधर्वसिंह का भंडा-फोड़ करती है। परंपरा से गंधर्व सिंह न्याय देने का कार्य करता था। लोगों में प्रतिष्ठित माना जाता था, "ठाकुर गंधर्व सिंह ने क्या अच्छी परंपरा बना ली थी। उस गाँव में ही नहीं, उस क्षेत्र के हर गाँव में यह आसान नियम कुकर्मियों को दुग्ध-स्नान करा देता था।"[37] उनकी हिम्मत गंधर्व सिंह ने रेहन रख ली थी। गरीब ग्रामीणों को ऋण देकर उस पर ब्याज की परतों को फैला-चढ़ाकर ऐसा मजबूत शिकंजा बना दिया था कि उनकी दस पीढ़ियाँ भी उसकी जकड़ को हिला नहीं सकती थी। केतकी पर जब गंधर्व सिंह बलात्कार करता है तब उस अन्याय का बदला लेने के लिए और ऐसा अन्याय किसी और के साथ न हो इसलिए वह विद्रोह करती दिखायी देती है। रूढ़ियों से जिनकी चलती आ रही है उन्हें औकात दिखा देती है। कहती है- "एक छत्र राज है तुम्हारा अत्याचारियों, लेकिन आँखें खोलकर देखो, आज पुलिस आ गयी है। मैं लाई हूँ पुलिस, क्योंकि मुझे तुम्हारा भय नहीं है। वह बोले जा रही थी। रोकने का साहस किसी में नहीं रहा।"[38]

केतकी जब अन्याय का विरोध करती है तो केवल वह अकेली उससे मुक्त नहीं हो जाती है बल्कि पूरा गाँव अत्याचार से मुक्त हो जाता है। केतकी अपने घर में भी सम्मान पाती है। ससुर उसे कार्यभार सौप देते है और बेटे का नाम रखते है 'सत्यव्रत'। स्त्री में हिम्मत की, साहस की आज नितांत आवश्यकता है।

'मन नाहि दस बीस' की चंदना सुराज के साथ इसलिए हो लेती है क्योंकि वह खुद को असुरक्षित मानती है, इस दुनिया में। उदाहरण प्रस्तुत है- **"सुराज, मैं तुम्हारी न हो सकी, पति न अपना सके और न सुरक्षित रखने का कवच था उनके पास। फिर ? किसी तीसरे आदमी की कैसी**

हो जाती मैं ? वह रोते-रोते बेहाल हो चुकी थी।"[39] रूढ़ि यह भी रही है कि अपने बिरादरी में ही स्त्री का व्याह किया जाता रहा है। आज भी वह बात प्रचलन में है। चंदना को स्वराज से प्रेम होने के बावजूद उसके पिता सुराज से इसलिए व्याह नहीं करवाते कि वह दूसरी बिरादरी का है। काबिल लड़के को अस्वीकार करके खुद के बिरादरी के नपुंसक से उसका ब्याह करवा देते है। जिन्दगी में दुःख ही दुःख झेलकर चंदना स्वयं निर्णय लेकर, रूढ़ियो का खण्डन करके सुराज को स्वीकार करती है- "क्षमा किसलिए, सुराज ! वह तो हमारी अपनी-अपनी जंग थी.... जो तुम्हारी थी, तुमने लड़ी और जो मेरे हिस्से आई, उसे मुझे लड़ना था, सुराज। घायल कौन कितना हुआ, जंग में इसका हिसाब होता ही कहाँ है।"[40]

आधुनिकता का स्वरूप शाश्वत रूप से परिवर्तनशील है। आधुनिकता अंतिम लक्ष्य नहीं हो सकती। पुराने को छोड़ते समय जो कुछ बच जाए या जिसके लिए मनुष्य निर्यात ग्रस्त हो जाए, उससे भी आधुनिकता का कोई सम्बन्ध नहीं बनता। आधुनिकता किसी सामाजिक तथ्य का नाम नहीं है। वस्तुतः हम कह सकते है कि आधुनिकता एक तरह की रचनात्मक स्थिति है जिसका अपना दर्शन है और जिसकी अपनी निजी वैचारिकता है। मैत्रेयी पुष्पा की कहानियों में ऐसे पात्र मिलते है जो प्रसंग के अनुसार जीवन में आधुनिकता को स्वीकार करते है- 'रास' की जैमन्ति हो, 'पगला गयी भगवती' की भगवती हो या फिर 'अपना अपना आकाश' की सूरज हो।

भारतीय समाज में सदियों से पुरूष प्रधान संस्कृति पनप रही है। धर्म सम्बन्धी हमारे देश में जो लक्षण दिखायी देते है वे सब पुरूषों के पक्ष में जाते हुए दिखाई देते है। धर्म में शास्त्र प्रेरित या वेदान्त निर्धारित कर्म करने के लिए कहा है। क्रिया या कर्म करने से सिद्धि प्राप्ति करने की कल्पना की गई है। कहा गया है कि धर्म की उत्पत्ति सत्य से होती है, दया दान से वह बढ़ता है, क्षमा में वह निवास करता है और क्रोध से उसका नाश होता है। "कौटिल्य के अनुसार धर्म वह शाश्वत मूल्य है जो कि संसार पर शासन करता है।"[41] धर्म

को समस्त विश्व का आधार माना है। समाज और संस्कृति में नारी सम्बन्धी अनेक प्रकार की धारणाएँ प्रचलित रही है। इसलिए उसे अलग-अलग रूपों में देखा गया है। एक ओर नारी को देवी के रूप मे पूजा की जाती है तो दूसरी ओर उसे पाप की खान और मात्र भोग की वस्तु समझा गया है। प्राचीन काल से लेकर आज तक नारी सम्बन्धी सभी अवधारणाएँ पुरूष द्वारा निर्मित है। उदाहरण प्रस्तुत है- "परंपरागत मानसिकता ने नारी को देवी और दानवी दो छोरों में बाँट दिया है। कहीं इसे देवी गुणों से पुष्ट मान देवी कहकर पूजा की है और कहीं राक्षसी गुणों को लिखकर दानवी कह कर भर्त्सना की है। किंतु वास्तविकता यह है कि न तो देवी है न दानवी। वह मानवी है, उसमें दया, माया, ममता, विश्वास है। वह क्रूर, कठोर विश्वासघातिनी भी है। वह प्यार करना भी जानती है और घृणा भी, सुलह करना भी जानती है और कलह भी। वह मानव-धर्मिनी मानवी है।"[42] स्त्री को मानव रूप में देखा न जाने से अनेक धार्मिक प्रश्न जो स्त्री से सम्बन्धित है वह निर्माण हो जाते है। हमारी संस्कृति में पुत्र को अधिक महत्व प्रदान किया गया है। यह विचार स्त्री के मन पर इतना गहरा गया है कि वह भी चाहती है कि पुत्र को ही जन्म दे। यह संस्कृति का परिणाम है। यद्यपि स्मृति काल में कहा गया है- "यत्र नार्यस्तु पुज्यन्ते रमन्ते तत्र देवता। यत्रेतास्तु न पूज्यन्ते सर्वा स्तत्रा फलाः क्रिया।"[43] मैत्रेयी ने कहा है कि पहले स्त्री को मनुष्य के रूप में स्वीकार करो बाकी चर्चा बाद में करो।

मैत्रेयी पुष्पा ने कहानी में पुरूष प्रधान संस्कृति के विरोध में नारी का विद्रोह व्यक्त किया है। जैसे कि 'बेटी कहानी का उदाहरण देखते है- ''चुप होती है कि नही? बहुत जबान चल गयी है तेरी। तू लड़कों की बराबरी करती है ! बेटे तो बुढ़ापे की लाठी है हमारी, हमें सहारा देंगे। तू पराए घर का दलिद्दर। तेरी कमाई नहीं खानी हमें.... कह दिया, कान खोलकर सुन ले।"[44] घर में माँ ही अगर बेटी से इस तरह की बर्ताव करती रही तो वही बात बेटी के मन में संस्कार रूप में रहती है। पर 'बेटी' कहानी में अपनी बेटी को शिक्षित करती है और वही बेटी बूढ़ापे में आधारस्तंभ बन जाती है। उसी प्रकार जन्म देने की

मानसिकता भी पूरूष प्रधान संस्कृति की उपज है। "मगना कहती है कि तेरी माँ डायन है, पेट में ही बच्चों को मार डालती है। दादी का चेहरा रात के अधियारे में सफेद पड़ गया, सन्न हो गई एक पल को। फिर बिन्नी के बालों में कुछ टटोलती रही देर तक, तू मगना के संग मत रहा करे... वै आधार-सी बात कहकर वे चुप पड़ी रही।"[45] बिन्नी के बाल मन यह संस्कार होते है कि आखिर माँ ने ऐसा क्यों किया। उसकी समझ में बड़ो की बात आती नहीं। "अम्मा ! अम्मी के लिए बिन्नी के मोह-माया ज्यादा ही है, इतना उन दोनों में नहीं, उन्हें तो सबसे पता चला है कि घर में नया बच्चा..... तब से दोनों लड़कियाँ माँ की दुश्मन हो गयी। मुँह से बात नहीं करती। देखा था अम्मा, माँ के इशारे पर कैसी नाचती फिरती थी बिन्नी ! सारा काम उठा लेती थी।"[46]

धर्म, संस्कृति में स्त्री के पवित्रता-अपवित्रता पर अत्यंत बारीकी से ध्यान है। स्त्री एक हाड़-माँस का इंसान है। उसके शरीर पर उसका अधिकार नहीं होता है। उस पर पाबंदियाँ लगायी जाती है। स्त्री का कुकर्म- कुकर्म होता है। और पुरूष कुकर्म करें तो वह कुकर्म नहीं कहलाता। मैत्रेयी की भाषा में प्रस्तुत है- "माना यह भी कि यह प्रवृत्ति स्त्री की आजीविका का साधन नहीं, नारी शोषण का मामला है। लेकिन माना यह जाता है कि जैसे स्त्री अकेले ही यह कुकर्म कर डालती हो, दूसरा पक्ष यहाँ सिरे से गायब रहे- ऐसा क्यों होता है ?"[47] पवित्र स्त्री उसे कहा जाता है जो एक के लिए सेवा समर्पित होती है। कुछ घंटों के लिए कोई स्त्री सेवा देती है तो वह वेश्या कहलाती है जबकि आजीवन सेवा के लिए पत्नी कहा जाता है। "सुरक्षा की दलील की असलियत तो यह है कि स्त्री को अन्य पुरूष से बचना पुरूष की अपनी ही अहं तुष्टि का गंभीर मामला है। दो स्त्रियों का स्तरीय अंतर यही स्पष्ट हो जाता है कि पत्नी यदि निजी सम्पत्ति है तो वेश्या सार्वजनिक है।"[48] मैत्रेयी का मानना है कि मुक्ति और आजादी के खतरे सर्वत्र है। उन्हीं से गुजरकर जाना है। पत्नी के मुकाबले वेश्या अधिक स्वतंत्र होती है। वह किसी की दासता स्वीकार करना नही चाहती, क्योंकि आजीविका खुद अर्जित करती है। "क्योंकि स्त्री नामक जीव के पास ऐसी देह है, जो शहद लगी रोटी की तरह

पुरूष को ललचाती है। स्त्री-पुरूष का यह अवैध माना जाने वाला सम्बन्ध दरअसल पुरूष की अपनी लपलपाती अदम्य इच्छाओं का अनैतिक मामला है जिसका आधार वेश्याएँ है।"[49] मैत्रेयी के कथन से यह स्पष्ट हो जाता है कि पवित्रता के सम्बन्ध की कल्पना स्त्री देह से जुड़ी हुई है।

अछूतों के बारे में भी पवित्र-अपवित्र की बात की गयी थी। भीमराव अंबेडकर ने जन-जागृति की ओर जो प्रश्न पवित्रता-अपवित्रता के कारण निर्माण होता है वह गैर बराबरी का असमानता का प्रश्न यहीं से निर्माण हो जाता है।

पवित्रता-अपवित्रता संबंध मैत्रेयी ने अपनी बात कथा के सन्दर्भ में कहीं है। उदाहरण प्रस्तुत है "फिर भी अक्सर इन्हीं में से मेरा मन कैसा कसैला हो जाता था। फिर सोचता क्यों रहता हूँ मैं इस बदनाम औरत के घर ? छोड़ क्यों नहीं देता यह जगह ? पर रमिया की आकृति देखते ही वह सब भूल जाता है कि पीछे कैसी निकट स्थिति झेली है मैंने। दूध धुला-सा निश्छल भाव समेटे उसका चेहरा मेरी राह रोककर खड़ा हो जाता है, कैसे जाए.... कहीं और ?"[50] यहाँ पर स्त्री घर से बाहर निकलने से भी लोगों की साफ विचार की दृष्टि नहीं रह पाती क्योंकि स्त्री का क्षेत्र घर और चूल्हा-चौका माना गया है। उसके घर लौटने का समय निर्धारित है। रात देर वह घर लौटने लगती है तो समाज बुरी नजर से देखने लगता है। रमिया नंबरदार के घर, शेरा के घर, चंपाराम के घर, लक्ष्मीनारायण के जले जख्मों की खबर लेने वह किसी विषय चली जाती और तुरन्त लौट आती। स्त्री के मन में एक उदार मानवतावादी दृष्टिकोण विद्यमान है। यह कभी विचार का, सोच का विषय नहीं रहा। उसे सदैव उपभोग की वस्तु माना गया है।

"पर इतना सोच की चाचा-भतीजी का ब्याह कर रहा है। तू अकेली रांड-विधवा कैसे ब्याह, शादी करेगी ? मदर की उमर नहीं देखी जाती री।"[51] स्त्री को किसी भी उम्र में उपभोग की वस्तु माना जा सकता है। विवाह योग्य आयु हो या ना हो वह वृद्ध से भी ब्याही जाती है। यह समय का सच है। बोल,

बोलती क्यों नही ? माँ, बेटी को फिर पीटने लगी। भोली पिटती रही, कराहती रही, पर बोली कुछ नहीं। कैसे बोलती ? उसने कहा तो था किसी को बताया तो बापू को गुंडों से पिटवायेगा, खलिहान में आग.....।" स्त्री को सदैव दबाए रखा है। उसकी मजबूरियों का फायदा उठाया गया है। पवित्रता की धारणा मन में गहराई-सी पैठ जाने के कारण बलात्कार जैसे मामलों में स्त्री अपनी जान तक दे देती है। पवित्रता की इस भावना को आधुनिक दृष्टि से आज देखने की जरूरत महसूस होने लगी है।

5.3 स्त्री विमर्श की भूमिका में महत्वपूर्ण योगदान-

युगों से भारतीय सामाजिक व्यवस्था पुरूष प्रधान रही है। हर अवस्था को पुरूष के अधीन रहने के लिए विवश नारी को आधुनिक युग में उचित अधिकार नहीं मिल पाते है। नारी के योगदान को समाज हमेशा शंका और संकोच की दृष्टि से देखता आया है। पुरूषों का अधिपत्य हमेशा स्त्री की क्षमता को नकारता रहा है। साहित्य के क्षेत्र में भी यह बात अपवाद नही रही। लेखिकाओं के योगदान को दूसरी कोटि का सिद्ध कर उनके साहित्य को द्वितीय श्रेणी का उद्घोषित करने का प्रयास हिन्दी लेखन के क्षेत्र में भी जारी है। लेकिन हकीकत यह है कि स्वातन्त्र्योत्तर कालीन लेखिकाओं की प्रतिभा ने यह सिद्ध किया है कि वे कई दृष्टियों से लेखकों (पुरूष लेखकों) से आगे है।

वस्तुतः गद्य लेखन के क्षेत्र में लेखिकाओं का योगदान महत्वपूर्ण रहा है। हिन्दी कहानी की आत्मवत्ता को नया मोड़ देने में और गहरी अन्तर्दृष्टि से उसे चेतनायुक्त बनाने में उन्होंने जो कुछ किया है, वह सराहनीय है।

वस्तुतः हिन्दी कहानी के प्रारम्भिक स्वरूप का श्रीगणेश बंग महिला नामक लेखिका के हाथों से सम्पन्न हुआ था। उनकी कहानी दुलाई वाली हिन्दी की पहली कहानी मानी भी गयी है।[52] कहानी के क्षेत्र में नारी के आगमन की यह प्रथम पग-ध्वनि थी। इसके बाद सैकड़ों लेखिकाओं ने हिन्दी को समृद्ध एवं श्रीयुक्त बनाने का महनीय प्रयास अपने कंधों पर ले लिया था।

स्वातन्त्र्योत्तर कहानी लेखिकाओं ने कहानी साहित्य को पुरानी भावभूमि से परे हटा कर, उसे कृत्रिम रोमानी दुनिया से मुक्त कर, उसमें जिन्दगी को धड़कन को भरकर यथार्थ की दुनिया में प्रतिष्ठित किया है। इसके बावजूद भी उन पर वह आरोप मढ़ दिया जाता है कि उनका अनुभव संसार सीमित एवं भाव प्रधान है, लेखन के क्षेत्र में वे पुरूषों का अनुकरण करती है, उनकी दृष्टि संकीर्ण और अनुभूति बासी है। "किन्तु जारी खुले दिलों-दिमाग से सोचा जाये तो ज्ञात होता है कि जिसे सीमित संवेदना कहा जाता है वह जीवनानुभूति की गहराई है। और जिसे बासीपन कहा जाता है वह जीवन का कटु सत्य है।"[53] आज के विकसित हो रहे वैज्ञानिक युग में स्थितियाँ तेजी से परिवर्तित होती जा रही है और परिवर्तित हो रहे इस परिवेश में नारी को मानसिक एवं बौद्धिक विकास के उचित अवसर मिल रहे है। "अतः अन्ना कैरेनिना और शकुन्तला की व्यथा-कथा टालस्टाय और कालिदास नहीं स्वयं अन्ना और शकुन्तला लिखेगी। निःसन्देह सफर बहुत लम्बा है, राह में थकान और घुटन भी है किन्तु झुकना नहीं है।"[54]

उभरती हुई महिला लेखिकाओं का लेखन क्षेत्र विशिष्ट भी है और व्यापक भी। जिन विषयों पर अपनी सशक्त लेखनी चलाकर पर्ल. एस. बक और इस्मत चुगताई ने नाम कमाया है, क्या वैसे विषयों पर लेखकों की लेखनी चली है ? वस्तुतः लेखिकाओं पर यह आरोप लगाना कि उनका अनुभव संसार सीमित है, उनकी अभिव्यक्ति में गहराई नहीं है, वे पुरूषों का अनुकरण करती है, अत्यन्त अप्रासंगिक है। वास्तव में लेखन के क्षेत्र में भेदभाव दिखाना सशक्त और सिद्धहस्त लेखिकाओं के साथ अन्याय करना है।

नारियों के और पुरूषों के लेखन के सम्बन्ध में कुछ अनुभवी लेखिकाओं के विचार उद्धत किये जा सकते है। लेखिकाओं का अनुभव संसार सीमित होता है। मुझे लगता है कि यह बात किसी बुरी धारणा से जन्मी है। "स्त्री का अनुभव जगत सीमित होता है। जो कुछ भी मौजूद है, वह वही है जो आज

तक साहित्य में बहुचर्चित रहा है, उससे परे उसका कोई दूसरा रूप भी है इसको देखने की इच्छा व्यक्तियों में कभी नहीं होती।"[55]

इस सम्बन्ध में स्नेहमयी चौधरी के विचार कुछ इस प्रकार है- "मैं समझती हूँ कि पुरूषों का यह कहना कि लेखिकाओं का अनुभव जगत सीमित होता है व्यक्तिगत स्तर पर पाये जाने वाला अहं ही है क्योंकि जब कोई चीज छप कर आती है तो साहित्यिक सौन्दर्य की वस्तु बन जाती है वह रचना स्त्री अथवा पुरूष की नहीं रहती।"[56] अतः साहित्य में प्रतिविम्बित लेखक एवं लेखिकाओं के अनुभव जगत को एक-दूसरे का विरोधी न मानकर पूरक मानना उचित होगा।

स्वातन्त्र्योत्तर युग की अधिकांश लेखिकाओं ने नारी जीवन के विविध पक्षो को आधुनिक स्थितियों की रोशनी में सूक्ष्मता से पहचानने का प्रयास किया है जीवन की हर परिस्थिति से गुजरने के बाद उन परिस्थितियों में अनुभूत क्षणों की स्मृति में संजोकर उन्हें बखूबी कहानियों में अभिव्यक्त करने में ये लेखिकाएँ बहुत हद तक सफल हुई है। समाजिक विसंगतियाँ, कुरीतियाँ, आधुनिकता के मोहपाश में पड़े मानव की रूग्ण मानसिकता आदि का जीवन्त चित्रण इनकी कहानियों में प्राप्त होता है। इस सन्दर्भ में इनकी लेखनी महिला होने की रियायत नहीं मागती इनका सामाजिक दृष्टिकोण स्वस्थ तटस्थ एवं उदार है। इन्होंने सामाजिक समस्याओं से मुँह-मुँही करने का भरसक प्रयास किया है। धार्मिक आडम्बरों एवं पाखण्डों का इन्होंने डटकर विरोध किया है। आर्थिक दृष्टि से बनते-बिगड़ते, टूटते-बिखरते सम्बन्धों के चित्रण में इन्होंने अपनी गहरी सूझबूझ का परिचय दिया है। पीढ़ी संघर्षों एवं वर्ग संघर्षों का स्वाभाविक वर्णन इनकी कहानियों में है।

महिला लेखिकाओं ने अपनी लेखनी के माध्यम से नारी सम्बन्धित सदियों पुरानी मिथ को नकारने का प्रयास किया है क्योंकि इनके नारी पात्र न हो तो सीता सावित्री-सी आदर्श नारी है और न ही पुरूषों के हाथों सताई अबलाएँ जो आँचल का दूध और आखों का पानी दिखा कर पुरूषों के समक्ष

सहानुभूति की भीख माँगती है, बल्कि ये काल के क्रूर यथार्थ का बेबाक साक्षात्कार करने और उसे पूर्ण रूप से अपनाने को तैयार नारी पात्र है।

अंचल विशेष को लेकर लिखने वाली एक सशक्त लेखिका है मैत्रेयी पुष्पा। इनके प्रमुख उपन्यास अल्मा कबूतरी, स्मृतिदंश, बेतवा बहती रही, इदन्नमम, चाक, झूला नट आदि। इनके स्त्री पात्र बहुत ही तेज सशक्त और आत्म विश्वासी है। अन्याय के विरूद्ध आवाज उठाने के लिए इनके स्त्री पात्र समाज द्वारा निर्मित समस्त बन्धनों को तोड़ फेकने में तनिक भी हिचकते नहीं है। मैत्रेयी पुष्पा के इदन्नमम और चाक ऐसे उपन्यास है जिनकी ख्याति अपने सशक्त पात्रों के कारण है। मंदा और सारंग को पाठक कभी नहीं भूल सकते। इनके सशक्त जीवन व्यक्तित्व मिशाल है उन नारियों के लिये जो कोल्हू के बैल के समान दिन रात काम करती है और अपने अधिकारों से वंचित होकर अपेक्षित हो जाती है। बावजूद इसके उनमें चेतन की वृत्ति है। वह सामाजिक बदलाव के परिणाम है। आंचलिक उपन्यासों में सर्वश्रेष्ठ उपन्यास है इदन्नमम। इस उपन्यास में अंचल को विशेष सन्दर्भ में देखा गया है। इसे पढ़ते समय कई सवाल कौधने लगते है। बेतवा बहती रही, में लेखिका ने नारी की वस्तु में परिणत दुर्दशा को उकेरा है। नारी पात्र वस्तु है, सम्पत्ति है। इदन्नमम भी वस्तु में परिवर्तित नारी की अभिशप्त कक्षा है। अब सवाल उठता है बेतवा बहती रही में नारी का दर्द अधूरा रह गया था या इदन्नमम में लेखिका की नयी सोच है दोनों उपन्यासों में स्त्री पात्रों में काफी समानताएँ है। दोनो नारियाँ कामान्ध जानवरनुमा पुरूषों के सामने शिकार बनती है लेकिन दोनो पराजित होकर मुँह मोड़ती नही है। मैत्रेयी पुष्पा अपने उपन्यासों द्वारा यह स्पष्ट करती है कि नारी चाहे निम्न वर्ग की हो या संपन्न उच्च वर्ग की दोनों की अवस्था एक समान है। अन्नदेवोभव में राजेन्द्र यादव ने लिखा है- मंदा की लड़ाई दुहरी है और होने की और वंचितों के अधिकारों की। कहा जाता है कि समय के सच को बेतवा बहती रही में उकेरा गया है लेकिन उसका व्यापक विस्तृत एवं विराट यथार्थ इदन्नमम में अधिक है। यदि बेतवा बहती है विध्य प्रदेश का मैला आँचल है तो इदन्नमम उसकी परती परिकथा है।

मैत्रेयी पुष्पा की कहानियों में भी ऐसे ही सशक्त पात्र है इनके प्रमुख कहानी संग्रह है चिन्हार, गोमा हँसती है, ललमनियाँ तथा अन्य कहानियाँ इनकी एक प्रमुख कहानी संग्रह है। पगला गयी है भगवती, इसमें अशिक्षित भगवती आधुनिक शिक्षित नारी से ज्यादा सशक्त और प्रतिरोधी तेवर रखने वाली है, रेहन में चढ़ा बुढ़ापा, बिकी हुई आस्थाएँ, कुचले हुए सपने, धुँधलाता भविष्य दर्द की घटनाओं के ताने-बाने से बुनी कहानियाँ है। ये कहानियाँ इक्कीसवीं सदी के देहरी पर दस्तक देते हुए भारतीय समाज का परिवर्तित रूप प्रस्तुत करती है। अपना-अपना आकाश की अम्मा, चिन्हार की सरजू, आक्षेप की रमिया या भँवर की विरमा सब की अपनी-अपनी वेदना अपना-अपना दर्द है। जीवन के कष्ट और कराह का स्पंदन उनकी प्रायः सभी कहानियों में बिम्बित है। मैत्रेयी पुष्पा जीवन के अनुभूत सत्य को परिवेश के साथ जोड़कर बड़ी ही सहजता और स्वाभाविकता के साथ प्रस्तुत किया है। इस कारण उनकी रचनाएँ जीवन के कड़वे यथार्थ का जीवन्त दस्तावेज है।

मैत्रेयी पुष्पा नब्बे के दशक की ऊर्जावान एवं बहुचर्चित लेखिकाओं में है जिन्होंने ग्रामीण परिवेश में रची-बसी नारी के अंतर्मन की गहराइयों को टटोला, झिझोड़ा तथा अपना रचनाओं में चित्रित किया है। उनकी कृतियाँ विषय-वस्तु चयन और अपनी परिवेश जनित भाषा विन्यास की कलात्मकता के कारण अति विशिष्ट श्रेणी में रखी जाती है। हेय दृष्टि से देखे जाने वाली अपराधी जनजाति पर कथा रचने वाली सम्भवतः वह पहली लेखिका है। उनके उज्जवल और सम्मानित अतीत का उद्घाटन कर वह अपने सामाजिक न्याय के इतिहास के बोध की स्थापना करती है। उनकी रचनाओं की भूमि ग्रामीण एवं आंचलिक है। शहरी सभ्यता से दूर-दराज गाँवों में रहती नारियों के पारिवारिक-सामाजिक अवस्थान तथा उनकी परिवेश जनित समस्याओं की त्रासदी, वंचना, संघर्ष आदि पर उन्होंने विश्लेषणात्मक और विहंगम दृष्टि डाली है। अनेकानेक गोपन रहस्यों का उद्घाटन किया है। मैत्रेयी जी के रचना-वैशिष्ट्य को रेखांकित करते वीरेन्द्र यादव लिखते है- "नगरीय मध्य-वर्गीय सरोकारो व जीवन-स्थितियों तक

सीमित अधिकांश लेखिकाओं में अलग मैत्रेयी पुष्पा के कथा-सरोकार उस ग्रामीम समाज से उपजे है जो सामंती भाव-भूमि पर पुरूष वर्चस्व की मनुवादी अवधारणाओं के बीच आज भी जी रहा है।"[57]

मैत्रेयी पुष्पा जी की दृष्टि में जीवन नर-नारी सानिधय-सहभागिता के आधार पर समाज और परिवार के बीच अपनी यात्रा करता है एवं एक ऐसी संतुलित व्यवस्था की माँग करता है जिसमें स्त्री को मानवी के रूप में देखा जाये। उनकी कथाओं के विस्तृत फलक में नारी के विभिन्न रूप प्रस्तुत हुए है। स्त्री-पुरूष सम्बन्धों की जटिल द्वन्दात्मक स्थिति तथा वंचना से घिरी नारी की भीतरी छटपटाहट को उन्होंने विस्फोट रूप दिया है। उनके उपन्यास चाक की सारंग अपने पति से निराश होकर ही अन्य पुरूष के समक्ष अपनी आस्था और समर्पण का भाव व्यक्त करती रहती है। "सारंग का संकल्प ! तुम दामन बचा रहे हो श्रीधर- रंजीत के क्रोध से डर रहे हो। सारंग की गृहस्थी के उजड़ जाने का अपयश दहला रहा है तुमको ! तुम चुपचाप हो लेकिन वह अपने जीवन की धार मोड़ने में लगी है।"[58]

उनकी कथा संरचना में वर्तमान अतीत से भिड़ता है तथा सम्बनधों के बदलाव की आवश्यकता के अन्तर्गत लेखिका परिवर्तन के लक्षणों को वर्तमान में ढूढ़ती है। उनकी रचनाओं की नारियाँ विषण एवं प्रतिकूल परिस्थितियों में अपनी वैयक्तिकता के लिए संघर्ष करती हुई अपने को अन्वेषित करती है। उनके स्त्री पात्र अपने मानवीय अधिकारों को हासिल करने के लिए प्रतिबद्ध है तथा वे अपनी वंचना को स्त्री जन्म की नियति मानने से इंकार करती है। पुरूष बर्बरता सहने को उनकी तैयारी नही है। वह बराबरी के अधिकार के साथ जीने की आग्रही है।

मैत्रेयी की नारियों का आस्था ऐसे विवाह संस्था पर है जो सहभागिता संवेदना और मित्रता पर आधारित हो। इसके अभाव में लेखिका अपनी नारी को परम्परागत वैवाहिक बंधन के संस्कारों को नकार के साथ विवाहेतर सम्बन्धों की तरफ बढ़कर अपनी आकांक्षाओं की पूर्ति की स्वतंत्रता देती है।

खुली खिड़कियाँ पुस्तक में लेखिका लिखती है- "स्त्री अपने संस्कारों से टकराती है, परंपराओं को धार्मिक धरातल पर उतारने वालो से कहना चाहती है कि ऐसी गृहस्थी की चाह उसे नही क्योंकि इस विवाह में सामंजस्य नही, अतः अपनी अस्वीकृति जताकर वह कोई पाप नही कर रही। यह उसके व्यक्तित्व निर्माण का समय है। घेराबन्दी को वह कैद की दर पर देखती है।"[59]

विवाहित जीवन विषमताओं से उत्पन्न अलगाव का जिम्मेदार वह उस पुरूष वर्ग को ही मानती है जिसने स्त्री को सर्वदा विघटन भोग की वस्तु समझा है तथा उसकी मानवीय सत्ता को अस्वीकारता है। दाम्पत्य विघटन के कारणों पर रोशनी डालती लेखिका का मानना है- "यही न कि सामाजिक सम्बन्ध पुरूषों की अपनी सुविधा के लिए है। असल में तो उनका नारी से वास्ता नर-मादा का ही है। फिर इसमे शक क्योंकि दाम्पत्य को छिन्न-भिन्न करने वाला पुरूष ही होता है। वह अपनी निरंकुश प्रवृत्तियों के कारण किसी व्यवस्था का अनुशासन नही मानता और सारा दोष स्त्री के सिर मढ़ देता हैं, क्योंकि जानता है कि औरत को दागदार मान लेना समाज की स्वाभाविक अन्यायकारी प्रक्रिया है।"[60] उनका कहना है कि पुरूष को अब यह समझना होगा कि आज की नारी का अपना वजूद है। अपनी पहचान है और पुरूष से पति-पत्नी सम्बन्ध में अब वह मैत्री का भाव रखना चाहती है।

उनकी नारियों के प्रेम का स्तर संवेदनात्मक है जहाँ दैहिक आवश्यकता की चाह प्रेम की आधार पर ही होता है। पति से संवेदनात्मक प्रेम अभाव में उनकी विवाहित नारी, असीम साहस के साथ अपनी आकांक्षा की सन्तुष्टि पर पुरूष संसर्ग के माध्यम से करती है। चाक की सारंग पति के संवेदनहीन आचरण के कारण उससे टूटकर श्रीधर के पति समर्पित होती है। ".... कोई सुन सकता होता तो बता देती की मेरे मन की आशा बुझी जा रही थी, दो बूँद नेह जुटा लिया ऐसा करके। दूर.... बहुत दूर खड़े होकर कैसी अलौकिक ज्योति दिखाई दी कि इस धरती-आकाश का रूप ही बदल गया मेरे लिए। बियाबान-सुनसान रेत के वीराने में प्यासे मन पर श्रीधर ने मीठी मुस्कान के

झरने बहा दिए, जो मुझ तक....।"[61] लेखिका प्रेम स्वतंत्रता को नारी का अधिकार मानती है। मैत्रेयी के उपन्यासों मे यौन प्रवृत्तियाँ सीधे-सीधे भाव की समाजिक तथा राजनीतिक परिस्थितियों से जुड़ी होती है। उनकी बलात्कृत नारी में अपराधबोध नही है। प्रेमी के साथ ब्याह टूट जाने पर भी वह अपने उस विगत प्रेम से शक्ति अर्जित करती, शोषण के खिलाफ संघर्ष को नेतृत्व देती अपनी अस्मिता बनाती है। इदन्नम की मंदा शोषित लोगों को भ्रष्ट राजनेताओं के खिलाफ सचेत कर उनसे वोट का बहिष्कार कराकर, पुरूष सत्ता का सामन्ती शोषण-दुर्ग तोड़ती अपनी विशिष्ट छवि अर्जित करती है- "गोपालपुरी की ठकुराइन को लेकर वह गाँव-गाँव गई, पहाड़ियों पर फिरती डोली। समझाया कि वोट नहीं देना है तुमको। लालच में नहीं आना है किसी भी तरह।"[62]

मौजूदा सामाजिक व्यवस्था में व्याप्त लिंग भेदी धारणा का मैत्रेयी घोर विरोध करती है। देह की रूप में औरत की सामाजिक पहचान पर उन्हें घोर आपत्ति है। उनकी नारियों में इस अन्यायपूर्ण सामाजिक दृष्टि को बदलने का दृढ़ संकल्प है। वे प्रबल विद्रोही रूप धारण करते हुए पुरूष वर्चस्व द्वारा नारी के लिए बनायी गयी सीमाओं द्वारा संस्कारों को तोड़ती, सामंती पुरूष सत्ता को चुनौती देती हुई स्वतंत्र रास्तों पर बढ़ती है। झूला नट की शीलो डंके की चोट पर अपने पति से कहती है- "बालकिशन तो ऐसे ही है हमारे लिए जैसे तुम्हारे लिए दूसरी औरत। बिनब्याही, मनमर्जी, मनमर्जी की।"[63] लेखिका का मानना है- "मनुष्य की तरह वह भी निद्रा, भय, मैथुन, आहार पर अपना अधिकार रखती है। लोग उस अधिकार को जताने, दिखाने और ग्रहण करने से गुरेज मानते है तो वह मन ही मन हँसती है। अपनी सक्रियता मारने के लिए मजबूर वह दूसरे विकल्प चुपके-चुपके तलाश लेती है।"[64] उनकी स्त्री अपने पुरूष समान अधिकार की घोषणा कर पुरूष व्याभिचारिता के सामने चुनौती बनकर खड़ी होती है।

मैत्रेयी की विधवा नारी अपने पर होने वाले हर अन्याय को चुपचाप सहती है एवं सारी विषमताओं और विडम्बनाओं को झेलती हुई परिवार की अन्य विधवा नारी के पक्ष में खड़ी हो उसे न्याय दिलाती है। लेखिका नारी को नारी का पक्षधर होने की प्रेरणा देती हुई उन्हें एकबद्ध होकर पुरूष शोषण का मुकाबला करने का सन्देश देती है।

मैत्रेयी उन लेखिकाओ में है जिनकी रचनाओं में मौजूद मुखरता ही नहीं बल्कि उसमें निहित खामोशियाँ भी सत्ता के अन्यायपूर्ण संरचनाओं को देती हुई, अपनी राजनीतिक रणनीतियों का खुलासा करती है। मैत्रेयी की नारी सत्ता में अपनी सक्रिय भागीदारी के माध्यम से शक्ति सम्पन्न होना आवश्यक समझती है। पुरूष सत्ता के ठेंगा दिखाती हुई चुनाव लड़ती है और पुरूष प्रत्याशी पर विजय प्राप्त कर स्त्री सत्ता की स्थापना के सोपान की ओर कदम बढ़ाती है। शक्ति सम्पन्नता के पथ पर बढ़ती स्त्री की जागती चेतना से आन्तरिक पुरूष सत्तात्मक समाज की स्त्री को मानवी की दृष्टि से देखे जाने की चेतावनी देती मैत्रेयी कहती है- "पुरूषों अपनी नजर बदलों, जो कि एक दिन बदलनी ही होगी। धार्मिक नारो के जरिए हमारी जिन्दगी मत कसो, हम राजनीतिक गलियारों की तरफ निकले है। अपनी समाजिक और सांस्कृतिक राहे खुद बनाएँगे, तुम उसे बेहयाई कहकर हमें लज्जित करने की कोशिश मत करो। मिथो की टूट-फूट ही परिवर्तन की निशानी है, इससे भारतीय स्त्री की गरिमा खत्म नहीं होती, अस्मिता का निर्माण होता है।"[65] उनके स्त्री पात्रों में अपने मानवी होने का बोध है और वह अपने मानवीय अधिकारो को हासिल करने के लिए प्रतिबद्ध है। पुरूष बर्बरता सहने को उनकी नारी तैयारी नही है। वह बराबरी के अधिकार के साथ जीने की आग्रही है।

मैत्रेयी मानती है कि नारी मुक्ति का संघर्ष एक दीर्घकालीन जुझारू संघर्ष है। जिसके लिए स्त्री जाति द्वारा संगठित और सर्वांगीण प्रयास, हमसफरी और हमख्याली के माहौल में दृढ़ प्रतिबद्धता के साथ किया जाना जरूरी है। लेखिका कहती है- "पितृसत्ता को चुनौती देने वाली आधुनिक समय की

नारी का घर-चौखट लांघकर। आर्थिक स्वतंत्रता के विभिन्न कोनों पर अपना हक हासिल करने का मामला यों भी सीधा नहीं। डाल-डाल तथा पात-पात का अपमानजनक खेल है।"[66]

सन्दर्भ ग्रंथ सूची

1. डॉ. शिवशंकर पाण्डेय, स्वातन्त्र्योत्तर हिन्दी कहानी कथ्य और शिल्प, पृ. 89.
2. डॉ. भगवान दास वर्मा, कहानी की संवेदनशीलता, सिद्धांत और प्रयोग, पृ. 222.
3. मन्नू भण्डारी, कील और कसक, मैं हार गयी, पृ. 116.
4. सुशीला मित्तल आधुनिक हिन्दी कहानी में नारी की भूमिकाएँ, पृ. 186.
5. मन्नू भण्डारी, दरार भरने की दरार, त्रिशंकु, पृ. 64.
6. मन्नू भण्डारी, यही सच है, मन्नू भण्डारी की श्रेष्ठ कहानियाँ, पृ. 129.
7. मन्नू भण्डारी, यही सच है, मन्नू भण्डारी की श्रेष्ठ कहानियाँ, पृ. 130.
8. मन्नू भण्डारी, यही सच है, मन्नू भण्डारी की श्रेष्ठ कहानियाँ, पृ. 142.
9. मन्नू भण्डारी, यही सच है, मन्नू भण्डारी की श्रेष्ठ कहानियाँ, पृ. 144.
10. मन्नू भण्डारी, सुदर्शन नारंग और अशोक अग्रवाल के साथ अन्तरंग बातचीत, सारिका अगस्त 31, 1970, पृ. 20.
11. मैत्रेयी पुष्पा- खुली खिड़कियाँ, पृ. 6.
12. मैत्रेयी पुष्पा- खुली खिड़कियाँ, पृ. 8.
13. मैत्रेयी पुष्पा- खुली खिड़कियाँ, पृ. 8.
14. मैत्रेयी पुष्पा- खुली खिड़कियाँ, पृ. 15.
15. मैत्रेयी पुष्पा- खुली खिड़कियाँ, पृ. 15.
16. मैत्रेयी पुष्पा- खुली खिड़कियाँ, पृ. 15.
17. मैत्रेयी पुष्पा- खुली खिड़कियाँ, पृ. 16.
18. मैत्रेयी पुष्पा- खुली खिड़कियाँ, पृ. 18
19. मैत्रेयी पुष्पा- खुली खिड़कियाँ, पृ. 19.

20. मैत्रेयी पुष्पा- खुली खिड़कियाँ, पृ. 22.
21. मैत्रेयी पुष्पा- खुली खिड़कियाँ, पृ. 34.
22. मैत्रेयी पुष्पा- खुली खिड़कियाँ, पृ. 27.
23. मैत्रेयी पुष्पा- खुली खिड़कियाँ, पृ. 31.
24. मैत्रेयी पुष्पा- खुली खिड़कियाँ, पृ. 32.
25. मैत्रेयी पुष्पा- खुली खिड़कियाँ, पृ. 34.
26. किस्सा एक शुतुरमुर्ग का- मेज पर टिकी कहानियाँ- रमेश बक्शी, पृ. 37.
27. उर्मिला जीवन- मोहन राकेश की सम्पूर्ण कहानियाँ, मोहन राकेश, पृ. 184.
28. द्वितीय महायुद्धेत्तर हिन्दी साहित्य का इतिहास, डॉ. लक्ष्मी सागर वार्ष्णेय, पृ. 160.
29. मेरी प्रिय कहानियाँ- मन्नू भण्डारी, पृ. 67.
30. चिन्हार, भँवर- मैत्रेयी पुष्पा, पृ. 98.
31. चिन्हार, भँवर- मैत्रेयी पुष्पा, पृ. 97.
32. चिन्हार, सहचर- मैत्रेयी पुष्पा, पृ. 31.
33. चिन्हार, सहचर- मैत्रेयी पुष्पा, पृ. 31.
34. मैत्रेयी पुष्पा- खुली खिड़कियाँ, पृ. 16.
35. मैत्रेयी पुष्पा- खुली खिड़कियाँ, पृ. 21.
36. टाईम्स ऑफ इंडिया, 1 नवम्बर, पृ. 4.
37. चिन्हार, केतकी- मैत्रेयी पुष्पा, पृ. 131.
38. चिन्हार, केतकी- मैत्रेयी पुष्पा, पृ. 132.
39. चिन्हार, केतकी- मैत्रेयी पुष्पा, पृ. 64.
40. चिन्हार, केतकी- मैत्रेयी पुष्पा, पृ. 65.
41. कालचक्र, अरविन्द आश्रय- श्री अरविंद मानव, पाँडेचरी, सन् 1949, पृ. 160.

42. स्वातन्त्र्योत्तरीय कथा साहित्य में नारी के बदलते सन्दर्भ- डॉ. शीला रजवार, पृ. 19.
43. मनुस्मृति- 3/57.
44. कस्तुरी कुंडल बसै- मैत्रेयी पुष्पा, पृ. 18.
45. कस्तुरी कुंडल बसै- मैत्रेयी पुष्पा, पृ. 332.
46. चाक- मैत्रेयी पुष्पा, पृ. 338.
47. मैत्रेयी पुष्पा- खुली खिड़कियाँ, पृ. 44.
48. मैत्रेयी पुष्पा- खुली खिड़कियाँ, पृ. 44.
49. मैत्रेयी पुष्पा- खुली खिड़कियाँ, पृ. 46.
50. चिन्हार, आक्षेप- मैत्रेयी पुष्पा, पृ. 21.
51. चिन्हार, बहेलिया- मैत्रेयी पुष्पा, पृ. 39.
52. आशारानी व्होरा- भारतीय नारी : दशा-दिशा, पृ. 62.
53. ज्ञान अस्थाना- महिला कहानी लेखन : तीन आयाम, संचेतना, अक्टूबर 1983, पृ. 53.
54. ज्ञान अस्थाना- महिला कहानी लेखन : तीन आयाम, संचेतना, अक्टूबर 1983, पृ. 53.
55. मृणाल पाण्डे- क्या लेखिकाओं का अनुभव जगत सीमित होता है, सारिका नवम्बर 1983, पृ. 20.
56. स्नेहमयी चौधरी- क्या लेखिकाओं का अनुभव जगत सीमित होता है, सारिका नवम्बर 1983, पृ. 21.
57. वीरेन्द्र यादव- ठहरे नारी-समय में प्रतिरोध की दस्तक, हंस, सितम्बर, अंक (सन् 1998), पृ. 45.
58. मैत्रेयी पुष्पा- चाक, पृ. 185.
59. मैत्रेयी पुष्पा- खुली खिड़कियाँ, पृ. 65.
60. मैत्रेयी पुष्पा- खुली खिड़कियाँ, पृ. 70.
61. मैत्रेयी पुष्पा- चाक, पृ. 143.
62. मैत्रेयी पुष्पा- इदन्नमम, पृ. 409.

63. मैत्रेयी पुष्पा- झूलानट, पृ. 112.
64. मैत्रेयी पुष्पा- खुली खिड़कियाँ, पृ. 171.
65. मैत्रेयी पुष्पा- खुली खिड़कियाँ, पृ. 122.
66. मैत्रेयी पुष्पा- खुली खिड़कियाँ, पृ. 168.

उपसंहार

शोध विषय "मन्नू भण्डारी एवं मैत्रेयी पुष्पा की कहानियों का वस्तुगत एवं परिवेशगत अध्ययन" के अन्तर्गत विवेचित पाँच अध्यायों के उपरान्त मन्नू भण्डारी एवं मैत्रेयी पुष्पा की कहानियों को एक नया आयाम प्राप्त हुआ है। इस शोध प्रबन्ध के प्रथम अध्याय में विषय का प्रतिपादन करते हुये यह लक्षित किया गया है कि शोध अर्थात रिसर्च उस प्रक्रिया अथवा कार्य का नाम है जिसमें बोधपूर्वक प्रयत्न से तथ्यों को एकत्रित कर अत्यन्त सूक्ष्म एवं विवेचनापूर्ण बुद्धि से उसका अवलोकन किया जाता है और उसके पश्चात नये तथ्यों या सिद्धांतों को प्रतिपादित किया जाता है। प्रस्तुत विषय आधुनिक समाज के वास्तविक परिदृश्य को प्रस्तुत करता है। 'मन्नू भण्डारी' एवं 'मैत्रेयी पुष्पा' दोनों ने अपनी कहानियों में मानव जीवन से जुड़ी घटनाओं का यथार्थ चित्रण कर आधुनिक परिदृश्य का वास्तविक रूप प्रस्तुत किया है। मानव-जीवन में शोध का अप्रतिम स्थान है। प्रस्तुत शोध-प्रबन्ध का मूल शोध 'मन्नू भण्डारी' एवं 'पुष्पा मैत्रेयी' की कहानियों के वस्तुगत एवं परिवेशगत स्वरूप का तुलनात्मक रूप है। हिन्दी साहित्य के क्षेत्र में इन दो लेखिकाओं की रचनायें विशेषत: नारी समाज पर आधारित है। मन्नू भण्डारी ने कहानी, उपन्यास, नाटक में अत्यन्त अप्रतिम रचनायें रची हैं जो इस प्रकार हैं- मैं हार गयी (1957), तीन निगाहों की एक तस्वीर (1958), यही सच है (1966), एक प्लेट सैलाब (1968 ई.) आँखो देखा झूठ (1976 ई.), त्रिशंकु (1978 ई.), आदि कहानी संग्रह लिखे। उन्होंने एक इंच मुस्कान (1961 ई.), कलवा (1971 ई.), आपका बंटी (1971 ई.), महाभोज (1978 ई.) जैसे उपन्यासों के साथ-साथ बिना दीवारों के घर एवं महाभोज 'नाट्य रूपान्तर' जैसे नाटक भी लिखे। मन्नू भण्डारी की तरह मैत्रेयी पुष्पा की रचनायें भी नारी-विमर्श एवं नारी जीवन पर आधारित हैं। चिन्हार, ललमनिया तथा अन्य

कहानियाँ, गोमा हंसती है, पियरी का सपना उनके कहानी संग्रह है। स्मृति दंश, बेतवा बहती रही, इद्न्नम, चाक, झूला नट, अल्मा कबूतरी, अगन पाखी, विजन, कही इसुरीफाग, त्रिया-हट, गुनाह-बेगुनाह, फरिश्ते निकले शीर्षक उपन्यासों की उन्होंने रचना की। इसके अतिरिक्त कस्तूरी कुण्डल बसै एवं गुडिया भीतर गुडिया शीर्षक से आत्मकथा लिखी। खुली खिड़कियाँ एवं सुनो मालिक सुनो शीर्षक पुस्तकों में उनके निबन्ध संग्रहीत हैं। प्रस्तुत शोध मन्नू भण्डारी एवं मैत्रेयी पुष्पा की कहानियों पर आधारित है जिसमें कहानियों की वस्तुगत एवं परिवेशगत तुलना अर्थात तर्कपद्धति द्वारा विश्लेषण हुआ है। मन्नू भण्डारी एवं मैत्रेयी पुष्पा दोनों ही लेखिकाओं ने नारी चेतना, नारी विमर्श, सामाजिक, आर्थिक, राजनीतिक परिदृश्य में नारी की भूमिका आदि को अपना विषय बनाया हे। उनमें असमानतायें कुछ ज्यादा नहीं हैं। सिर्फ कुछ काल परिस्थितियों का अन्तर है। मन्नू भण्डारी का लेखन काल सन् साठ के दशक से प्रारम्भ होता है और मैत्रेयी पुष्पा का लेखन 90 के दशक से प्रारम्भ होता है। अतएव इन दोनों लेखिकाओं में पहली असमानता समय काल के परिवेश में देखने को मिलती है। मन्नू भण्डारी ने अपना ज्यादातर ध्यान कहानियों पर ही केन्द्रित किया परन्तु मैत्रेयी पुष्पा ने कहानियों के साथ उपन्यासों पर भी विशेष ध्यान दिया। इस प्रकार इन दोनो लेखिकाओं का अध्ययन प्रस्तुत किया गया है।

प्रस्तुत शोध प्रबन्ध के द्वितीय अध्याय का शीर्षक है 'मन्नू भण्डारी एवं मैत्रेयी पुष्पा की कहानियों का वस्तुगत एवं परिवेशगत सामाजिक अध्ययन'। आधुनिक कथा साहित्य में मन्नू भण्डारी एवं मैत्रेयी पुष्पा का अप्रतिम योगदान है। इन महान लेखिकाओं के साहित्य में समाज सापेक्षत: अन्याय, अत्याचार का विरोध, सार्थक मूल्यों की रक्षा का प्रयत्न दृष्टिगत होता है। कर्म और संघर्ष में इन लेखिकाओं का विश्वास है। मन्नू भण्डारी एवं मैत्रेयी पुष्पा ने व्यवसायिक प्रतिबद्धता से अलग रहकर, समसामयिक लोकजीवन से जुड़ी रही है और उन्होंने जीवन की कठिन चुनौतियों को स्वीकार किया है। मन्नू भण्डारी एवं मैत्रेयी पुष्पा के समाज, व्यक्ति, परिवार, राजनीति, धर्म, प्रशासन,

शिक्षा आदि क्षेत्रों की समस्याओं ने आलोकित किया है। इन लेखिकाओं ने पारिवारिक सम्बन्धों की समस्याओं को दोहरे स्तर पर उद्घाटित किया है। इन्होंने अपनी-अपनी कहानियों के माध्यम से समाज की विभिन्न समस्याओं को अपने दृष्टिकोण से देखते हुये उजागर किया है, तो दूसरी ओर मैत्रेयी पुष्पा ने नारी के अन्तर्मन की विभिन्न कडियों को अपने साहित्य में खेलकर रख दिया है।

मन्नू भण्डारी एवं मैत्रेयी पुष्पा की समसत कहानियों में भारतीय सामाजिकता का रूप दिखाई देता है। जिसमें परिवार, समाज में विवाह बन्धन, नारी की दीन हीन दशा आदि। समाजशास्त्रीय दृष्टिकोण से मन्नू भण्डारी एवं मैत्रेयी पुष्पा की समस्त कहानियाँ समाज से जुड़ी है इन्होंने अपनी कहानियों के माध्यम से यह बताने का प्रयास किया है कि यदि समाज को बदलना हो तो पहले मनुष्य को स्वयं बदलना पड़ेगा, शुरूआत खुद से करनी होती है। इतिहास में बहुत सारे आन्दोलन हुये, फिर भी जिस तेजी से समाज में बदलाव की आवश्यकता थी, वह आज भी नहीं है।

प्रस्तुत शोध प्रबन्ध के तृतीय अध्याय का शीर्षक है मन्नू भण्डारी एवं मैत्रेयी पुष्पा की कहानियों का वस्तुगत एवं परिवेशगत मनो वैज्ञानिक अध्ययन'। मन्नू भण्डारी ने अपनी कहानियों में समाज के दीन-हीन एवं असहायों का मनोवैज्ञानिक विश्लेषण कर चित्रण किया है। मन्नू भण्डारी ने अपनी कहानियों में अन्तर्द्वंद्व से उत्पन्न समस्याओं मध्यवर्गीय जनजीवन में व्याप्त लोगों के मानसिक तनाव का चित्रण किया जिसमें उनके दंभ, अहं, स्वार्थ आदि का उद्घाटन किया इन्होंने स्त्री से जुड़ी हुयी समस्याओं का चित्रण करते हुये समाज में व्याप्त सामाजिक समस्याओं एवं पारिवारिक समस्याओं का मनोवैज्ञानिक चित्रण अपनी कहानियों में किया है। राजनैतिक समस्याओं, बच्चों की समस्याओं के द्वारा मानवीय विश्लेषण करते हुये हूबहू समाज के सामने रख दिया है। मन्नू भण्डारी की कहानियाँ बन्द दरवाजों के साथ, यही सच है, रानी माँ का चबूतरा, नशा आदि प्रसिद्ध कहानियाँ हैं। मैत्रेयी पुष्पा की

कहानियों में कुण्ठा का विद्रोह, भोगवाद, पीड़ा और संत्रास, अराजकता एवं अप्रतिबद्धता अनास्था और अस्वीकार, अलगाव, उदासी और ऊब, विसंगति बोध आदि द्वारा मानवीय दशा का मनोवैज्ञानिक विश्लेषण किया गया है। वर्तमान में यौन नैतिकता के प्रति विद्रोह आधुनिक साहित्य का प्रमुख स्वर है। मैत्रेयी पुष्पा ने अपने लेखन में गाँव की नारी को अधिक चित्रित किया है। ये नारी विचारों की स्वतन्त्र अभिव्यक्ति चाहती हैं। मैत्रेयी ने स्त्री जीवन को व्यापक परिप्रेक्ष्य में देखा है।

मैत्रेयी पुष्पा ने अपनी कहानियों के जरिये नारी चेतना को जगाने और नारी के मनोवैज्ञानिक विश्लेषण को अपने साहित्य में स्थान दिया। इनकी सहानुभूति केवल मध्यम वर्ग की नारियों तक सीमित नहीं है बल्कि मजदूर श्रमिक नारियाँ और दलित शोषित नारियों की पीड़ाओं को व्यक्त किया है। उनकी कहानियों में पारिवारिक, सामाजिक, आर्थिक, राजनीतिक, मनोवैज्ञानिक एवं निजी समस्याओं से जूझते स्त्री-पुरूष, विशेषत: स्त्री जीवन के विभिन्न रूप उभरकर सामने आये हैं।

मन्नू भण्डारी एवं मैत्रेयी पुष्पा की कहानियों में स्त्री पक्ष के तमाम उद्गारों को व्यक्त किया गया है। नारी का शोषण समान रूप से दोनो लेखिकाओं ने अपने-अपने ढंग से कहने का प्रयास किया, नारी की स्थिति सामाजिक एवं आर्थिक पक्ष को देखते हुये मनोवैज्ञानिकता के रूप में मुखर करने का प्रयास दोनो लेखिकाओं में रहा है। मन्नू भण्डारी ने अपनी अधिकतर कहानियों में विवाह की समस्या के मनोवैज्ञानिक पक्ष को अधिक दिखाया कि किस-प्रकार स्त्री-पुरूष, रूढ़िगत समाज में बंधकर अपनी मनोदशा में जीवन को खपा रहे है। वही दूसरी ओर मैत्रेयी पुष्पा की कहानियों में स्त्री वेदना को मानसिक उद्गारों द्वारा मनोवैज्ञानिकता को दिखाने का प्रयास किया गया है। कहने का तात्पर्य है कि दोनों ही लेखिकाओं ने अपने अपने ढंग से स्त्री-पुरूषों की मानसिकता को सामाजिक रूप में दिखाने का प्रयास किया है।

प्रस्तुत शोध प्रबन्ध के चतुर्थ अध्याय का शीर्षक है- 'मन्नू भण्डारी एवं मैत्रेयी पुष्पा की कहानियों का वस्तुगत एवं परिवेशगत पारिवारिक अध्ययन'। परिवार समाज की एक संस्था है जिसे मानव के आत्मसंरक्षण व संवर्धन और जातीय जीवन के विकास का हेतु कहा जाता है। साहित्य संसार से परिवार भावना का घनिष्ठ सम्बन्ध है। मन्नू भण्डारी की कहानियों में उनके व्यक्तित्व के विविध आयाम है। वहाँ माँ, बेटी, बहिन, पत्नी, सास, बहू, गृस्वामिनी, दासी, प्रेमिका, लेखिका, अध्यापिका तथा सामाजिक प्रसिद्धि व प्रतिष्ठा प्राप्त नारी के चित्र तो है ही इन सबसे मिलजुलकर बना एक ऐसा नारी व्यक्तित्व भी है जो अपने समय एवं समाज में भी उपस्थिति महसूस कराने में समर्थ है।

पुरूष और नारी के पारस्परिक सम्बन्धों में पति-पत्नी सम्बन्ध सर्वाधिक स्पृहणीय एवं आदर्श माना गया है। आदिकाल से ही स्त्री और पुरूष ने पारस्परिक आकर्षण का अनुभव किया है और प्रायः सभी समाज में उन्होंने इसे विवाह के रूप में स्थायित्व प्रदान किया है। सुखी और परितृप्त गृहस्थ जीवन समस्त सुखों का मूल है तथा संतोषपूर्ण गृहस्थी जीवन यात्रा को आनन्ददायक बना देती है। पति उपार्जन करता है और पत्नी गृह-प्रबन्ध करती है, इस प्रकार दोनों एक-दूसरे के सच्चे मित्र एवं पूरक होते हैं।

मैत्रेयी की कहानियों में समय के साथ नारी की पारिवारिक चेतना अभिव्यक्त हुयी है, सदियों से मौन नारी को इसमें वाणी दी है। पारिवारिक सम्बन्धों के केन्द्र में स्त्री है और उसके विविध रूप है। माँ, पत्नी, बेटी, बहन, सास, बहू आदि अनेक रिश्तों के साथ उसे पारिवारिक सम्बन्ध निभाने पड़ते हैं । पारिवारिक और सामाजिक संघर्ष करते-करते, टूटते- बिखरते हुये भी अपने आप को स्थापित करने का काम मैत्रेयी की कहानियों की नारी करती हैं। नारी मन की भावाभिव्यक्ति प्रमुख रूप से उनकी कहानियों में दिखायी देती है।

समकालीन कहानी में युग - युग से प्रताडित नारी की छवि बदलने की कोशिश और यथार्थ का अंकन हुआ है। मैत्रेयी पुष्पा की कहानियों में भी नारी-चेतना विविध कोनों से अंकित हुई है। यह नारी अपने स्वतन्त्र अस्तित्व एवं व्यक्तित्व को लेकर पारिवारिक चेतना को उजागर करती है। अब वह अबला नहीं सबला रूप में स्थापित हुयी है। अपनी सारी व्याथाओं और सीमाओं को चीर के कभी मौन विद्रोह करके यह नारी अपने आत्मसम्मान तथा अस्तित्व की लड़ाई पड़ती है। मैत्रेयी जी ने अत्यन्त सहजता से और स्वाभाविकता से नारी मन की परतें को खोलने का प्रयास अपनी कहानियों में किया है।

भारतीय स्वतन्त्रता संग्राम नारी को नवोन्मेष व नयी जागृति देने में अत्यधिक सहायक रहा है। स्वातंत्र्य संग्राम ने युगों की सुषप्त नारी के कानों मे जागरण का सन्देश फूँका। परिणामस्वरूप चिर-सन्तप्त नारी हृदय में नवचेतना की चिंगारी प्रज्ज्वलित हो उठी और वह अपनी दयनीय स्थिति से क्षुब्ध होने लगी जिससे उसका उदात्त स्वरूप संगृहीत था। परिस्थितियों की प्रेरणा और सहयोग से नारी का स्वाभिमान एक नयी दिशा की ओर करवट बदलने लगा। परतन्त्रता की बेडियों को तोड़कर आत्मनिर्भर बनने की आकांक्षा उसके जागृत मन में उठने लगी।

मन्नू भण्डारी एवं मैत्रेयी पुष्पा ने अपने देश में होने वाले विराट परिवर्तन को अपनी कहानियों से अभिव्यक्ति दी है। नारी जीवन और उससे सम्बन्धित समस्यायें ही इन लेखिकाओं का प्रमुख विषय है। मन्नू भण्डारी एवं मैत्रेयी पुष्पा ने नारी के अधुनातन एवं पुरातन रूपों को अपनी लेखनी में प्रतिष्ठित किया है।

राष्ट्रीय एवं देश प्रेम की दृष्टि से मैत्रेयी पुष्पा की 'बेटी', 'हवा बदल चुकी है', 'आक्षेप', 'शतरंज के खिलाड़ी', 'राय प्रवीण' आदि कहानियाँ उल्लेखनीय है। 'बेटी' कहानी में वर्णित है कि भारतीय परिवारों में बेटियों को हमेशा दोयम स्थान दिया गया है जो कि उचित नहीं है। क्योंकि जिस समाज में बेटी

को महत्व नहीं दिया जाता है उसकी भर्त्सना होती है। बेटी भी पढ़-लिखकर अपने माँ-बाप का सहारा बन सकती है और देश के विकास में अपना योगदान कर सकती है। 'हवा बदल चुकी है' कहानी एक संवेदनशील कार्यकर्ता सुजान की है। उसमें कार्य पर भरोसा है परन्तु उसे इस बात का दु:ख है कि हवा बदल चुकी है। पहले जैसे लोग अब नहीं रहे है। जो बातें वह सोचता है स्वातन्त्र्य, क्षमता, बन्धुभाव की वह बातें आज उसे कठिन लग रही हैं। सुजान एक स्वाधीनता दिवस पर सबको खिलाता पिलाता है। बहू-बेटियों को गुण्डों के चंगुल से छुटकारा दिलाता है। वह चुनाव के लिए तैयार था परन्तु यह घूसखोरी और पार्टियों की अदला-बदली जो चल रही है। उसके कारण वह चुनाव कर नही आ पाया। 'आक्षेप' कहानी में मैत्रेयी पुष्पा ने उस नारी को चित्रित किया है। जो समाज की परवाह न करके जो सत-असत उसके विवेकशील मन को भाता है। वही कार्य करती है। इस कहानी की नायिका रमिया हमेशा सबकी मदद करती है। 'शतरंज के खिलाड़ी' कहानी में सुशीला देवी के पति और कोमला देवी के पति शतरंज के खिलाड़ी हैं। चुनाव का क्षेत्र कैसे चुनौतीपूर्ण होता है इसका वर्णन इस कहानी में किया गया है इस कहानी में अनेक पात्र हैं। जो अपने संवादों के माध्यम से कथानक को आगे बढाते हैं। महिलाओं का चुनावी क्षेत्र में आने से लोगों के अन्दर उत्सुकता के भाव है। राजनीति में कैसे लाभ होता है, उसके लिए शतरंज की कौन सी चाल चलनी चाहिए ? यह सब बाते सुशीला देवी और कोमला देवी के पति करते हैं। मैत्रेयी पुष्पा की 'राय प्रवीण' कहानी से भी राष्ट्रीय प्रेम एवं देश प्रेम व्यंजित होता है। राय प्रवीण एक ऐसी विद्वान स्त्री है जो मुगल बादशाह अकबर को भी वाद-विवाद में हरा देती है। मैत्रेयी की 'बारहवी रात' शीर्षक कहानी दहेज प्रथा के खिलाफ आवाज उठाने वाली नवयुवती की कथा है। उनकी 'फैसला', शीर्षक कहानी में नारी के चुनावी क्षेत्र में सहभाग का वर्णन आया है। चुनाव क्षेत्र में महिलाओं की संख्या शुरू से ही अल्प रही है। इस कहानी में मैत्रेयी ने उनके सहभाग पर प्रकाश डालने की कोशिश की है।

पुरूष सत्ता से पराजित अपमानित स्त्रियाँ आज भी हर क्षेत्र में दिखायी देती हैं। बलात्कारित, विधवा, तलाकशुदा, परित्यक्ता जिनके चेहरे पर नफरत पुती है। सोना चौधरी की पायदान एक ऐसी कहानी है जो स्त्री जीवन के आख्यान को स्थितियों, अनुभवों और घटनाओं को उजागर करती है। शारीरिक विखण्डन, अकेलापन, मानसिक अस्वस्थता की शिकार होती महिला अन्दर से टूटती चली जा रही है। ऐसा ही उदाहरण है आचल का जो तन-मन की जानलेवा मिरगी जैसी बीमारियों से ग्रस्त होती जा रही है। इस स्थिति से मैत्रेयी जो कह रही है उसमें तथ्य है ऐसा जान पड़ता है। मैत्रेयी कहती है देहयुक्त स्त्री देहमुक्त हो नहीं सकती।

मैत्रेयी इस देश का चेहरा महानगर को मानती है तो शरीर गांव-कस्बों से बना मानती है। भारतीय शरीर की शिरायें इन सभी समूहों से बनी हुयी है। इस देश के किसानों को अनपढ़-गॅवार समझकर बाजू रखा गया है। जो महानगरीय जीवन जीने वाले लेखक हैं उनका यह उत्तरदायित्व है कि अपने कृषि प्रधान देश को अच्छे से आगे बढ़ने की प्रेरणा दे उनकी व्यथा को जाने समझे पर ऐसा बहुत ही कम लेखकों ने किया है। इन सब रचनाकारों को मैत्रेयी बौद्धिक स्तर पर जीरो मानती है।

मैत्रेयी का कहना है कि जिस प्रकार पुरूष में प्राकृतिक भावनायें होती है उसी प्रकार रूप-रस स्पर्श की प्राकृतिक भावना स्त्री में भी होती है फिर उसे दबाकर क्यों रखा गया ? साहित्य के क्षेत्र में स्त्रियों के बारे में यह विचार प्रस्तुत नहीं किये गये हैं पर वे भी संस्कृति से ग्रस्त दिखाई देती हैं।

मन्नू भण्डारी ने नारी के बदलते स्वरूप और उनमें जाग्रत हो रही नयी चेतना की ओर विशेष ध्यान दिया है। मन्नू भण्डारी की बहुतेरी कहानियाँ नारी की स्वतन्त्र मानसिकता और उसके दृढ़ व्यक्तित्व को उजागर करने वाली है। 'ईसा के घर इंसान' कहानी में लेखिका ने विद्रोह करती एंजिला के माध्यम से धार्मिक क्षेत्र का खोखलापन एवं धार्मिक आचार्यों की काम केलियों का भंडाफोड़ किया है। कहानी की नायिका एंजिला दृढ़ व्यक्तित्व वाली नारी है

जो अपने व्यक्तित्व की दृढता द्वारा फादर के वासनात्मक पंखे से छटपटाकर मुक्त हो जाती है और चर्च की चहारदीवारी से निकल भागती है। इस घटना के पश्चात एक दो सिस्टर्स जो फादर की वासना की शिकार हो चुकी थी, चर्च से निकल भागती है वे विद्रोही एंजिला के पद्चिन्हों पर चलकर अपने आपको कृत्रिम दुनिया की बेड़ियों से मुक्त करती हैं।

मन्नू भण्डारी ने चर्च की चहारदीवारी के अन्दर दम घुटकर मरने वाली महिलाओं की दर्द भरी कहानी एंजिला के माध्यम से प्रस्तुत की है। एंजिला एक प्रतीक है उस नारी का जो घुटन से भरपूर वातावरण में धर्म के नाम पर लूट ली जाती है। अधिकतर ईसाई चर्चों में घटित होने वाली कोई भी बात जनसाधारण तक नहीं पहुँच पाती क्योंकि गोपनीयता की चादर हर सिस्टर को ढके रहती है। मन्नू भण्डारी ने इस चादर के अन्दर मटमैली होने वाली जिन्दगी की सही तस्वीर प्रस्तुत की है। धार्मिक दृष्टि से विद्रोहात्मक प्रतिक्रिया प्रस्तुत करने वाली यह कहानी यथार्थ के धरातल पर खड़ी होकर अनुभूति की सशक्तता से लैस होकर हिन्दी की इनीगिनी कहानियों में एक बन जाती है।

लेखिकाओं की प्राय: सभी कहानियों में जीवन की समस्याओं का स्वर प्रमुख रूप से उभरता है। मन्नू भण्डारी की कहानी 'तीसरा आदमी' वैवाहिक जीवन के तनावों को उभारने वाली श्रेष्ठ कहानी है। इस कहानी में लेखिका ने पति-पत्नी के बीच उत्पन्न अलगाव एवं एकरसता की भावना को स्वर दिया है।

छठे दशक के बाद समकालीन सामाजिक परिवेश और मध्यवर्गीय जीवन मूल्यों को केन्द्र बनाकर जिन लेखिकाओं ने हिन्दी कथा साहित्य को एक नयी दृष्टि, दिशा और पहचान दी है उसमें मन्नू भण्डारी की अपनी एक खास पहचान है। सामाजिक व्यवस्था की विसंगतियों, भ्रष्ट राजनीति तथा नैतिक मूल्य के पतन को मन्नू भण्डारी ने कथा साहित्य में कला कौशल्य से प्रस्तुत किया है, बस देखते ही बनता है। उन्होंने सामाजिक समस्याओं के साथ-साथ

नारी मनोविज्ञान को एक नयी और सशक्त अभिव्यक्ति प्रदान की है व अन्य लेखिकाओं में न के बराबर है। यद्यपि उनके कथा साहित्य में उभरी समस्त सामाजिक समस्याएँ ही हैं फिर भी उन्होंने स्त्री मन की भावनाओं को पूर्ण रूप से खंगाल कर पाठकों के समक्ष रख दिया है।

मन्नू जी की कृतियों में अधिकतर पात्र नारी हैं और नारी की समस्यायें उन्होंने अपनी कहानी कला के माध्यम से पाठकों के समक्ष रखी हैं। मन्नू जी खुद अध्यापिका है। उन्होने जिस जीवन को जिया, भोगा, अनुभव किया उसकी अनुभूतियाँ उनके कथा साहित्य के पात्रों के माध्यम से प्रकट हुयी है। उनका जीवन क्षेत्र बुद्धिजीवियों का अखाड़ा रहा है। अत: उनके पात्र भी बुद्धिजीवी है। अंतर्द्वंद्व से परेशान, कुंठित, खण्डित रूप में उनकी रचनाओं में उभरे है। उनके नारी पात्र कामकाजी है जो नौकरी नहीं करती, घर पर पूर्ण गृहस्थ धर्म ही निभा रही है वे भी प्राय: शिक्षित है और अपने व्यक्तित्व के प्रति सजग है, यहाँ आर्थिक संघर्ष नहीं है, वरन व्यक्तित्व के अस्तित्व का संघर्ष दिखायी देता है। कहीं वैचारिक रूप से बुद्धि का विकास चाहती हैं। तो कहीं अपनी इच्छानुरूप दाम्पत्य जीवन, इन्हीं प्रश्नों में वे उलझी रहती हैं।

मैत्रेयी ने आधुनिकता को एक विचार के रूप में एक जीवन दृष्टि के रूप में देखा है। स्त्री को लेकर अभी तक जो चित्रण हुये हैं वे अधिकतर आदर्श की रखवाली के रूप में या फिर अत्यंत कारूणिक चित्रण के रूप में नजर आते है। मैत्रेयी की नारी वर्तमान की नारी है। वर्तमान की परिस्थिति से जूझते वक्त उसे जीवन के अनेक मोड़ों से गुजरना पड़ रहा है। आधुनिकता का सम्बन्ध अतीत से न होकर हमारे अपने वर्तमान से है। मैत्रेयी का मानना है कि नारी अपनी बात बिना भय के सामने रखें। धर्म, दर्शन, कला, साहित्य, संगीत, भाषा और संवेदना आदि में आधुनिकता का अर्थ परम्परागत मान्यताओं, विश्वासों रूढियों को अस्वीकार कर, खारिज कर, निपेध कर, निषेध कर नये व्यक्तिगत प्रयोगों और रूझानों, भंगिमाओं और संवेदनाओं को स्वीकार

करना है इस तरह आधुनिकता मात्र समकालीनता नहीं। आधुनिकता ही एक खास और विशिष्ट पहचान है। एक नया अहसास है।

मैत्रेयी के साथ साहित्य में आधुनिकता बोध पग-पग पर दिखायी देता है। 'अपना अपना' आकाश की कैलाशो देवी, बेटों का घर त्यागकर इसलिए चली जाती है क्योंकि उसे बंधन मंजूर नहीं। 'आक्षेप' की रमिया इसलिए लोक लाज का परवाह न करते हुये लोगों की मदद करती है क्योंकि वह झूठी मान्यताओं में विश्वास नहीं रखती और परमारथ (परमार्थ) भी उसमें कूट-कूट कर भरा हुआ है। 'अब फूल नहीं खिलते' की झरना छात्र संघटन के द्वारा प्रिसिंपल को इस्तीफा देने की मांग करती हुयी दिखाई देती है। 'रिजक' की लल्लन सब रिश्तों को त्यागकर मानवता का रिश्ता सबसे बड़ा समझकर जच्चा–बच्चा की मदद करती है। 'झूला नट' की शीलो सास से इसलिए झगड़ती है क्योंकि उसका बेटा नामर्द है। मैत्रेयी केवल समस्या नहीं बताती समाधन भी देती है।

सच्चा साहित्यकार तो युग की धड़कनों का सीधा साक्षात्कार करता है। बदलते हुये सन्दर्भों को देखकर रचना करता है। क्योंकि वह युग और युग की मन:स्थिति का भोक्ता और साक्षी होता है। वह न केवल वर्तमान में जीता है बल्कि वर्तमान के प्रति जागरूक भी रहता है। यही कारण है कि 'कही इसुरी फाग' की ऋतु संसोधन को एक अध्ययन मानकर आगे बढ़ती हुयी दिखायी देती है। प्यार जब बल देता है तो तोड़ता भी है। ईसुरी और रजऊ की प्रेम कहानी ऋतु के संशोधन का विषय है। आधुनिकता वर्तमान से सम्बन्धित होकर भी मूल्यबोधक है।

मैत्रेयी ने राजनीति को स्त्री का क्षेत्र माना है। जब तक स्त्री अपने हको के प्रति सचेत होकर राजनीति से जुड़ नहीं जाती तब तक अन्याय दूर नहीं होंगे। हमें अपने हक खुद ही प्राप्त करने होंगे। कोई बाहर वाला आकर हमें अपना हक नहीं देगा। इसके लिए लड़ाई करनी है। भावनात्मक, आर्थिक, साहित्यिक क्षेत्र में अपने आपको उबारना होगा। हमारा कहना सामने रखना होगा। आज

तक जो चित्रण होता रहा पुरूषों द्वारा होता रहा। हमें अपने अनुभव खुद लिखने होंगे। धर्म, दर्शन, अर्थ, संस्कृति, भाषा कला साहित्य, संगीत, संवेदना के क्षेत्र में अपने आपको को प्रस्तुत करना होगा। कुल मर्यादा का रक्षण करती नारी सुरक्षित नजर आती है। मैत्रेयी की नारी 'बोल्ड' का अर्थ है अंदरूनी मजबूती के साथ है। मैत्रेयी की नारी सामने आती है, अपनी बात रखती है, उस पर अमल करती है। मैत्रेयी की सीता पहले सूपर्णखा की रक्षणकर्ता है। कुंती द्रौपदी को एक पति नियुक्त करने में मदद करती है। स्त्री ही स्त्री की शत्रु है का नारा यहाँ गलत साबित होता है।

स्त्री के साथ स्त्री की देह जुड़ी हुयी है। समाज में रहना है तो वह देह छोड़कर तो नहीं चल सकती। अपने आस-पास आत्मविश्वास का सुरक्षा कवच स्थापित करना आवश्यक है।

मैत्रेयी की नारी आदिवासी जनजातियों, दलित पीडितों तबको में से है। मैत्रेयी की नारी चेतना सम्पन्न है। वह अपने जीवन जीने के तरीके से एक आदर्श अनायास ही स्थापित करती है। यहाँ स्वातंत्र्य का अर्थ स्वैराचार नहीं है। मैत्रेयी की नारी शोषित जरूर है पर शोषण के खिलाफ विद्रोह करती नजर आती है।

परिशिष्ट

आधार ग्रन्थ सूची-

1. मन्नू भण्डारी- मैं हार गयी, अक्षर प्रकाशन, नई दिल्ली।
2. मन्नू भण्डारी- तीन निगाहों की एक तस्वीर, श्रमजीवी प्रकाशन, 1971.
3. मन्नू भण्डारी- यही सच है, अक्षर प्रकाशन, नई दिल्ली, 1973.
4. मन्नू भण्डारी- एक प्लेट सैलाब, अक्षर प्रकाशन, नई दिल्ली, 1978.
5. मन्नू भण्डारी- त्रिशंकु, राधाकृष्ण प्रकाशन, नई दिल्ली, 1981.
6. मन्नू भण्डारी- महाभोज, राधाकृष्ण प्रकाशन, नई दिल्ली, 1981.
7. मन्नू भण्डारी- आपका बंटी, अक्षर प्रकाशन, नई दिल्ली, 1981.
8. मैत्रेयी पुष्पा- स्मृति-दंश, किताबघर प्रकाशन, नई दिल्ली, 1990.
9. मैत्रेयी पुष्पा- बेतवा बहती रही, किताबघर प्रकाशन, नई दिल्ली, 1993.
10. मैत्रेयी पुष्पा- चाक, राजकमल प्रकाशन, नई दिल्ली, 1997.
11. मैत्रेयी पुष्पा- झूला नट, राजकमल प्रकाशन, नई दिल्ली, 1999.
12. मैत्रेयी पुष्पा- अल्मा कबूतरी, राजकमल प्रकाशन, नई दिल्ली, 2000.
13. मैत्रेयी पुष्पा- अगनपाखी, वाणी प्रकाशन, नई दिल्ली, 2001.
14. मन्नू भण्डारी- आँखों देखा झूठ, राधाकृष्ण प्रकाशन, नई दिल्ली, 2001.
15. मन्नू भण्डारी- एक इन्च मुस्कान, राजपाल एण्ड सन्स, दिल्ली, 2004.
16. मन्नू भण्डारी- कलवा, राधाकृष्ण प्रकाशन, नई दिल्ली, 1995.

17. मन्नू भण्डारी- कथा-पटकथा, वाणी प्रकाशन, नई दिल्ली, 2004.
18. मन्नू भण्डारी- दस प्रतिनिधि कहानियाँ, किताबघर प्रकाशन, नई दिल्ली, 2001.
19. मन्नू भण्डारी- नायक खलनायक विदूषक, राधाकृष्ण प्रकाशन, नई दिल्ली, 2002.
20. मन्नू भण्डारी- मेरी प्रिय कहानियाँ, राजपाल एण्ड सन्स, दिल्ली, 1999.
21. मन्नू भण्डारी- स्वामी, नेशनल पब्लिशिंग हाउस, दिल्ली, 2003.
22. मैत्रेयी पुष्पा- इदन्नम, राजकमल प्रकाशन, नई दिल्ली, 2004.
23. मैत्रेयी पुष्पा- चिन्हार, आर्य प्रकाशन मंडल, गांधीनगर, दिल्ली, 2007.
24. मैत्रेयी पुष्पा- ललमनियाँ तथा अन्य कहानियाँ राजकमल प्रकाशन, नई दिल्ली, 2003.
25. मैत्रेयी पुष्पा- गोमा हँसती है, किताबघर प्रकाशन, नई दिल्ली, 1998.
26. मैत्रेयी पुष्पा- पियरी का सपना, सामयिक प्रकाशन, दिल्ली, 1998.
27. मैत्रेयी पुष्पा- फरिश्ते निकले, राजकमल प्रकाशन, नई दिल्ली, 2014.
28. मैत्रेयी पुष्पा- वह सफर था कि मुकाम था, राजकमल प्रकाशन, नई दिल्ली, 2016.

सहायक ग्रन्थ सूची-

1. देवी शंकर अवस्थी- सन् साठ के बाद की हिन्दी कहानी, प्रेम प्रकाशन दिल्ली।
2. गणपति चन्द्रगुप्त– हिन्दी साहित्य का वैज्ञानिक इतिहास, लोक भारतीय प्रकाशन, इलाहाबाद।

3. ऊषा झा- हिन्दी कहानी और स्त्री विमर्श, साक्षी प्रकाशन जयपुर, 2005.
4. मैत्रेयी पुष्पा- खुली खिड़कियाँ, सामयिक प्रकाशन, दिल्ली, 2003.
5. मैत्रेयी पुष्पा- सुनो मालिक सुनो, वाणी प्रकाशन, नई दिल्ली, 2006.
6. राजेन्द्र यादव- आदमी की निगाह में औरत, राजकमल प्रकाशन, नई दिल्ली, 2007.
7. नन्ददुलारे वाजपेयी- आधुनिक साहित्य, राजकमल प्रकाशन, नई दिल्ली।
8. राहुल भारद्वाज, नवें दशकी की हिन्दी कहानी में मूल्य विघटन, जवाहर पुस्तकालय मथुरा, 1999.
9. इन्द्रनाथ मदान- समकालीन साहित्य एक नयी दृष्टि, लिपि प्रकाशन दिल्ली, 1973.
10. मोहन राकेश- 'मन्नू भण्डारी का अन्तर्द्वन्द्व' नई कहानियाँ, 1960.
11. बेचन- आधुनिक हिन्दी उपन्यास उद्भव और विकास, सन्मार्ग प्रकाशन दिल्ली, 1971.
12. मीना जोशी प्रतिनिधि महिला कहानीकारों के चर्चित नारी, शैलजा प्रकाशन कानपुर, 2008.
13. डॉ. अनीता राजूरकर, कथाकार मन्नू भण्डारी, नेशनल पब्लिशिंग हाउस, दिल्ली, 1987.
14. डॉ. साधना शाह, नई कहानी में आधुनिकता बोध, पुस्तक संस्थान, कानपुर, 1978.
15. डॉ. उमा केवलराय, मन्नू भण्डारी की कहानियों में आधुनिक बोध, चन्द्रलोक प्रकाशन, कानपुर प्र. सं. 1997.
16. डॉ. कीर्ति केसर, समकालीन हिन्दी कहानी, नचिकेता प्रकाशन, दिल्ली, 1987.

17. डॉ. अनिल गोयल, हिन्दी कहानी में नारी की सामाजिक भूमिका, आर्याना पब्लिशिंग हाऊस, नई दिल्ली, प्र. सं. 1985.

18. डॉ. नूरजहाँ- हिन्दी कहानी में यथार्थवाद, अभिनव भारती, इलाहाबाद, प्र. सं. 1976.

19. डॉ. (श्रीमती) देव कपूरिया- हिन्दी कहानी में प्रेम एवं सौन्दर्य तत्व का निरूपण, आशा प्रकाशन, नई दिल्ली, प्र. सं. 1974.

20. गुलाब राव हाड़े, मन्नू भण्डारी की कहानियों में नारी चेतना, विकास प्रकाशन, कानपुर, 2018.

21. डॉ; उर्मिला गुप्त, हिन्दी कथा साहित्य के इतिहास में महिलाओं का योगदान, राजकमल प्रकाशन, नई दिल्ली, 1976.

22. डॉ. भीम सिंह किसन, मन्नू भण्डारी व्यक्तित्व और कृतित्व, वांग्मय बुक्स प्रकाशन, अलीगढ़-2014.

23. प्रो. किशोर गिरडकर, मन्नू भण्डारी कथा सृजन की अन्तर्यात्रा, विकास प्रकाशन, कानपुर, 2015.

24. डॉ. प्रियंका रानी, मैत्रेयी पुष्पा का कथा साहित्य, अनिरूद्ध बुक्स, नयी दिल्ली- 2016.

25. डॉ. माधवी जाधव, मन्नू भण्डारी के साहित्य में चित्रित समस्याएं, विद्या प्रकाशन कानपुर- 2012.

26. डॉ. अनिला के. पटेल, नारी विमर्श और मैत्रेयी पुष्पा का कथा साहित्य, छाया प्रकाशन, कानपुर, 2017.

27. डॉ. इन्द्रनाथ चौधरी, तुलनात्मक साहित्य की भूमिका, दक्षिण भारत हिन्दी प्रचार सभा, मद्रास- 1983.

28. सं.- डॉ. म. ह. राजूकरक, डॉ. राजकमल बोरा तुलनात्मक अध्ययन : स्वरूप और समस्यायें- वाणी प्रकाशन नई दिल्ली- 2013.

29. डॉ. विजय पाल सिंह- हिन्दी अनुसंधान- राजपाल एण्ड सन्स, दिल्ली- 1978.

कोशग्रंथ-

1. मानक हिन्दी कोश- खण्ड-5 संपा. रामचन्द्र वर्मा, हिन्दी सम्मेलन प्रयाग, प्रथम संस्करण- 1966.
2. शिक्षार्थी हिन्दी शब्दकोश हरदेव बाहरी, राजपाल एण्ड सन्स, कश्मीरी गेट, नई दिल्ल प्र.सं. 1991.
3. अंग्रेजी-हिन्दी कोश : कामिल बुल्के, कैथोलिक प्रेस, राँची, संस्करण 1978.
4. हिन्दी साहित्य कोश-खण्ड-1 : संपादक- धीरेन्द्र वर्मा- ज्ञान मंडल लिमिटेड, वाराणसी-1, द्वितीय संसकरण-संवत् -2020.
5. प्रामाणिक हिन्दी कोश : एन साइक्लोपीडिया ब्रिटेनिका-19वीं जिल्द-डिक्शनरी ऑफ वर्ल्ड लिटरेचर, फॉर्म्स एण्ड टेकनिक, जोसेफ टी. शिमेल।

पत्र-पत्रिकायें-

1. ज्ञानरंजन- पहल- त्रैमासिक प्रकाशन, जयपुर- 1990.
2. बालकृष्ण राव- माध्यम- मासिक प्रयाग (इलाहाबाद)- 1964.
3. महीप सिंह- संचेतना- त्रैमासिक, दिल्ली- 1967.
4. शैलेन्द्र सागर- कथाक्रम- त्रैमासिक लखनऊ- 2000.
5. कृष्ण मोहन- परख- इलाहाबाद- 2000.
6. रवीन्द्र कालिया- नयाज्ञानोदय- मासिक नई दिल्ली- 2002.
7. प्रभाकर श्रोत्रीय- वागर्थ- मासिक कलकत्ता- 1995.
8. अपूर्व जोशी- पाखी- मासिक नोएडा उ.प्र.- 2008.
9. सुधीश पचौरी- वाक्- त्रैमासिक नई दिल्ली- 2007.
10. राकेश श्रीमाल - पुस्तकवार्ता- द्वैमासिक वर्धा- 2001.

वेबसाईट

1. http://www.koausa.org/Glipmpses/abhinva.html
2. http://www.birthvillage.com/Name/vimarsh
3. http://dict-hinkhoj.com/shabdkosh-php/word
4. http://dlibrary-acu-ede-au/research/thealogy
5. http://www.hindibook.com/indexphp/p

www.ingramcontent.com/pod-product-compliance
Lightning Source LLC
LaVergne TN
LVHW041709070526
838199LV00045B/1278
9789367830987